Warten auf die Flut

Rolf Schmidt

Warten auf die Flut

Historischer Roman

Isensee Verlag

Verlauf der Unterweser zwischen Elsfleth und Rechtenfleth im frühen 19. Jahrhundert, nach einer Stromkarte von 1805. ⟶

Copyright
Isensee Verlag
Haarenstraße 20
26122 Oldenburg

Umschlagfoto
Rolf Schmidt
Illustration
Jürgen Schmitz
Gestaltung
12h15 (THE DESIGNERS)
Druck
Druckerei Isensee, Oldenburg
November 2008

Bibliografische Information Der Deutschen Bibliothek
Die Deutsche Bibliothek verzeichnet diese Publikation in der Deutschen Nationalbibliografie; detaillierte bibliografische Daten sind im Internet unter <http://dnb.ddb.de> abrufbar.

ISBN 978-3-89995-569-9

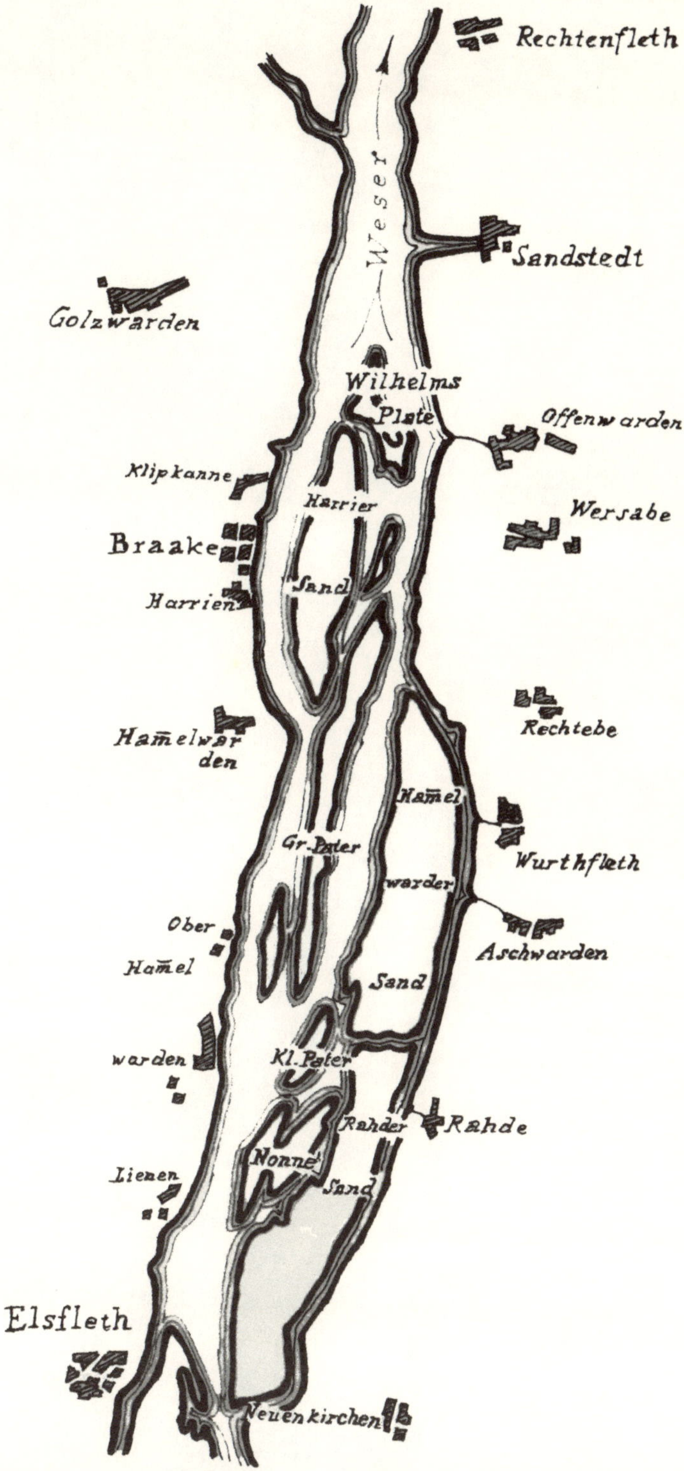

Rechtenfleth
Weser
Sandstedt
Golzwarden
Wilhelms
Plate
Offenwarden
Klipkanne
Harrier
Wersabe
Braake
Sand
Harrien
Rechtebe
Hamelwarden
Hamel
Gr. Pater
warder
Wurthfleth
Ober
Hamel
warden
Aschwarden
Sand
Kl. Pater
Rahder
Rahde
Nonne
Lienen
Sand
Elsfleth
Neuenkirchen

Strandung

An der Bremer Schlachte herrschte Hochbetrieb. Seit dem Morgengrauen schufteten die Männer unermüdlich, um Berge von Reisegepäck auf einer kleinen Flotte von Weserkähnen zu verstauen. Die Schiffe waren aus Platzmangel zu dritt und zu viert im Päckchen an der Kaje vertäut. Die Segel lagen mehr oder minder ordentlich aufgerollt an Deck, die großen ovalen Seitenschwerter waren hochgezogen und die Ladeluken weit geöffnet. Es war mühsam und umständlich, auch die hinteren zu beladen. Kisten, Reisekörbe, Schrankkoffer und Bettensäcke wurden von Schwenkkränen heruntergelassen und mit akrobatischen Anstrengungen von Kahn zu Kahn weitergereicht. Darunter waren so empfindliche oder aufwendige Frachtstücke wie eine Kirchenglocke, ein Pflug, zwei Kinderwagen, ein langes Fernrohr mit Stativ und ein Spinnrad.

Bei all der Mühe und Aufregung herrschte ein babylonisches Sprachwirrwarr, denn die Absprachen, Anweisungen und Zurufe erfolgten auf sächsisch, hessisch, schwäbisch oder ostpreußisch. Sogar eine lautstarke und deftige bayrische Mundart war heute an der Weser zu vernehmen.

Die Bremer Kahnführer, die dagegen etwas mundfaul die Aktivitäten überwachten und hier und da helfend mit anpackten, hatten es schwer zu begreifen, daß das nun auch alles Deutsche sein sollten. Manche kamen ihnen recht fremd vor.

Am späten Vormittag kamen die Frauen mit den Kindern reisefertig dazu. Sie brachten Proviant mit und balancierten über Stufen, Leitern und Bohlen, um sich einen Platz bei ihrem Gepäck an Bord zu suchen. Die Damen mußten dabei die langen Röcke etwas raffen und die Schritte in den zierlichen Schuhen vorsichtig setzen. Das alles war mit viel Gelächter und Gekreisch verbunden, denn die meisten Passagiere hatten sich noch nie zuvor auf schwankende Planken begeben. Dann holten die Schiffer die Leinen ein und legten sie sorgfältig zusammen. Die Päckchen lösten sich vorsichtig auf, die Boote gerieten in die leichte Weserströmung. Braune Segel wurden gesetzt und die Flotte nahm langsam Fahrt auf. Vom Schlachtekai winkten ein paar Mägde und Kinder. Die Passagiere standen und saßen zwischen der hochgetürmten Bagage, die Familien etwas eng und ängstlich zusammengerückt, die kleinen Kinder auf dem Schoß.

Es war Mittwoch, der 30. April 1834.
Alles in allem mochten es wohl etwas mehr als zweihundertfünfzig Menschen aus allen Ecken Deutschlands sein, die – in fünf Weserkähnen zusammengepfercht – an diesem lauen, sonnigen Frühlingstag eine verhängnisvolle Reise antraten. Die Weser hinunter, mit dem fernen Ziel: Amerika.
Diesen einen, eisernen Entschluß hatten sie alle gemeinsam: sie wollten das bedrückende, enge und erstarrte Deutschland so schnell wie möglich verlassen, um in der Weite und Freiheit der Neuen Welt zusammen eine neue Heimat aufzubauen. Dabei trieb sie nicht die bittere wirtschaftliche Not, die Tausende in diesen Jahren zwang, das alte Europa zu verlassen. Nein, diese Familien hier auf den Kähnen waren ein Teil der großen Auswanderungsgesellschaft, die sich im Vorjahr in Gießen gegründet hatte. Es waren Menschen, die nicht länger als unmündige, unterdrückte „Landeskinder" unter der Willkür einiger herrsch- und prunksüchtiger Adelsfamilien leben wollten. Sie wollten Freiheit und Gerechtigkeit für die Zukunft ihrer Kinder in einer menschlicheren Gesellschaft ohne Standesunterschiede. Sie wollten diese Gesellschaft selbst aufbauen unter dem Dach der Vereinigten Staaten von Nordamerika.
Sie alle waren einem Aufruf gefolgt, den der hessische Pfarrer Friedrich Münch und sein Schwager Paul Follen, ein Jurist, verfaßt hatten. Diese beiden Männer hatten – zusammen mit Gleichgesinnten - die Ideen zu einer selbständigen deutschen Republik in Amerika entwickelt, beschrieben und von Gießen aus verbreitet. Den Winter hindurch waren die Mitgliederlisten rasch ange-

wachsen. Ende März dann, also vor vier Wochen, hatte sich die erste Hälfte der Gesellschaft unter der Führung von Paul Follen in Bremerhaven auf der „Olbers“ nach New Orleans eingeschifft. Nun sollte Friedrich Münch mit der zweiten Hälfte folgen. In Arkansas wollte man dann wieder zusammentreffen, um gemeinsam geeignetes Siedlungsland zu suchen.

Ein leichter Südwest und der immer kräftiger werdende Ebbstrom brachten die Flotille rasch voran. Die Auswanderer sahen die flachen Ufer von Gröpelingen und Woltmershausen vorüberziehen. Reetgedeckte Dächer von Bauernhäusern und ab und an ein Kirchturm schauten über die schnurgeraden Deiche und ließen die Dörfer dahinter nur ahnen. Die sanfte, lautlose Segelfahrt und die glitzernde Sonne auf dem Wasser wirkten beruhigend auf die Gemüter. Zuversicht und Optimismus kamen auf, denn endlich, endlich kam ihr gemeinsames Projekt voran. Ihr großes Ziel kam spürbar näher. Zu lange schon hatten sie in Bremen untätig gewartet.
Sie hatten alle Brücken hinter sich abgebrochen, ihr Hab und Gut verkauft, die notwendigen Papiere unter Opfern und Demütigungen erkämpft, für immer von Freunden und Verwandten Abschied genommen. Sie hatten für eine Woche oder mehr die beschwerliche und kostspielige Reise an die Weser auf sich genommen – entweder mit dem eigenen Pferdefuhrwerk oder mit einer der Postverbindungen. Einige Thüringer und Hessen waren mit Kähnen die Weser von Karlshafen heruntergekommen.
Doch kaum hatten sie sich in Bremen gesammelt, kam auch schon die große Enttäuschung.
Die „Eberhard“ der Gebrüder Delius, mit der sie am 27. April Deutschland verlassen sollten, war von ihrer letzten Amerikareise nicht zurückgekehrt. Keiner konnte sagen, wo das Schiff geblieben war. Tag um Tag harrten die Familien in Bremen aus. Kost und Logis griffen empfindlich in ihre Gemeinschaftskasse. Es ging einfach nicht weiter.

Nun aber segelten sie endlich. Die Männer an den Ruderpinnen verstanden von den Gesprächen der Auswanderer kaum ein Wort.

Zu fremd waren ihnen diese Mundarten. Sie blickten scheinbar gleichgültig auf das Wasser und den Horizont und beobachteten den Wind in den Segeln. Nur hin und wieder warfen sie verstohlen einen blinzelnden Blick auf die seltsame Schar. Warum nur gaben so viele Menschen die Heimat auf und verließen ihr Vaterland?

Von einer Uferwiese in Mittelsbühren schauten ein paar Angler herüber und riefen etwas Unverständliches.

Nach zwei Stunden hatte die kleine Flotte die Hafeneinfahrt von Vegesack direkt vor sich. Zur Rechten öffnete sich die Lesum. Auf der flachen Landzunge zwischen Lesum und Weser grasten ein paar Kühe. Hinter dem Hafen kletterten die Häuser den Hang hinauf und wurden dort oben von einem gelben Kirchturm beherrscht. Mit lauten Kommandos bugsierten Fuhrleute einen Pferdewegen auf eine Prahmfähre neben der Hafeneinfahrt. Aus einer kleinen Werft daneben klangen Hammerschläge herüber. Zwei baugleiche Kutter lagen mit dem Heck zum Fluß nebeneinander auf den Helgen.

In einer fast rechtwinkligen Flußbiegung mußten die Auswandererschiffe nun höher an den Wind gehen. Die Bootsmänner holten die Schoten dichter und ließen die Seitenschwerter herunter. In einer Bö legten sich die Segler etwas auf die Seite. Kinder kreischten, Frauen klammerten sich erschrocken an das Gepäck, die Männer tauschten stirnrunzelnd ein paar Blicke. Doch die Kahnführer sahen gleichmütig die Weser abwärts. Ab und zu warfen sie einen prüfenden Blick in den Himmel über dem Westufer, denn dort, über der Wesermarsch, baute sich eine dunkle Wolkenwand auf. Sie kam aus dem Oldenburgischen herüber. Die hohen Ufer von Vegesack und Blumenthal auf der rechten Seite mit ihren Bauern- und Kapitänshäusern zwischen den Bäumen zogen als prächtige Kulisse vorüber.

Die Landschaft wurde wieder flach. Auf dem linken Ufer öffnete sich die Huntemündung und sie konnten gerade noch einem Lastensegler ausweichen, der dort von Elsfleth mit Rückenwind und der starken Strömung herauskam. Die Weser aber wurde nun breiter und floß ruhiger und verzweigte sich. Kleine, flache Inseln lagen wie in einem Flußdelta zur Rechten und zur Linken.

Die Schiffer kannten ihren Weg zwischen den Verzweigungen. Die langgestreckte Häuserzeile von Brake mit ihren Packhäusern, Schuppen und Werftanlagen kam nun näher. Bald konnte man die Kaje und davor die dicken Dalben ausmachen. Hier lagen größere, seegehende Schiffe. Eine prächtige Dreimastbark mit dem Sternenbanner am Heck, das konnte so ein richtiges Auswandererschiff sein. Aller Aufmerksamkeit war nun ganz auf die Braker Reede gerichtet. Von Bord der amerikanischen Bark winkten ein paar Männer herüber. Frauen und Kinder winkten freudig zurück. Doch die Rudergänger der Bremer Kähne hatten eine ganz andere Order. Sie legten die Pinne bis zum Anschlag nach Steuerbord und drehten einen Halbkreis, bis die Segel heftig flatternd im Wind standen. Kräftige Arme rissen das Tuch herunter und mit dem letzten bißchen Fahrt fuhren die Kähne geradewegs auf das Ufer einer Insel gegenüber Brake zu. Gleichzeitig wurden die Seitenschwerter hochgezogen. Manch einer hielt die Strandung für eine Panne. Irgendjemand schrie ängstlich: „Oh Gott was sollen wir jetzt tun?“ Schabend und knirschend schoben sich die Rümpfe auf den Strand des Harriersands. Hier war die Reise zuende. Proteste wurden laut. „Was sollen wir hier?“ „Wieso geht es nicht weiter?“
Die schwarze Wolkenwand über der westlichen Wesermarsch war inzwischen mächtig gewachsen, hatte die Sonne längst verschluckt und stand nun direkt über Brake. Das sah nicht gut aus! Der Wind hatte zugelegt. Doch auf das Wetter achtete niemand, denn nun brach Hektik aus. Die Invasion auf dem Harriersand begann.

Rasch fiel das Wasser. Vom Ufer liefen ein paar Burschen herbei und warfen Bretter und Schilfmatten in den Schlick neben die Boote. Die Männer sprangen über Bord. Leitern wurden an die Bordwände gelehnt, so daß Frauen und Kinder vorsichtig Sprosse um Sprosse an Land kamen. Einige versackten sogleich im knöcheltiefen Matsch. Rocksäume schleiften im nassen Dreck. Dazu kam das Unheil von oben. Der Himmel öffnete sämtliche Schleusen und ertränkte die Szene in einem einzigen, gigantischen Wolkenbruch. Es krachte und grollte und es goß wie aus Kübeln.

An Bord saßen noch kleine Grüppchen mit Kindern geduckt unter Jacken, Mänteln und Decken. Sie trauten sich nicht von Bord und blickten rat- und hilflos auf das Chaos. Sollte dieses Ufer hier wirklich ihr Ziel sein? Einige hatten sich vor dem Regen in die Ladeluken verkrochen.
Die Männer arbeiteten fluchend und triefend und hastig Hand in Hand. Sack und Pack und Kind und Kegel wurden über Bord gereicht und in langer Kette an Land geschafft. Das Spinnrad fiel über Bord und zerbrach. Die schweren Kisten und Reisekörbe wurden rutschend auf das Ufer gezogen. Töpfe und Pfannen und allerlei Hausrat, das Fernrohr, der Pflug, die Kinderwagen, durchnäßte Ballen mit Betten und Teppichen, Fässer und Handwerkszeug – alles fand irgendwie triefend und tropfend den Weg in das Dünengras. Als die Kirchenglocke mit einer Fallwinde außenbords gehievt wurde, mußten alle Männer, die in der Nähe waren, mit anfassen, um sie sicher in den Inselsand zu setzen. Es regnete Bindfäden und rauschte mächtig.
Mitten in diesem ertrinkenden Gewusel stand ein hochgewachsener, schwarz gekleideter Mann mit einem wirren Vollbart: Friedrich Münch. Sein strenger, aufmerksamer Blick war überall. Jede Bewegung nahm er wahr. Er versuchte, das Chaos zu entwirren, die Aktionen miteinander zu verbinden. Hier und da faßte er kurz mit an, gab Anweisungen und rief mit seiner kräftigen, sonoren Stimme die Irrläufer dorthin, wo sie gebraucht wurden. „Zuerst die Frauen und Kinder rasch auf den Wagen dort!“ Er zeigte auf ein Gespann mit einem Leiterwagen, von dem eben ein Bauer abstieg. „Dat is hier for de Froonslüüd un de Lütten!“ brüllte der Mann. Seine Worte gingen in einem Gewitterkrachen unter.
Münch stapfte mit aufgeweichten Stiefeln durch den nassen Sand auf eine Gruppe von drei Männern zu. Er beugte den Oberkörper vor und von seiner breiten schwarzen Hutkrempe floß der Regen herab. Die Männer standen etwas abseits auf einem Dünenhügel unter aufgespannten Schirmen und beobachteten das Treiben wie von einem Feldherrnhügel.
„Was für ein Empfang!“ rief Münch. „Und der Herrgott gibt seinen nassen Segen dazu.
Hätten Sie nicht wenigstens für besseres Wetter sorgen können?“

Makler Everhard Delius, der schon am Vormittag von Brake herübergekommen war, lachte kurz: „Alles halb so schlimm! Da hinten wird es schon wieder hell. Dafür ist es im Ökonomiegebäude trocken und sauber. Bauer Köster hat mit den Männern aus Brake ganze Arbeit geleistet.“ Er zog an einer goldnen Kette seine Taschenuhr aus der Westentasche. „ Bis zum Abend habt Ihr alles unter Dach und Fach. Wir liegen gut in der Zeit.“ Er klappte den Deckel der Uhr zu und stellte die Herren vor: „Pfarrer Münch aus Gießen, Amtmann Rasmus aus Brake und das ist Eberhard, unser Fährmann.“
Angesichts der hektischen Invasion wandte sich nun der großherzogliche Amtmann an den Bremer Makler: „Ich habe also Ihr Ehrenwort, daß das Biwak auf dem Harriersand nur ein paar Tage dauern wird?“ Er trug einen dunkelblauen Frack mit zwei Reihen blanker Knöpfe und einen grauen Zylinder. Der Makler nickte: „Ich fahre noch heute weiter nach Bremerhaven und werde das Schiff finden, das diese Leute sicher nach Amerika bringt.“ „Ich kann hier nämlich nicht so viel Unruhe gebrauchen“, setzte der Amtmann nach. „Unsere Bewohner hier in der Wesermarsch sind äußerst mißtrauisch, besonders gegenüber Ausländern.“
Die Männer konnten sich jetzt nur schreiend verständigen. Viel mehr an Dialog ließ der heftig prasselnde Regen nicht zu. Er schwoll zu einem bedrohlichen Rauschen an und trommelte scharf und heftig auf die Decks und Luken der Schiffe, die eingerollten Segel und das Gepäck.
Eine halbe Stunde später – er hatte noch kurz die Proviantlieferung mit Delius verabredet und am Strand geholfen, die großen Gepäckstücke zusammenzurücken und mit einer Plane zuzudecken – betrat Friedrich Münch, der Leiter und Seelsorger der Gesellschaft, bis auf die Knochen durchnäßt den Kösterschen Kuhstall. Er mußte seine Augen erst an das Menschengewimmel im Halbdunkel und seine Nase an den stickigen Mief gewöhnen, als ihn auch schon Unzufriedene mit Bitten und Beschwerden belagerten.
Frau Motschmann aus Coburg baute sich entrüstet vor ihm auf und reklamierte ihre ramponierten, verdreckten Hutschachteln. Ihre modische Frisur klebte in nassen, roten Strähnen in ihrem

Gesicht, Wimperntusche löste sich auf ihren Wangen auf und das einst elegante, dunkelblaue Kleid hing als schwerer, feuchter Sack an ihrer zierlichen Gestalt. „Hier bleibe ich keinen Tag länger! Für ein primitives Strohlager habe ich nicht so viel Geld bezahlt. Das ist eine Zumutung! Ich bin doch kein Rindvieh!"
Der Apotheker Brühl aus Rodheim, ein besonnener Mann, hatte Notizen auf einem Zettel: „Wir sollten unbedingt heute noch in aller Ruhe eine Art Kriegsrat halten. Die hygienischen Verhältnisse sind bedenklich. Es gibt kein frisches Trinkwasser und keine Toiletten." Charles Behning, ein Geschäftsmann aus Bonn, hatte praktische Vorschläge: „Wir sollten schnell so eine Art Donnerbalken für alle ausheben. Außerdem müssen wir einen geräumigen Kahn mit einem Ruderknecht mieten, der uns jederzeit zur Verfügung steht, um unabhängig zu sein. Die Familien könnten zusammenlegen. Es ist absurd, daß uns jegliche Versorgungs- und Einkaufsmöglichkeit durch diese blöde Weser abgeschnitten ist. Eine Insel! Wer ist nur auf so eine Idee gekommen?"
Frau Hanke aus Meißen trug ihr jüngstes Kind auf dem Arm: „Ich mache mir Sorgen! Das Mädchen fühlt sich etwas fiebrig an." Münch gab Ratschläge und Anweisungen, beschwichtigte und vertröstete und versuchte dabei Optimismus und Zuversicht zu vermitteln. Die Leute mochten ihn, sie hatten Vertrauen zu ihm, und wer mit ihm sprechen konnte, war erst einmal beruhigt.

Beißender Qualm zog durch den überfüllten Kuhstall. Ein paar Frauen hatten neben dem großen Stalltor einen gußeisernen Herd in Gang gebracht, dem nun, da die beiden Torflügel gegen Wind und Regen geschlossen wurden, der nötige Abzug fehlte. Der Stall konnte nur noch durch eine schmale Tür, die sich in dem rechten Torflügel befand, betreten werden. So langsam nahm Münch einige Konturen in dem verqualmten Dämmerlicht wahr. Er erkannte rechts und links in der ganzen Länge des Gebäudes die Reihen der Viehställe, etwa 20 auf jeder Seite. In ihnen war frisches Heu aufgeschüttet worden. In den Ställen und direkt darüber, auf einer Zwischendecke aus Brettern, die über kleine Leitern zu erreichen war, richteten die Familien ihre Kojen ein, dicht an dicht. Die Gitterlatten, zwischen denen die Tiere sonst bei der Fütterung die Köpfe hindurch schoben, hatte man herausgenommen.

Die ganze Anordnung erinnerte Münch sofort an eine Zeichnung, die er im Büro von Delius an der Wand gesehen hatte. Es war ein Querschnitt durch eine Bark, wie sie zu Auswanderertransporten eingesetzt wurde. Hier wie dort lagen die Menschen in zwei Etagen übereinander, eng wie die Heringe in einem Faß. Das hier war eine gute Vorübung für die Schiffsreise, nur daß der Stall nicht schwankte.

Zwischen den Reihen der Kojen, auf der großen, breiten Diele in der Mitte des Gebäudes türmte sich das größere Gepäck als ungeordneter Haufen. Hier hatte man vorsorglich lange Tische und Bänke bereitgestellt, die nun jedoch mit Sack und Pack belegt waren. Ein Mann war auf eine Leiter gestiegen und bemühte sich, die Stallaternen anzuzünden, denn die winzigen Fensterchen hinter den Ställen ließen kaum noch Licht herein. Über Balken und Bretter breitete sich triefende und dünstende Kleidung aus.

Kleine Kinder quengelten und husteten und konnten kaum beruhigt werden. Der ganze Stall war mehr etwas für Menschen mit starken Nerven. Louise Münch reichte ihrem Mann trockene Kleider. „Zum Glück gibt es Frauen, die gerne mit anpacken. Dorothea, die Frau vom Apotheker Brühl und Frederike aus der großen Coburger Weberfamilie Krug verstehen offensichtlich etwas vom Kochen. Wir können wohl in einer Stunde einen warmen Eintopf austeilen, denke ich. Jeder müßte allerdings einen Teller oder eine Schüssel und einen Löffel mitbringen." „Danach werden wir alle gemeinsam eine kleine Andacht abhalten und ich werde zu den Leuten sprechen", sagte der Pfarrer. Und wieder näherte sich wie zufällig Frau Motschmann und meinte im Vorbeigehen mit spitzer Zunge und Nachdruck: „Wissen Sie, Amerika habe ich mir ganz anders vorgestellt!" – Frau Münch sah verblüfft ihren Mann an und der murmelte halblaut: „Ich weiß auch nicht, ob die nun so einfältig ist oder ob das eine ironische Bemerkung war."

Bettinas Tagebuch

Bettina Münch war kurz nach Sonnenaufgang aufgestanden und vor die Scheune gegangen. Sie hatte auf der Zwischendecke, die über den Stallungen lag, geschlafen. Auf diesen „Hillen", wie der Bauer sie nannte, lagerten in den Wintermonaten Heu, Torf, Hühner und Arbeitsgeräte, und entsprechend roch es dort etwas muffig. Auch der Knecht hatte im Winter auf den Hillen sein Lager gehabt, denn hier war es warm. Dann hatte man ihn im Januar zum oldenburgischen Militär einberufen.
Die staubige Luft erschwerte das Atmen. Husten, Schnarchen, quengelnde Kinder und ein paar Männer im gedämpften Dauergemurmel, Bettina konnte nicht mehr schlafen. Wie kann man überhaupt mit zweihundert Menschen in einem einzigen Raum nächtigen! Sie war die Leiter hinuntergestiegen und zog ihre mit Erde verkrusteten Schnürstiefel an, langte die noch klamme Dekke von oben herunter, griff das Tagebuch, den Bleistift und einem Kamm aus ihrer Reisetasche. Vergeblich versuchte sie, etwas Ordnung in ihre aschblonden, schulterlangen Haare zu bringen. Der Kamm kam nicht recht durch. Sie gab es schließlich auf und stapfte hinunter zum Strand.
Das Wasser strömte gemächlich in Richtung Bremerhaven. Die Flotte der Weserkähne war verschwunden. Das heißt, nein, nicht ganz. Sie lagen jetzt drüben an der Braker Kaje, ordentlich in Päckchen vertäut. Die Schiffer mußten sie wohl nachts bei Hochwasser verholt haben.
Sonst wirkte das Städtchen auf der anderen Weserseite noch sehr verschlafen. Hinter dem langen Deich lagen eine Häuserzeile, ein Kirchturm, zwei hohe Schornsteine und die Bauten einer Werft. Direkt gegenüber dominierte ein großes weißes Hotel mit einem spitzen Dach das Bild. An den dicken Dalben davor hatten zwei

Schiffe mit den blau-roten oldenburgischen Flaggen am Heck festgemacht. Auf dem großen Dreimaster mit dem Sternenbanner waren bereits ein paar Männer in die Rahen geklettert und hantierten, weit vornüber gebeugt, an den Segeln. Möwen segelten die Uferkante der Insel entlang. In dem spärlichen Dühnengras lag noch ein Haufen Gepäck unter einer Plane. Auf der Plane standen Pfützen, in denen sich Vogelkot auflöste.
Bettina setzte sich auf eine halbwegs trockene Kiste. Sie wickelte sich in die Wolldecke und schlug ihr Tagebuch auf. Das Büchlein war ihr in den letzten Wochen während der Reise unentbehrlich geworden. Friedrich Münch hatte es ihr zum 17. Geburtstag geschenkt und sie liebte es sehr. Hier konnte sie Eindrücke und Erlebnisse sozusagen „ablegen", um sie eventuell später wieder aufzugreifen. Es half ihr, Gedanken klarer zu fassen, Wichtiges zu merken, Schwieriges in den Griff zu bekommen. Wenn etwas sie bedrückte, so ließ der Druck spürbar nach, wenn es erst einmal formuliert war. Wut und Freude konnten sich hier ungeniert austoben.
Bettina wischte mit dem Jackenärmel über den glänzenden, braunen Ledereinband, öffnete das Büchlein und las. Die letzte Eintragung stammte noch aus Bremen:

Bremen, Dienstag, den 29. April 1834

Was für eine aufreibende und abenteuerliche Woche! Puh! Diese ewige Schlepperei mit den ganzen Klamotten! Von einem Nachtquartier zum anderen. Erst die zugige Lagerhalle vor dem Herdentor. Dann der dunkle Brauereikeller in der Langenstrasse. Der Mief da drin war unerträglich! Nur die vornehmeren Herrschaften aus Coburg hatten sich ein Hotel geleistet. Vor allem eine rothaarige Dame hatte sich über die Unterbringung empört.
Nun sitzen Andreas und ich hier den ganzen Nachmittag an der Schlachte und bewachen einen Berg von Gepäck, umgeben von gaffenden Kindern, Mägden und Fuhrleuten auf leeren Wagen. Aber das stört kaum. Hauptsache, ich bin mit ihm zusammen.

Die Bauern aus Hessen sind derweil im Norden vor der Stadt auf einem Markt, um Pferd und Wagen zu verkaufen.
Vater ist schon wieder im Kontor von diesem verdammten Delius, der sich angeblich fieberhaft bemüht, einen Ersatz für das ausgefallene Schiff zu finden. Alles vergeblich!
„Das ist glatter Vertragsbruch!" hatte der Vater geschimpft. Wo sollen wir denn hin? Jeder Tag in Bremen kostet. Ein Anwalt, der uns gestern noch helfen wollte, hat heute plötzlich keine Zeit mehr. Der Apotheker Brühl aus Rodheim wußte dafür auch eine Erklärung: „Die Bremer sind gewiefte Geschäftemacher, die zusammenhalten, und da hackt eine Krähe der anderen kein Auge aus." Nun sollen wir morgen wenigstens mit kleineren Weserschiffen ein Stück weitergebracht werden, zu irgendeinem Biwak oder so. Was das wohl wird?

Das Mädchen schlug nun eine leere Seite auf, blickte lange auf die Weser und beobachtete eine Weile die Strömung und einen großen Vogel, der mit langen, dünnen Beinchen unbeweglich im Wasser stand. Dann nahm sie den Bleistift, strich sich eine Haarsträhne aus dem Gesicht und schrieb:

Weserinsel Harriersand bei Brake, den 1. Mai 1834

Alles naß! Sind gestern nach einer engen aber schönen, sommerlichen Segeltour in einer wahren Sintflut auf einer einsamen Weserinsel ausgebootet worden. Jetzt hausen wir tatsächlich in einem Kuhstall. Er gehört dem einzigen Bauern auf diesem öden Eiland. Seine eigentlichen Bewohner hat er auf die Weide getrieben, wo sie herumstehen, unentwegt kauen und unsere Hilflosigkeit beglotzen.
Gestern Abend kam die Bäuerin, eine dralle Mamsell, zu uns und meinte, für ein paar Groschen könnten wir täglich etwas Milch für die Kinder bekommen und auch sonst könnten wir auf ihre Hilfe rechnen. Oder so ähnlich. So lautete jedenfalls die Übersetzung von Cornelius Schubert, dem Buchhändler aus Dessau, der sich als einziger in dieses einheimische Kauder-

welsch hineindenken kann. Wenn man diese Leute doch besser verstehen könnte!
Mutter hat mit den anderen Frauen eine Art Küchendienst eingeteilt, damit es ein regelmäßiges Essen gibt. Leider werden wir von Delius nur mit „Schiffsproviant“ versorgt; das heißt, alle zwei Tage soll der von einem Händler in Brake per Ruderboot geliefert werden. Leider nur so trockenes Zeugs: Hülsenfrüchte, Reis, Hirse, hartes Brot, Pökelfleisch, gedörrtes Gemüse und Trockenobst.
Vater hat eine kleine Andacht gehalten und der ganzen Gesellschaft sehr überzeugend versprochen, daß das Biwak hier nur ein paar Tage dauern werde. Die Leute waren es zufrieden und sangen gemeinsam „Befiehl Du Deine Wege.“

Bettina erschrak. Plötzlich waren Hände in ihrem Gesicht. Sie sprang auf und ließ das Tagebuch fallen. Jemand bedeckte von hinten ihre Augen.
„Andreas?“ Der ließ sie wieder los und lachte. „Woher weißt Du das?“ „Wer soll das sonst sein?“ fragte sie, „ich kenn’ doch deine Scherzchen!“ Sie wollte ihr Tagebuch aufheben, aber Andreas hatte es schon gepackt. “Laß doch mal sehen, was unsere Chronistin so schreibt.“ Er stieg auf die Kiste und hielt es ganz hoch.
„Gib das wieder her! Das ist gemein!“ Während sie auf Zehenspitzen vergeblich danach angelte, las er laut: „Jetzt hocken wir hier mitten in der Weser und warten darauf, daß Herr Delius ein Schiff für uns findet.“
„Gib das her, das geht dich nichts an!“ Andreas schüttelte den Kopf und klappte das Buch zu. „Ich glaube, da können wir lange warten. Das sind doch alles Gauner und Ausbeuter, diese Pfeffersäcke! Denen sind wir doch völlig egal.“
Bettina wechselte schnell das Thema. „Was machst Du jetzt hier, so früh am Morgen?“
„Ich bin aus diesem betäubenden Mief von Nachttopf, Eintopf und Desinfektionseimer geflohen. Leider hab’ ich meine Jacke vergessen.“
„Komm her, du kannst bei mir unterkriechen.“ Bettina schlug ihre Wolldecke auf und Andreas kuschelte sich an sie. „Ich habe

es da auch nicht ausgehalten", sagte sie. Eine Weile saßen sie so ohne Worte. Saßen und sahen auf das Wasser und genossen es, eng beieinander zu sein. Andreas hatte den Arm um sie gelegt und pustete ihr sanft in den Nacken. Bettina drehte den Kopf hin und her. „Das kitzelt", sagte sie und nach einer weiteren Weile: „Was denkst du gerade?"
„Nichts. – Nichts Bestimmtes."
Andreas dachte, daß ihm die ganze Aufregung dieser Tage und die vielen Fragen nach Schiff und Reise und Amerika und Zukunft, die seine Familie ständig beschäftigten, ziemlich egal waren, solange er nur mit diesem Mädchen zusammen sein konnte. Auf dieser Reise war Bettina seine Heimat. Sie war ihm wichtiger geworden als alle Mitglieder seiner großen Familie. Ihr hätte er auch die geheimsten Gedanken anvertrauen können. Dabei kannten sie sich erst seit einer Woche. Seit der ersten Begegnung bei der Ankunft in Bremen waren sie nahezu unzertrennlich – neidisch von anderen Mädchen und Jungen beobachtet.
Die Sonne kam nun höher und glitzerte auf dem Wasser.

Er pustete wieder sanft und seine Lippen berührten ihren Hals, ihr Ohr, ihre Wange, ihre Lippen. Sie schlossen beide die Augen und bemerkten nicht, wie ein quirliger, pechschwarzer Hund von Kösters Hof herbeigelaufen kam und ihre Zweisamkeit freudig von allen Seiten beschnupperte. Er wedelte freudig mit seinem viel zu kurzen Schwanz und verteilte seinerseits feuchte Küßchen.
Zwei Frauen kamen schwatzend mit dreckigen Kochtöpfen zum Fluß hinunter. Andreas sprang auf, er hatte eine Idee. „Wir können uns ja eine eigene kleine Hütte bauen, etwas abseits, am anderen Ende der Insel. Wie Robinson und Freitag. Bretter und Äste liegen genug am Strand. Nur wir beide. Los, komm!" Er zog sie an der Hand.
„Nein, nein! Laß! Später in Arkansas. Ich bin sicher, daß Friedrich das jetzt nicht erlauben wird."
Andreas ließ ihre Hand los, sah sie einen Moment lang an und sagte: „Weißt du, was ich bei dir seltsam finde? Das ist mir in Bremen schon aufgefallen..."
„Was?"

„Na ja, manchmal nennst du deinen Vater frech nur „Friedrich“ und manchmal eben „Vater“. Und zu deiner Mutter hast du auch schon mal „Louise“ gesagt. Es käme mir nie in den Sinn, zu meiner Mutter „Friederike“ zu sagen. Das wäre so, ... so merkwürdig respektlos. Das wäre undenkbar. Sie würde sich das auch verbitten.“
Bettina wurde etwas verlegen. „Weißt du, das rutscht mir dann so heraus. Ich sage eben beides. Mal so, mal so.“
„Das klingt für mich so ungewöhnlich. So, als ob die Eltern gar nicht Vater und Mutter sind, sondern nur so Freunde?“
„Andreas, ich will es nur dir sagen, alle anderen hier geht es nichts an. Versprichst du mir, ein Geheimnis zu hüten?“ Andreas versprach es.
„Es ist so, wie du gesagt hast. Münchs sind auch nicht meine richtigen Eltern. Das geht mit den Namen so hin und her bei mir, seit ich weiß, daß ich nur ein Adoptivkind bin, eine Art Pflegekind. Ich bin in ihrer Familie nur aufgewachsen. Aber sie waren stets wie Vater und Mutter für mich. Liebere Eltern kann ich mir gar nicht vorstellen!“
Andreas starrte sie an. „Weißt du denn, wer deine wahren Eltern sind?“
„Nur so vom Hörensagen. Meine Mutter ist wohl bei meiner Geburt gestorben und mein Vater mußte – ich weiß nicht warum – aus Deutschland fliehen. Ich war ja noch ein Baby, als ich ins Pfarrhaus in Obhut kam. Da war Georg Münch, Friedrichs Vater, noch Pfarrer. Mehr weiß ich auch nicht.“
„Aber man könnte doch nach deinem Vater forschen!?“
„Friedrich und Louise wissen wohl etwas mehr über ihn. Aber es ist schwer, sie auf dieses Thema anzusprechen. Sie weichen dann aus und sagen, ich würde schon eines Tages mehr erfahren. Zu gegebener Zeit, wie sie sich ausdrücken.“
Auch Bettina wollte jetzt nicht länger darüber sprechen und wechselte erneut das Thema.
„Stell dir vor, ich habe vorhin einen Reiher beobachtet!“ „Einen was?“ „Einen Fischreiher. Einen Riesenvogel, wie ein Storch. Grau und silbern. Mit einer langen Indianerfeder am Hinterkopf. Er stand lange unbeweglich da und beobachtete das Wasser. Und

wenn er ein paar Schritte machte, nickte er langsam mit dem Kopf." Sie führte es ihm pantomimisch vor. „Und plötzlich – zack – stieß er zu und ein kleiner Fisch zappelte in seinem langen Schnabel. Dann flog er mit langsamen Flügelschlägen davon. Der hatte sooooo eine Spannweite!" Sie breitete die Arme aus und die Decke fiel zu Boden. Andreas mußte lachen. Bettina als Fischreiher! Er kramte in seiner Hosentasche und fand einen krümeligen Zwieback, den sie teilten. „Frühstück!"

Sie hob die Decke auf: „Komm, wir rücken wieder zusammen und spielen was."

„Was denn?"

„Das schöne alte Spiel: Ich sehe was, was du nicht siehst."

„Und was siehst du?"

„Das ist... das ist... weiß mit so schwarzen Flecken drin."

„Die Kühe auf der Weide?"

„Falsch! Die Birken dort drüben am Ufer."

„Ich bin dran. Ich sehe was, was du nicht siehst und das ist rotweiß gestreift."

„Die amerikanische Flagge dort auf dem Schiff?"

„Ja und nein. Es ist eine Bremer Flagge. Sie hat keine Sterne, sondern rot-weiße Würfel am Rand. Deshalb heißt sie auch Speckflagge."

„Woher weißt du das?"

„Von Ludwig, meinem Bruder. So eine Flagge war gestern im Tumult am Strand über Bord gegangen. Und da hat er sie einfach mitgenommen. Heute will er sie auf dem Kuhstall hissen."

Bettina dachte an Friedrich Münch: „Das sollte er lieber bleiben lassen! Das gibt nur Ärger! – Überhaupt, dein Bruder! Der muß immer über die Stränge schlagen und irgendwie provozieren. Der ist mir zu wild! Was soll eigentlich diese alberne rote Zipfelmütze, die er immer trägt?"

Andreas nickte nachdenklich: „Die ist gar nicht so albern. Das ist eine Jakobiner-Mütze. Weißt du, er fühlt sich eigentlich als Revolutionär, als Robespierre. Er will am liebsten die Revolution in Deutschland. Er ist immer noch der Meinung, daß die Probleme hier gelöst werden müssen und nicht in Amerika. Er hat an den heimlichen Versammlungen der Gesellschaft der Menschenrechte in Gießen teilgenommen. Georg Büchner und Ludwig Weidig - was die sagen, das packt ihn irgendwie. Sie arbeiten an einem Aufruf zur Revolution in Hessen. Aber bitte, bitte, behalte das ganz für dich."

Bettina nickte, sie wußte, wie gefährlich solche Gedanken waren. Sie war Ludwig Weidig sogar einmal begegnet, als er Friedrich Münch und Paul Follen zu einer wichtigen Unterredung aufsuchte. Das war jetzt im Februar gewesen. Es wurde ein heftiger Streit.

Sie sah Andreas an und schüttelte den Kopf. „Aber hier, auf dieser nassen, öden Weserinsel wird dein Bruder das deutsche Problem bestimmt nicht lösen. Schon gar nicht mit einer Speckflagge auf dem Kuhstall. Wir sind nicht mehr so recht in Deutschland und noch nicht in Amerika, sondern in einer Art Niemandsland."

Andreas stand auf, legte die Hände an den Mund und rief – so laut er konnte – über den Fluß zum anderen Ufer: „Niemandsland – Harriersand!" Sie horchten. Es kam kein Echo.

„Komm, es ist Zeit, wir müssen zu den anderen", sagte Bettina und stand auf.

Sie schüttelten gemeinsam den Sand aus der Decke.

Kuhstall-Gesellschaft

Der Kuhstall war zum Leben erwacht. Es roch nach Kaffee und vollen Windeln, nach Hirsebrei und Kuhmist, der ein paar Meter seitlich neben dem großen Tor in einem riesigen Haufen in der wärmenden Sonne vor sich hin dampfte. Auf dem Kopfsteinpflaster davor hatte sich eine Pfütze mit Gülle gesammelt. Ein paar Männer spannten draußen zwischen den Weiden eine Wäscheleine kreuz und quer und die Frauen schleppten feuchte Kleidung und Wäsche und Decken herbei. Sogar Dokumente wurden in die Sonne gehängt. Bald herrschte Mangel an Klammern. Andere waren dabei, abseits zwischen den Büschen eine stinkende Grube, in der das Wasser und noch so allerlei stand, zu verbreitern und zu vertiefen. Es fehlte an Brettern. Handwerker fachsimpelten und schleppten ihr Werkzeug herbei. Was ist, wenn der Wind herüberstand? Konnte die Grube von mehreren gleichzeitig benutzt werden? Männlein und Weiblein getrennt? Sollten Sichtblenden errichtet werden? Woher kamen Papiervorräte oder sorgte jeder für sich selbst? Wie konnte man Ungeziefer fern halten? Wie sich schützen, wenn es regnete? Und konnte man bei der Abreise einfach alles nur zuschütten?
Bettina ging den Frauen in der Kochecke zur Hand und half beim Brotschneiden und beim Freiräumen der Tische und Bänke. Andreas ergriff einen Spaten und ging zu den Männern an der Grube. Sein Bruder Ludwig war heimlich auf das Dach geklettert und versuchte nun, ein rot-weiß gestreiftes Tuch an einem langen Weidenast zu befestigen.
Neben dem großen Stalltor waren drei Männer dabei, aus kräftigen Balken und Ästen, die sie hinter dem Haus und im Strandgut gefunden hatten, ein einfaches aber stabiles Gestell zusammenzufügen, eine Art Glockenstuhl, in den sie die kleine Kirchenglocke hängen wollten.

„Wo ist der Herr Pfarrer?“ wollten ein paar Frauen aus Sachsen wissen. Louise Münch rührte in einem Topf auf dem Herd. „Er ist bald wieder da. Er spricht mit dem Bauern über das Trinkwasserproblem. Bitte geduldet euch!“ Dann ging sie von Lagerstatt zu Lagerstatt und bat die Frauen, ihr Hab und Gut übersichtlich zu sortieren und zu bündeln und auf und in den leeren Futterkisten an der Wand zu stapeln. Es mußte Platz geschaffen werden und dennoch jedes Ding sofort greifbar sein. Tische und Bänke sollten auf der Tenne freigeräumt werden für die gemeinsamen Mahlzeiten. Im Gebälk baumelten mitgebrachte, in Leinen eingenähte Würste und Räucherschinken. Die Gepäckstücke, die jetzt nicht gebraucht wurden, sollten, mit Namensschildchen versehen, die Leiter hinaufgereicht werden, auf den leergefressenen Heuboden. Das artete bei den Kisten und großen Körben in Schwerstarbeit aus. Jeder, der in der Nähe stand, mußte mit anfassen. Auf einem großen Reisekorb an der Innenwand war eine Art Wickeltisch entstanden. Frau Hanke aus Meißen puderte dort ihr Baby. „Es fühlt sich immer noch fiebrig an!?“ Über ihr flitzten ein paar Schwalben in eleganten Schwüngen in die Giebelecken. In einem anderen Winkel stopfte eine bayrische Familie frisches Stroh in ein paar Jute-Säcke. „ Es sind dieselben wie schon in Bremen, die auch hier wieder die besten Plätze auf den Pritschen ergattert haben. Möcht' wissen, wie die das immer so schnell hinkriegen, diese vornehmen Leute“, sagte eine junge Frau aus Schwaben etwas verbittert.
Zwei Damen hatten sich fein gemacht und stiefelten mit Hüten und Capes und kleinem Reisegepäck zum Stall hinaus. Frau Motschmann blickte unter dem breiten Schirm einer modischen Schute zwischen allerlei seidenen Bändern hervor und meinte spitz: „Es wäre doch gelacht, wenn wir in Brake nicht angemessene Hotelzimmer fänden .“ Sie zückte ein Tüchlein und betupfte ihre spitze Nase. Ihre Sicht war durch den breiten Schirm ihres Hütchens allerdings etwas eingeschränkt. Ihre Freundin hielt in der behandschuhten Rechten den langen Stiel eines kleinen, aufgespannten Sonnenschirms.
Eine Gruppe von unternehmungslustigen Junggesellen aus Schwaben packte abseits vom Stall allerlei Werkzeuge aus. Sie

wollten sich unter freiem Himmel „ganz in der Nähe“ ein paar Schilfhütten bauen. „Um die Enge etwas zu entkrampfen“, wie sie sich ausdrückten. „Die wollen doch nur unbeobachtet unter sich sein“, meinte Frau Brühl, “überhaupt sind diese Extratouren nicht gut für die Gemeinschaft.“ „Mir soll's egal sein. So kommt hier wenigstens etwas Luft rein“, murmelte Louise Münch und griff zum Besen.

Drei kleine Mädchen, die mit einem Kätzchen spielten und damit offensichtlich das Glück ihres Lebens gefunden zu haben schienen, waren im Wege. „Draußen scheint die Sonne, meine Damen, das würde auch der Katze gut tun! - Hatte die Bäuerin nicht Milch versprochen?“ „Die Milch bin ich!“ rief der Pfarrer, der eben mit einer Kanne in der Tür erschien, die am Ende des Stalls in die privaten Räume des Bauern führte. „Aha, die Milch der frommen Denkungsart!“ lachte Louise. Kaum hörten die Leute Münchs Stimme, rückten sie wieder mit allerlei Problemen heran:

„Wie kommt man über die Weser? – Wir müssen dringend nach Brake.“

„Hier ist es zugig und feucht, das ist nichts für kleine Kinder!“ schimpfte eine junge Mutter.

„Die Schlafplatzverteilung ist ungerecht, falls man das überhaupt Schlafplatz nennen kann.“

„In unserer Ecke hat es nachts durchgeregnet.“

„Die Enge ist unerträglich. Und dann dieser Gestank von Kuhmist und Desinfektionsmittel!“

„Der Vorstand muß eine Art Hausordnung ausarbeiten. Daß wenigstens die Nachtruhe und ein Rauchverbot durchgesetzt werden.“

„Was ist eigentlich, wenn hier ein Feuer ausbricht? Bei über 200 Menschen? Der Herd ist gefährlich. Und die Stallaternen im Gebälk? Es gibt mal eben zwei Eimer und eine Patsche. Das ist unverantwortlich!“

„Das ist doch keine menschenwürdige Bleibe.“

„Dafür haben wir nicht Haus und Hof verkauft!“

Die Leute drängten vor den Eingang, sie umringten, ja bedrängten den Pfarrer. Andere kamen von der Weide herbei.

„Es fehlt am Nötigsten. An frischen Lebensmitteln. An Wasser."
„Wir wollen hier nicht länger bleiben!"
„Wann ist denn endlich mit einem Schiff zu rechnen?"
Die Stimmen wurden lauter und überlagerten sich. Louise Münch blickte besorgt auf ihren Mann, doch der gab auf alles geduldige und tröstende Antworten, die schließlich in eine allgemeine Ansprache mündeten. Hierzu stieg er schnell auf eine Kiste, die zufällig mitten im Eingang herumstand.
„Es wird auch nicht lange so bleiben", sagte Münch mit kräftiger Stimme. „Bitte habt Geduld und Vertrauen. Wir arbeiten fieberhaft an der Suche nach einem passenden Schiff. Es gibt überhaupt keinen Grund, in Unruhe zu geraten."
Es war schon ein imposantes Bild, wie der Mann aus Niedergemünden dort gewissermaßen über seiner Auswanderergemeinde in einem schlichten, schwarzen Leibrock vor dem Hintergrund des weit geöffneten Stalleingangs wie in einem Rahmen stand. Wie immer standen seine vom Wind zerzausten Haare wirr nach allen Seiten. Die strengen Gesichtszüge wurden von einem Vollbart umrahmt. Den schwarzen Hut mit der breiten Krempe hielt er in der Hand.
„Gewiß hat Gott uns diese Prüfung auferlegt und wir werden sie bestehen! Was sind denn ein paar Tage auf einer Weserinsel gegen die Gefahren einer Atlantikpassage oder das große Wagnis, in der amerikanischen Wildnis einen deutschen Staat zu gründen? Die wirklichen Prüfungen kommen doch erst noch und wir werden auch sie schließlich bestehen!" Münch stand nicht nur wie sein eigenes Denkmal dort auf der Kiste, sondern er wandte sich den Leuten zu, suchte Blickkontakte und gestikulierte heftig. Ein wenig beschwörend hob er beide Arme. „Wir sind deutsche Brüder und Schwestern und das bedeutet, wir haben die besten Handwerker, die kräftigsten Hände und die fleißigsten Frauen unter uns. Laßt uns hier eng zusammenstehen und auf einer kleinen, abgelegenen Insel das ausprobieren, was wir drüben in der weiten, amerikanischen Landschaft im Großen bewältigen müssen und werden. Wie wollt ihr denn die Zukunft meistern, wenn ihr nicht einmal dieses kleine Hindernis überwindet? Wie wollen wir vor Gott und uns selbst bestehen?"

„Er hat Recht. Es wäre beschämend, wenn wir hier schon verzagen. Gott wird uns auch in diesen Tagen beistehen!“ rief Cornelius Schubert, der Buchhändler aus Dessau, mit sanfter Stimme. „Richtig. Die Hauptsache ist doch, dass wir endlich aus diesem bedrückenden und eingeschlafenen Deutschland herauskommen. Raus aus dieser Unfreiheit und Bespitzelung durch Polizeiapparate.“ Das war Martin Carl Homby, ein Lehrer aus Prag. Und das junge Mädchen, das sich an ihn schmiegte, rief: „So gesehen kann man es doch hier auf der grünen Wiese ein Weilchen aushalten, oder?“

„Es lebe die Insel-Republik Harriersand!“ tönte plötzlich eine laute, freche, etwas krächzende Stimme über ihnen. Die Versammlung vor dem Stall drehte die Köpfe und blickte hinauf zum Giebel.

„Was ist denn diese kleine, niedliche Insel im Niemandsland gegen das Deutschland da drüben, das unter der Willkürherrschaft der Aristokraten stöhnt! Genießt doch eure feuchte Inselfreiheit!“ Ludwig Krug saß wie ein Reiter auf dem Dachfirst und schwenkte die rot-weiß gestreifte Fahne wie ein Notsignal. „Es lebe die deutsch-amerikanische Insel-Republik, die demokratische Republik Harriersand! Vivat!“

„Vivat!“ riefen die Leute unten vor dem Stalleingang und sie mußten lachen, denn der Dachreiter da oben mit seiner kieksenden Stimme sah auch wirklich zu komisch aus mit dem gestreiften Tuch und der roten Zipfelmütze. Manche wußten allerdings nicht so recht, wie sie diesen Auftritt einschätzen sollten. Meinte der das ironisch?

„Dieser junge Mann liebt die Selbstdarstellung und außerdem ist das keine amerikanische, sondern eine Bremer Flagge“, sagte Louise zu ihrem Mann. Und der rief hinauf: „Ludwig Krug aus Coburg! Bitte hol’ diese Fahne wieder ein und komm herunter, ich möchte mit dir sprechen!“ Und zu der Versammlung um ihn herum sagte er. „Geht nun wieder an eure Arbeit. Ich werde heute Nachmittag den Vorstand versammeln. Er soll über unsere Probleme beraten. – Ach ja“, fügte er noch schnell hinzu, „Ein paar Männer sind dabei, diese Kirchenglocke neben den Eingang zu hängen. Die Glocke war in der Nicolaikirche in Altenburg vor Jahren wegen eines schadhaften Sprungs ausgewechselt worden. Die Gießerei, die eine neue Glocke lieferte, hat die alte etwas ausgebessert und unsere fünfzehn Altenburger Familien haben zusammengelegt, um sie als Erinnerung an die Heimat für einen symbolischen Preis abzukaufen und den Transport zu bezahlen. Sie soll uns künftig zusammenrufen, wenn es wichtig ist. Wenn sie ertönt, kommt bitte alle!" Er stieg von der Kiste und setzte den Klöppel ein paarmal in Bewegung. Hell und aufmunternd klang die Thüringer Glocke über der Weserinsel.

Friedrich Münch hatte den jungen Jakobiner zu einer Aussprache hinter den Kuhstall gebeten. Sie saßen auf Melkschemeln im Schatten des Schuppens. Von Ferne schauten gelegentlich ein paar wiederkäuende Rindviecher gelangweilt herüber. Der Hund der Bäuerin, ein mittelgroßer schwarzer Mischling mit kopiertem Schwanz, der auf den altfriesischen Namen Keno hörte, gesellte sich zu ihnen, leckte jedem ausführlich die Hand und legte sich dann neben Münch, um zu dösen. Sein schwarzes, kurzes Fell glänzte wie Seide. Ludwig nahm die rote Zipfelmütze vom Kopf und breitete die Speckflagge auf seinen Knien aus. Er strich mit der Hand darüber.

Münch bemühte sich möglichst ruhig zu sprechen: „Was sollte dieser Auftritt mit der Bremer Flagge und woher hast Du sie überhaupt?"

„Die lag nach unserer Landung unbeachtet im Matsch und das fand ich bedauerlich. Immerhin ist Bremen eine stolze, freie Hansestadt!"

„Spar Dir Deine Ironie! Die gehört also einem der Schiffer. Das geht nicht! Du kannst nicht die Leute, die uns helfen, einfach beklauen!"

„Ach was! Die haben doch ihr Geld bekommen. Und wahrscheinlich nicht zu knapp! Überhaupt: Alle diese hilfreichen Leute, diese Reeder, Makler, Kapitäne, Schiffsausrüster und Herbergsvermieter, die machen doch mit dem Auswandererelend klotzige Geschäfte! Allen voran dieser Delius, dieser Menschenhändler. Dem haben wir es doch zu verdanken, dass wir hier auf dieser gottverlassenen Pißinsel sitzen." Ludwig kam in Fahrt.

Münch dagegen behielt die Ruhe: „Delius ist kein Menschenhändler, sondern ein Kaufmann mit einem sehr hohen Risiko. Er steckt in einer mißlichen Lage, denn ihm fehlt nicht nur das Schiff, das uns aufnehmen sollte, sondern er muß auch noch schlimmere Katastrophen verkraften. Er griff die Flagge und rollte sie zusammen. „Ich möchte nicht in seiner Haut stecken. Da können wir nicht kommen und unsere Unzufriedenheit und Enttäuschung in pauschalen Beschimpfungen und Diebstahl zum Ausdruck bringen. Ich kann nicht zulassen, daß einer von uns stiehlt und die Umgebung provoziert!"
Ludwig hob seine Stimme: „Ich habe niemanden provoziert! Wovon sprecht Ihr?"
„Ich meine die Bremer Flagge, weithin sichtbar auf dem Harriersand! Diese Insel ist kein bremisches Territorium und kein Niemandsland, sondern eine Domäne des Großherzogs von Oldenburg. Willst Du uns Ärger mit dem verschaffen!?" Münch sprach nun mit Nachdruck.
Ludwig lachte höhnisch: „ Ach ja, der Herr Großherzog. Noch so ein selbsternannter Landesvater! Wer weiß, wie viele brave Landeskinder unter dem zu leiden haben. Und ich dachte schon, hier, mitten in der Weser, sind wir sie endlich los, diese miesen, adeligen Arschlöcher!"
Dem Pfarrer gefiel dieser Ton nicht: „ Du solltest Dich beherrschen!" sagte er energisch und scharf. „Noch sind wir in Deutschland und durchreisende Gäste im Herzogtum Oldenburg. Und wir sollten uns wie Gäste benehmen und nicht herumpöbeln. Gerade wir Auswanderer sollten die guten deutschen Tugenden wie Anstand, Ehrlichkeit und Toleranz im Ausland vertreten. Auf Diebe und Aufrührer kann unsere Gruppe verzichten!" Keno hob den Kopf und blickte auf Münch. Ludwig fühlte sich zu Unrecht in eine miese Ecke gestellt. Er wurde wütend und laut: „Mit Anstand, Ehrlichkeit und Toleranz kann man in Deutschland nicht die Herrschaft des Unrechts beseitigen! In Deutschland wimmelt es von Ausbeutern und Betrügern, die man einfach zum Teufel jagen sollte. Es wird höchste Zeit, daß wir alle mit der Waffe in der Hand für ein freies und geeintes und besseres Deutschland eintreten! Wir sollten da weitermachen, wo wir 1813 aufgehört

haben in den Befreiungskämpfen gegen die Franzosen. Das war damals eine gigantische Begeisterung für Freiheit und Vaterland. Hunderttausende haben sich den Jägerbataillonen spontan und freiwillig angeschlossen. Ihr eigener Schwager, Paul Follen, ist damals mit fünfzehn Jahren von zu Hause fortgelaufen, um sich bei einem hessischen Infanterie-Regiment zu melden. Heute führt er die Gießener Auswanderer nach Amerika. – Nein! Nicht Davonlaufen, sondern Kämpfen ist die Devise. Krieg den Palästen! Die Freiheitskämpfer hätten damals gleich die Adelsherrschaften mit hinwegfegen sollen und für eine einheitliche, deutsche Nation weiterkämpfen sollen." Ludwigs Stimme überschlug sich.

Keno mochte keinen lauten Streit. Er kniff den Schwanz ein, den er sowieso nicht mehr hatte und schlich davon.

Münch kannte diese Argumente zur Genüge bis in den Wortlaut hinein aus dem entsetzlichen Streit mit dem Rektor Ludwig Weidig aus Butzbach, der kurz vor der Abreise versucht hatte, ihm die Amerikapläne auszureden. Auch ließ er sich nicht gerne von diesem Jungen anschreien. Erregt, aber noch relativ ruhig sagte er: „Ich will auch nicht *hier* eine Herrschaft beseitigen, sondern *drüben*, in der Neuen Welt eine gerechtere und humanere Gemeinschaft gründen!"

Ludwig schrie: „Wir sollten aber besser *hier* zupacken und das Unrecht an der Wurzel bekämpfen. Eine radikale Revolution gegen diese arroganten adeligen Lackaffen in Deutschland wäre wichtiger, als davonzulaufen, um irgendwo am Ende der Welt ein paar kleine, idyllische Musterdörfchen zu gründen!"

„Eine deutsche Republik in der neuen Welt wäre aber ein wichtiges Signal für die alte Welt. Wenn Du daran nicht glauben kannst, dann musst Du hier bleiben, auf die Barrikade steigen und Deinen sinnlosen Kampf beginnen. Du wirst auf einem Steckbrief landen! Unsere Gruppe kann jedenfalls keine Hitzköpfe, Zweifler und Jakobiner gebrauchen. Du machst mir nur die Leute verrückt!"

„Keine Angst, Herr Pfarrer! Ich wollte sowieso nicht mit über den Atlantik. Ich wollte nur meine Familie zum Schiff begleiten. Aber ich sehe kein Schiff! Irgendetwas klappt hier wohl nicht!? Mein Platz ist jedenfalls an der Seite Ludwig Weidigs und Georg

Büchners auf der Barrikade!“ Der Name Weidig wirkte auf den Geistlichen wie ein Schlag, er gab nun die Beherrschung auf und brüllte: „Ich verlange, dass Du spätestens morgen den Harriersand verlässt!!!“
Ludwig sprang auf, griff die Speckflagge, setzte seine rote Zipfelmütze auf und machte sich mit betont energischen Schritten davon.
Die Kühe hatten aufgehört zu kauen und betrachteten nun den Abgang aufmerksam, aber mit einem gewissen Unverständnis.

Friedrich Münch sah dem Jungen nach. Er ärgerte sich, dass er die Beherrschung verloren hatte. Er nahm die beiden Melkschemel, um sie in den Stall zurückzubringen. Doch da stand der Apotheker Brühl plötzlich vor ihm. „Auf ein Wort unter vier Augen, ein besorgtes Wort!“ Münch hätte jetzt lieber einen langen Spaziergang ganz alleine am Ufer gemacht. Aber er mochte den Landsmann aus dem hessischen Rodheim und schätzte dessen Meinung. Was Brühl sagte, war stets durchdacht. Das war ein Mann, der nie die Ruhe verlor. Seine medizinische Sachkenntnis war für diese Gruppe unverzichtbar, denn sie hatte nicht wie die erste Gruppe, die unter der Leitung von Paul Follen bereits nach New Orleans unterwegs war, einen Arzt zur Verfügung.
Seufzend setzte sich Münch wieder und bot dem Medizinmann den anderen Schemel an. Der stellte seine Hebammentasche darauf, öffnete die Schiebeverschlüsse und entnahm ein Fläschchen mit zwei Likörgläsern. „Zunächst einmal habe ich hier etwas Gutes für die Nerven. Bestimmt können wir beide einen Schluck gebrauchen.“ Er schenkte ein und reichte dem Pfarrer ein Glas. „Prost!“ Das Zeug brannte ganz schön. „Was ist das?“ „Kleiner Gruß aus dem hessischen Rodheim. Ein Pflaumenschnaps.“
„Ihr klingt so besorgt. Was bringt Ihr mir?“
„Der Bauer weigert sich, für so viele Menschen sein Plumpsklo zur Verfügung zu stellen. Besonders die Damen stehen ausdauernd in langer Schlange davor. Die Herren und die Kinder verkrümeln sich eh in die Büsche. Das ist unhaltbar! Wenn die Tage noch wärmer werden, entsteht schnell eine Seuchengefahr. Der Versuch, eine Latrine für alle zu errichten, steckt noch in den

Vorüberlegungen. Die Grube, die bis jetzt ausgehoben wurde, ist zu nahe an der Unterkunft und zu dilettantisch. Wir brauchen dafür stabile Materialien, Balken, Bretter und Beschläge vom Festland. Tischler haben wir selbst.
Zum anderen benötigen wir dringend sauberes Trinkwasser zur Körperpflege und zum Kochen. Das Weserwasser riecht modrig, ist trübe und steckt voller Keime. Abkochen reicht da nicht! Weiß der Teufel, was darin alles gelöst ist!?"
Hier unterbrach Münch und erzählte kurz von einer Möglichkeit, Trinkwasser durch ein sogenanntes „Druppfatt" zu gewinnen. Jan Köster hatte ihm das „Tropf-Faß" angeboten zum Filtern von Wasser aus den Graften, das sind die Gräben an den Wiesen hinter dem Haus. Das oben eingefüllte Graftwasser liefe in dem Faß durch Schichten von Holzkohle und Sand und käme durch einen hölzernen Hahn unten als sauberes Trinkwasser heraus. Man müßte nur etwas Geduld haben. Interessant war auch die Auskunft, daß die Braker Amerikafahrer ihre Wasserfässer nördlich des Harriersands zwischen Rechtenfleth und Sandstedt aus der Weser füllten. Dort solle es angeblich das sauberste Weserwasser geben. Man müßte eben in Brake Fässer besorgen.
Der Apotheker nickte und fuhr in seiner Liste fort. „In zwei Familien herrscht Durchfall! Ich habe keine Kohletabletten mehr!
Drittens brauchen wir warme Decken. Nässe und Kälte sind die beste Voraussetzung für Erkältungen, Fieber etc. Das kleine Kind von Hankes hat bereits hohes Fieber. Es müßte eigentlich isoliert werden. Ein Befund ist schwierig."
Münch kroch mit der rechten Hand in seinen riesigen Vollbart und stöhnte.
„Morgen früh werde ich nach Brake übersetzen, um das Nötigste mit der Firma Gross zu regeln, die uns auch den Proviant liefert. Die haben alles, auch Kohletabletten und leere Fässer. Es kostet nur Geld!"
Brühl fischte zwei Papiere aus seiner Westentasche: „Hier ist eine Aufstellung der handwerklichen Materialien, und hier habe ich eine Liste der Medikamente, die wir dringend benötigen. Geht es nicht schon heute?" „Ich will versuchen, ob ich einen Kahn bekomme. Für morgen ist er bestellt." Münch überflog die Liste:

„Kompressen, Verbandszeug, Jodtinktur, Migränepulver – Migränepulver?“ Er sah den Apotheker fragend an. Der zuckte mit den Schultern. „Dorothea Motschmann aus Coburg braucht die Pülverchen. Sie bekommt manchmal Anfälle. Zumindest versteht sie es, den Anschein zu erwecken. – Ich kann das nicht so richtig beurteilen. – Herr Pfarrer, die Verhältnisse hier sind so primitiv, daß einige Landsleute erwägen, in Brake in ein Hotel zu ziehen. Frau Motschmann allen voran.“
„Ich weiß“, sagte Münch, „Das wäre natürlich sehr schlecht für die Moral der Gruppe und ihren Zusammenhalt.“
Brühl füllte die Gläser noch einmal. „Bitte sagen Sie mir ganz im Vertrauen: auf wie viele Tage müssen wir uns hier gefaßt machen? Was sagt Delius?“
Friedrich Münch suchte in seiner Mappe nach einem Zeitungsartikel. Er zog ihn heraus und reichte ihn Brühl: „Delius hat große Probleme mit einer Schiffskatastrophe. Vor vierzehn Tagen ist die amerikanische „Shenandoah“ vor der Insel Wangerooge auf Grund gelaufen. Das ist hier in der Wesermündung um die Ecke. Vollgepackt mit Auswanderern! Es gab Tote! Delius zahlt nun ein Vermögen dafür. Lesen Sie selbst seinen Spendenaufruf an die Bremer Bevölkerung.“ Und er fügte leise hinzu, während Brühl den Ausschnitt überflog: „Unsere Gesellschaft sollte aber von all dem möglichst nichts erfahren.“ Der Apotheker schüttelte den Kopf: „ Mein Gott, wie furchtbar, siebzehn Tote, die Überlebenden haben nichts gerettet als das nackte Leben, einige sterbenskrank und schwer verletzt. – Ich sehe ein: das sind natürlich ganz andere Probleme. Da sollten wir eigentlich ganz still sein und uns bescheiden! Dennoch, unsere Lage ist auch nicht ungefährlich. Wenn sich Krankheit, Zweifel, Überdruß und Hoffnungslosigkeit in unserer Gesellschaft einnisten, dann ist die erste deutsche Republik in Gefahr.“
Münch schob den Artikel wieder in seine Mappe und sagte, indem er sich erhob: „Hoffentlich geht es meinem Schwager Paul mit der ersten Gruppe gut. Sie könnten schon bald in New Orleans sein, wenn sie mit dem Wetter Glück haben.“

Am Deich

Das Leben im Kuhstall hatte sich nach draußen verlagert. Die Frühlingssonne wärmte auch die Gemüter und verlockte zu Aktivitäten. So richtig warm wurde es allerdings nur im Windschatten, denn es fegte ein ziemlich frischer Wind über die flache Insel. Die Wäsche ruckte und zerrte in Böen waagerecht an der Leine. Decken und Betten waren zum Trocknen auf der Wiese ausgebreitet, rollten sich im Wind aber immer wieder zusammen und trudelten zur Seite. Bettina hockte barfuß am Deich und versuchte mit einem alten, verrosteten Messer das Schuhwerk der Familie Münch von verkrustetem Schlick zu befreien. Eine Gruppe von Frauen folgte der Bäuerin mit Eimern und Schemeln auf die Weide in Richtung Rinderherde. Sie waren sorgfältig bemüht, frischen Kuhfladen auszuweichen.
Cornelius Schubert und zwei literarisch interessierte Damen aus Thüringen zogen und schoben mit aller Kraft eine schwere Bücherkiste an den Deich. Sie wollten sie in der Sonne auspacken, um die Wasserschäden zu begutachten.
Im Schutz des Schuppens saß Friedrich Münch an einem kleinen, wackeligen Tisch, um sich auf den Besuch in Brake vorzubereiten. Mit Jan Köster, dem Bauern, hatte er eine Überfahrt für morgen früh verabredet. Er ging die Listen und Wunschzettel durch und brachte alles in eine vernünftige Reihenfolge. Es war wohl besser, wenn ihn jemand helfend begleiten würde, und er dachte an Bettina, denn Louise wurde hier gebraucht. Seine Jüngsten, Adolph und Pauline, standen plötzlich vor ihm und baten und bettelten so lange, bis er ihnen erlaubte, am Rande der Weide mit anderen Kindern zu spielen. „Aber bleibt vom Ufer fern und macht einen Bogen um die Rindviecher!“
Als Bettina mit den Schuhen fertig war, band sie ihre Stiefel an den Schnürsenkeln zusammen, hängte sie über die Schulter und

machte sich barfuß auf den Weg, um das Auswanderer-Eiland zu erkunden und vielleicht Andreas dabei irgendwo zu treffen.
Sie mußte sich richtig gegen den Wind stemmen und immer wieder wurde ihr durch ihre wehenden Haare die Sicht genommen. Geduldig strich sie sich die Strähnen aus dem Gesicht. Der Wind fuhr auch mächtig und rauschend in die breiten Schilfränder am Ufer, bog die Halme und verursachte im Schilffeld Wellenbewegungen wie im Wasser. Nun, bei Ebbe, zogen schmale, gewundene Rinnsale glucksend und plätschernd mit dem letzten ablaufenden Wasser durch den Schlick. An den braunen Rändern der Schilfstengel konnte man sehen, wie hoch die Flut gestanden hatte. Möwen und Strandläufer schienen im Modder an der Wasserkante reichlich Nahrung zu finden. Mit durchdringendem, kurzen Piepen meldete sich ein Austernfischer zur Stelle und stocherte mit seinem langen, roten Schnabel nach kleinen Muscheln im Schlick.
Weiter flußabwärts entdeckte Bettina reges Leben in einem verzweigten, dichten Gebüsch von Weiden und Erlen. Die Gruppe von jungen Männern, die mit Beilen, Sägen und Werkzeug den Kuhstall verlassen hatten, war dabei, sich aus Ästen, Schilf und angeschwemmten Holz und Tauwerk einen Unterschlupf zu bauen. Sie hatten ihren Spaß dabei, denn immer wieder brachen sie in Gelächter aus. Dabei machte eine Flasche die Runde. Was da im Entstehen war, sah nicht ungeschickt aus. Einer von ihnen bereitete eine Feuerstelle vor und hängte einen Kessel in eine Astgabel. Was hatten sie dort im Sinn? Wollten sie sich aus der Kuhstallgemeinschaft ausklammern und ihr eigenes Süppchen kochen? Bettina hatte keine Lust, sich bemerkbar zu machen. Sie setzte sich ans Ufer und zog Strümpfe und Schuhe wieder an. Plötzlich tauchte vor ihr in der Weser ein Kopf auf. Kugelrund, mit großen, glänzenden, dunklen Augen. War das ein Seehund? Sie hatte noch nie einen Seehund gesehen, erinnerte sich aber an Abbildungen. Die platte Nase, die spärlichen aber kräftigen Schnurrbarthaare. Was sollte es sonst sein? Für einen Fisch oder Otter oder Biber war es zu groß. Aber kamen Seehunde aus der Nordsee denn die Weser herauf? Die großen, runden Augen sahen sie an, tauchten weg und an anderer Stelle wieder auf. Wieder sah das Wesen in

ihre Richtung. Meinte es wirklich sie? Dann war es ganz verschwunden, so sehr sie auch blickend suchte.
Das Mädchen schlug einen großen Bogen um die werkelnden und lachenden Männer und wanderte nun über die offene Weide. Der Harriersand war platt wie ein Pfannkuchen. Es gab keine markanten Punkte, bis auf den Bauernhof, der etwas erhöht auf seiner Wurt lag. In der Ferne sah sie die schwarz-weißen Punkte der Herde. Wege gab es kaum, nur einen Trampelpfad am Weidenzaun. Hinter der Herde sah man einen Kirchturm und eine Mühle am Horizont. Aber das mußte schon wieder das Festland sein, sozusagen das Ostufer der Weser. Wie diese Dörfer wohl hießen? Zwischen der endlosen Weide und diesen Dörfern lag dann wohl der andere Weserarm. Aus dieser Richtung kam Kindergeschrei. Sie mußten irgendetwas Aufregendes spielen. Sicher waren Pauline und Adolph vorneweg dabei.

Bettina überquerte mit nassen Schuhen und Strümpfen weite Weidenflächen und wanderte nun wieder in Richtung auf das Auswanderer-Biwak. An der Sonnenseite der Wurt erblickte sie im Gras des Deichs eine Bücherausstellung. Der Buchhändler hatte seine literarischen Schätze auf großen Decken zum Trocknen ausgebreitet. So manches Buch war fleckig, hatte Ränder und gewellte Seiten, die aneinander klebten. Der Schaden war erheblich und Cornelius war ziemlich verzweifelt. Diese Bücher waren alles, was er besaß. Sie stammten aus der Buchhandlung seines Vaters in Dessau, die er zuletzt geleitet hatte. Das Geschäft war von den anhaltinischen Behörden geschlossen worden, sein Vater war vor einem Jahr gestorben und Cornelius selbst war in Ungnade gefallen. Seine Verhaftung drohte, weil er in den Verdacht „Demagogischer Verbindungen“ und „revolutionärer Umtriebe“ geraten war, wie es in der schriftlichen Verfügung hieß. Dabei war er kein tatendurstiger Revolutionär. Sein Interesse an aufklärerischen und liberalen Ideen war mehr eine literarische Schwärmerei. Nach dem Studium der deutschen Literatur und Sprache in Leipzig war er in den väterlichen Buchhandel eingestiegen und hatte ihn mehr und mehr übernommen, denn der Vater war unheilbar lungenkrank. Einmal im Monat erfüllte Cornelius sich einen Herzenswunsch und öffnete das Geschäft am Sonntag für einen literarischen Zirkel, in dem die neueste Literatur gelesen und diskutiert wurde. Zu diesen Treffen kamen Studienfreunde aus Leipzig und Wittenberg, Burschenschafter und junge Dozenten. Der Vater sah diese Versammlungen mit Sorge und Angst vor den herzoglichen Zensoren. Man las die frühen Schiller-Dramen, aber auch Gedichte von Ludwig Börne, August Heinrich Hoffmann und Heinrich Heine. Zuletzt hatten sie köstlichen Spaß gehabt mit den kritischen Spötteleien in der „Harzreise". Dann bekamen die Behörden im Herzogtum spitz, daß einige Mitglieder dieses Zirkels im Mai 1832 zu einem spektakulären Treffen von Liberalen, Republikanern und Demokraten in die Pfalz gereist waren. Auf diesem „Hambacher Fest" hatten an die dreißigtausend Teilnehmer – darunter Abordnungen aus Frankreich und Polen – für Freiheit, Menschenrechte und die Einheit Deutschlands demonstriert. Der Dessauer Buchhändler war zwar nicht mitgefahren, aber er war dennoch ins Visier der Demagogenverfolger geraten, weil er nun zu den „Begünstigern und Vorbereitern solcher Umtriebe" gehörte. Die literarischen Treffen wurden verboten, die Buchhandlung geschlossen. Das nahm dem Vater auch die letzte Lebenskraft.

Nach dem Tod des Vaters dachte Cornelius an eine Emigration nach Frankreich. In Paris lebten bereits Börne, Heine und andere deutsche Schriftsteller und Journalisten. Aber dann bekam er die *„Aufforderung und Erklärung in Betreff einer Auswanderung"* von Paul Follen und Friedrich Münch in die Hände. Er verpackte die schönsten Bücher in zwei Kisten und fuhr damit – seltsamer Weise unbehelligt von den Zöllnern, die sich wohl mit Literatur nicht so auskannten – mit einer normalen Postverbindung zum Abreisetreff nach Bremen.

Nun lagen die Zeugnisse deutschen Geistes hier in der Maisonne am Weserdeich, vom gestrigen Regen aufgeweicht und in Auflösung begriffen. Einzelne Seiten, die sich gelöst hatten, griff der Wind und wirbelte sie über die Weide. Sie sprangen und tanzten in Richtung auf die Kühe und empfahlen sich dort vergeblich zur Lektüre. Das sollte einmal der Grundstein für die erste deutsche Buchhandlung in Arkansas werden! Und nun?

Bettina entdeckte hier auch Andreas, der gerade eine zweite Kiste ausräumte. Es waren kostbare, in Leder gebundene Prachtstücke der deutschen Literatur, darunter Kant, Lessing, Herder, Wieland und natürlich auch Goethe und Schiller. Aber auch Shakespeare und Rousseau konnte sie entdecken.
Bettina hätte nichts dagegen gehabt, sich hier für den Rest des Tages blätternd und lesend an den Deich zu setzen. Zwei Leserinnen saßen dort schon in Bücher vertieft. Andreas hatte kaum Aufmerksamkeit für Bettina, denn er hatte gerade ein schmales Bändchen aus der Kiste gefischt und hielt es hoch. „Da hätten wir ja genau den richtigen Reiseführer!“ rief er, schlug es auf und fing laut an zu lesen: *„Bericht über eine Reise nach den westlichen Staaten Nordamerikas.“ „Das Land mit fruchtbaren und landschaftlich reizvollen Territorien, geringer Bevölkerung, aufblühendem Handel, niedrigen Preisen und allgemeiner Gewerbefreiheit bietet grenzenlose Verdienstmöglichkeiten. Unbeschränkte Freiheit für Handel und Gewerbe, Jagd und Fischerei herrscht für Jedermann.“* Bettina erkannte sofort dieses Buch. Der Vater hatte in Gießen gleich mehrere Exemplare für die Auswanderungsgesellschaft angeschafft. „Jeder Amerikafahrer sollte dieses Buch lesen!“ hatte er gesagt. Er war mit dem Verfasser, Gottfried Duden, persönlich befreundet. Einmal war Duden im Pfarrhaus gewesen und sie hatten lange über die amerikanischen Möglichkeiten gesprochen. Dieser Duden, so glaubte Bettina, hatte Münch schließlich mit dem Amerikafieber angesteckt. Er war dann vor ein paar Jahren schon endgültig ausgewandert und die Gießener hofften, ihn drüben wieder zu treffen. Er würde der ganzen Gesellschaft dort helfen können, denn keiner kannte die Verhältnisse so wie er.
„Diese Beschreibung klingt wie ein Märchen“, sagte Andreas und blätterte weiter. „Und doch ist es so“, meinte Cornelius, „jeder kann dort tun und lassen, was er will und keiner kann ihm etwas vorschreiben. Er muß nur tüchtig sein!“
Andreas hatte eine andere Stelle gefunden. *„Es besteht kein Unterschied des Ranges; es gibt keine Vornehmen und Niedrigen; der Beamte hat vor dem Bauern, der Kaufmann vor dem Fuhrmanne nichts voraus.“* „Aber“, so fragte er Cornelius, „wenn

nun ein Adliger, ein Graf zum Beispiel, nach Amerika auswandert?" „Dann muß er wie alle andern ganz klein von unten anfangen", antwortete dieser und hielt mit spitzen Fingern eine nasse Seite gegen das Sonnenlicht, „es sei denn, er hat viel Geld. Seinen Adel kann er vergessen. Alle haben die gleichen Chancen. Auch ein Bauer oder Schauspieler kann amerikanischer Präsident werden."

„Das ist ja fast unglaublich!" rief Andreas. „Darf ich mir dieses Buch, diesen Gottfried Duden, für ein paar Stunden ausleihen? Ich würde es zu gerne meinem Bruder Ludwig zeigen?" Cornelius nickte: „Selbstverständlich. Ich habe auch noch andere Texte über Amerika, aber dieser Duden ist die heimliche Bibel der Auswanderer."

Unbemerkt war Charles Behning, ein Kaufmann aus Lindau, dazugekommen und mischte sich nun in das Gespräch. „Es gibt aber auch sehr bedenkliche Berichte", sagte er, „über das Land, wo Milch und Honig fließen, wie viele glauben. Von Ganoven und Gaunern kann man lesen, die schon gierig auf das nächste Auswandererschiff warten. Man muß, glaube ich, bei all diesen Nachrichten sehr, sehr vorsichtig sein und nicht jedermann vertrauen, wenn man dort Fuß fassen will."

Bettina zitierte nun ihren Vater: „Wenn wir Deutschen unter uns bleiben, sind wir selbständig und uns kann nichts passieren!" Friedrich war zu Hause immer wieder mit Paul Follen die lange Liste der Anmeldungen durchgegangen. Es sollten möglichst alle Berufe, alle Handwerke in der Gesellschaft vertreten sein.

„Sicher", meinte Behning, „das ist schon ganz gut geplant. Aber wir können uns drüben nicht einigeln und das neue Land und die freieren Gesetze einfach nur so benutzen. Handel und Wandel gehen durch das ganze Land. Und es fängt damit an, daß wir alle erst' mal Englisch lernen müssen. Deutsch können wir dann nur noch unter uns sprechen. A propos: stimmt es, Herr Schubert, dass Sie uns etwas Englisch beibringen könnten?"

„Natürlich, die erforderlichen Texte hätte ich vorrätig. Wenn sich eine kleine Gruppe findet, können wir morgen mit dem Unterricht anfangen." Behning bot an, ein Honorar für ihn einzusammeln.

Nun klappte Dorothea Brühl das Buch, in dem sie die ganze Zeit gelesen hatte, zu: „Danach hatte ich auch noch fragen wollen und ich bin gerne mit dabei. Und was ich noch wissen möchte: haben Sie auch ein Buch über Kräuterheilkunde? Es wächst und blüht jetzt prächtig auf dieser Insel und da könnte man vielleicht so einiges finden. Meinem Mann gehen langsam die Medikamente aus."

„Ach, sind sie Frau Brühl?" wollte nun eine junge Frau wissen, die sorgsam ein Bündel in den Armen hielt. Sie war eben dazugekommen. „Ich möchte so gern, daß Ihr Mann sich noch einmal meine kleine Leni ansieht. Es geht ihr wirklich nicht gut. Sie ißt nichts und hat Fieber. Ich mache mir so große Sorgen!" „Sie sind Frau Hanke, nicht wahr? Es ist nur so: Mein Mann ist am Südende der Insel, wo sich jemand verletzt hat. Er ist eigentlich auch gar kein Arzt und wird Ihnen vielleicht nicht viel helfen können. Aber ich will ihm das so schnell wie möglich sagen." Dorothea Brühl sah sich das kranke Kind näher an und meinte dann: „Frau Hanke, das Beste, was Sie tun können, ist, wenn Sie die Kleine so schnell wie möglich hinüber nach Brake bringen. Dort gibt es – vermute ich mal – richtige, gute Ärzte." Wenn ich nur etwas mehr wüßte, dachte sie. Sicherlich gab es auch fiebersenkende Tees.

Lisa Hanke war verzweifelt: „Wir können uns keinen Arzt leisten. Wir haben kaum Ersparnisse. Mein Mann ist Kunstmaler und hatte zuletzt keine Arbeit mehr, weil der Herzog andere Künstler aus politischen Gründen vorzog. Der Aufenthalt im Bremer Hotel war sehr teuer. Wir brauchen jeden Pfennig für einen neuen Anfang in Amerika."

Bettina hatte das Gefühl, dass man dieser Frau sehr zureden mußte: „Frau Hanke, es geht um Ihr Kind! Da kann offensichtlich nur ein richtiger Arzt helfen. Sie müssen unbedingt nach Brake, sonst machen Sie sich vielleicht Ihr Leben lang Vorwürfe", sagte sie eindringlich.

„Wir könnten ja alle zusammenlegen und Ihnen bei den Behandlungskosten helfen. Mit der Fähre morgen kommen Sie so mit. Ich werde Sie begleiten und helfen, so gut ich kann." „Ich könnte Ihnen auch etwas vorschießen", sagte Behning eilfertig. „Sie unterschreiben mir eine Quittung. Wir verrechnen das dann später in Amerika.". Doch niemand achtete auf ihn.

Während Bettina mit Frau Hanke und dem Kind zum Stall zurückging, platzte Ludwig Krug plötzlich in die Bücherecke. „Verzeihung, wenn ich störe, aber es eilt ein wenig! Ich werde morgen früh die Insel verlassen. Ich muß nach Gießen zurück. Wer also einen Gruß, ein Briefchen nach Hessen mitgeben möchte, der sollte jetzt bald schreiben. Ich bin hinter dem Kuhstall anzutreffen."
„Ach, du Schreck!" murmelte der Buchhändler, „noch einer, der es hier auf der Insel nicht aushält." Und er dachte an die feinen Damen, die sich in Brake ein Hotelzimmer suchen wollten.
Andreas legte einen Arm um seinen Bruder: „Ludwig, laß uns unbedingt noch einmal in Ruhe miteinander sprechen!" „Wir sehen uns nachher bei Onno", meinte der.
„Könnten Sie für mich einen Brief an einen Geschäftsfreund in Friedberg mitnehmen?" bat Behning. „Das will ich gerne tun!"
Cornelius suchte Papier und Tinte in seinen Kisten. „Ich werde schnell ein paar Zeilen an meine Mutter schreiben." Frau Brühl half ihm beim Suchen und sagte: „Bitte geben Sie mir auch ein Schreibzeug. Ich möchte mich anschließen." Bettina dachte an Charlotte, ihre beste Freundin in Niedergemünden und sie lief in den Stall, wo sie ihr eigenes Briefpapier und hoffentlich einen ungestörten Winkel hatte.
Die Nachricht verbreitete sich rasch im Lager und die Chance, noch einmal Grüße nach Hause zu senden und von der Verzögerung der Abreise sowie dem Biwak auf der Insel zu berichten, wollten viele nicht ungenutzt verstreichen lassen. Die Gespräche verstummten und die Weide wurde zum Schreibzimmer.

Harriersand bei Brake,
den 1. Mai 1834

Liebste Lotte!
Immer wieder muß ich an Dich und die hessische Heimat denken. Eigentlich sollte mein erster Brief an Dich aus Amerika kommen. New Orleans oder so. Aber nun

kommt alles ganz anders. Wir haben überraschend die Möglichkeit, einem Vertrauensmann Briefe nach Hessen mitzugeben. Deshalb in aller Eile zwei Nachrichten an Dich: eine gute und eine schlechte.
Die schlechte: Wir sitzen fest und kommen nicht weiter. Auf einer Insel mitten in der Weser. Unser Schiff ist nicht gekommen und ein Ersatz nicht so schnell in Sicht. Alle blicken nun erwartungsvoll auf Vater. Er soll und muß es richten. Das ist eine schlimme, seelische Belastung für ihn. Aber er ist – wie so oft – voller Gottvertrauen und Zuversicht.

Die gute Nachricht: Du wirst es kaum glauben. Ich habe mich verliebt! Und wie! Bis über beide Ohren! Er heißt Andreas, ist 18 Jahre alt und Student, hat wunderschöne braune Augen und einen dunkelblonden Wuschelkopf. Ich glaube, der ist es! Endgültig! Wir kennen uns zwar erst seit einer Woche, sind aber ein Herz und eine Seele. Ich glaube, ich habe endlich meinen Prinzen gefunden. Er kann sehr, sehr lieb sein, manchmal aber auch ziemlich frech. Sein Dialekt ist etwas gewöhnungsbedürftig, denn er stammt aus Oberfranken. Seine Familie ist gerade dabei, ein großes Zelt aufzubauen für die umfangreiche Verwandtschaft. Sie kommen aus Coburg wie so viele hier auf der Insel. Allein über vierzig Menschen in unserer Gesellschaft stammen aus der Gegend. Nach den Andeutungen von Andreas müssen die Verhältnisse in Sachsen-Coburg-Gotha für jeden liberal denkenden Menschen unerträglich sein. Während die großherzogliche Herrschaft – genau so wie in Hessen-Darmstadt – nur an Macht und Pracht interessiert ist, herrschen im Lande Unterdrückung, Unmündigkeit und Ausbeutung.

Bettina brach ihr Briefschreiben plötzlich ab. Sie las noch einmal, was sie geschrieben hatte und zerknüllte dann das Blatt. Es war nicht gut, solche Sätze quer durch Deutschland zu schicken. Es war überhaupt nicht gut, seine Gedanken derart offen zu le-

gen, jedenfalls nicht für ein junges Mädchen. Dann strich sie den zerknüllten Briefbogen mit der Hand wieder glatt und legte ihn in ihr Tagebuch, das sie als Schreibunterlage benutzt hatte. Hier waren solche Gedanken gut aufgehoben. Hier konnte sie ungehindert beichten und bangen, schimpfen und schwärmen.
Schon seit Jahren hatte sie immer wieder den Vorwurf hören müssen zu eigenwillig und zu grüblerisch zu sein. „Für ein Mädchen denkst und liest du zuviel", hatte die Großmutter im Pfarrhause einmal gesagt. „Überlaß' das doch den Männern!" Andere schalten sie „geschwätzig". Einzig Friedrich Münch, ihr Ziehvater, war manchmal bereit, sich geduldig mit ihren Fragen auseinanderzusetzen. Er erlaubte ihr auch, das eine oder andere Buch zu lesen, das er sich aus Gießen mitgebracht hatte.
Beim Blättern im Tagebuch stieß sie auf eine Eintragung vom Februar und las sich fest:

Niedergemünden, Samstag, den 22. Februar 1834

Paul und Marie stecken mitten in den Vorbereitungen für die Amerikafahrt und wissen nicht, wie ihnen der Kopf steht. Ihre Gruppe soll in vier Wochen von Gießen aufbrechen. Während Luise und Marie im Pfarrhaus den Hausrat sortieren, sitzen Paul und Friedrich in der Amtsstube und gehen immer wieder die Korrespondenzen und Anmeldelisten durch. Wer hat noch nicht bezahlt? Fehlen wichtige Berufe? Wer kommt zur gemeinsamen Abreise nach Gießen? Wer nimmt den Weg direkt nach Bremen? Zahlreiche Anfragen müssen beantwortet werden. Können auch Großeltern die Reise bewältigen? Dürfen Haustiere mitgenommen werden? Läßt sich eine Kirchenglocke transportieren? Sind Englischkenntnisse vorausgesetzt? Ist ein Arzt dabei?

In diese Hektik platzte gestern der Besuch von Ludwig Weidig. Ein großer, stattlicher und gelehrterMann. Er hat eine bewundernswerte Ausstrahlung und ist Feuer und Flamme für die revolutionäre Idee. So viel ich weiß, leitet er eine Schule in Butzbach bei Gießen. Vater ist mit ihm seit Jahren befreundet und

bewundert ihn wegen seiner Bildung und Klugheit. Alle drei sind sich eigentlich einig in ihrer heftigen Kritik an den politischen Verhältnissen in Deutschland. Doch jetzt sind sie dabei, völlig entgegengesetzte Wege einzuschlagen.
Gestern versuchte jede der beiden Parteien, die andere auf ihre Seite zu ziehen. Weidig schwärmte von der neugegründeten „Gesellschaft der Menschenrechte" in Gießen, der auch der Student Georg Büchner angehört und von ihrer geplanten Erhebung gegen die großherzogliche Regierung in Darmstadt. Noch in diesem Jahr sollte ein Aufruf an die hessische Bevölkerung gehen, zu den Waffen zu greifen.
Paul und Friedrich schwärmten dagegen von ihrem neuen Deutschland in Arkansas, das auch solche Köpfe wie Weidig dringend gebrauchen könnte. Die Auseinandersetzung der drei Männer wurde so heftig, daß wir Frauen auch durch die geschlossene Tür jedes Wort bis in die Küche verstehen konnten. Mutter goß den Kaffee auf und ich teilte den Streußelkuchen. Als ich schließlich mit dem Tablett in die Stube trat, schrie Weidig: „Wißt Ihr, was Ihr seid? Ihr seid Verräter am deutschen Vaterland!" Er rannte mich um, stürmte nach draußen, sprang auf sein Pferd und galoppierte die Dorfstraße hinunter. Das Tablett ging zu Boden, Mutter eilte mit einem Wischlappen herein, Paul starrte aus dem Fenster hinter dem Reiter her und Vater half die Trümmer des Geschirrs zusammenzuklauben. Ich fing an zu weinen. Nach einer Weile sagte Vater leise: „Laßt mal, Scherben bringen Glück. Und das haben wir alle für unsere Pläne dringend nötig."

Ludwig

Am späten Nachmittag wurde es Zeit für Ludwig, von seinem Bruder und den Freunden Abschied zu nehmen, bevor er den letzten Abend mit seiner Familie verbringen würde. Viel zu packen hatte er nicht. Er stopfte ein paar Kleidungsstücke, die inzwischen getrocknet waren, in den Lederranzen. Andreas band ein paar Stiefel oben drauf. Bettina rollte eine Decke zusammen.

Sie hatten sich, um ungestört zu sein, in einen abgelegenen Winkel zurückgezogen. Eine kleine, wilde Wiese außerhalb des Kösterschen Hofes und vor dem Deich, versteckt hinter hohen Büschen und Obstbäumen. Dort lag eine windschiefe Bretterbude zwischen allerlei abgelegten Ziegeln, Balken und Bretterstapeln sowie verrosteten Geräten. Das waren Überbleibsel aus dem Sommer vor acht Jahren, in dem der Hof errichtet wurde.

Hier hauste Onno, ein Schiffszimmermann aus dem Oldenburgischen, der in die Weserinsel vernarrt war und ihre Natur über alles liebte. Zumindest verbrachte er hier, mit Erlaubnis des Bauern, die Sommermonate und machte sich dafür mit seinen handwerklichen Fertigkeiten auf dem Hof nützlich. Da der Bauer seit Januar keinen Knecht mehr hatte, wußte er die Hilfe dieses seltsamen Burschen sehr zu schätzen. Onno half auch gerne den Auswanderern mit Rat und Tat, wo er nur konnte. Er stellte seinerseits viele Fragen und interessierte sich zunehmend für die utopischen Pläne der Fremden. Ein ideales Deutschland in Amerika – das konnte auch ihn begeistern.

Für seine eigenen, schrulligen Bedürfnisse und Ideen sammelte er Strandgut, das er zu seltsamen Gebilden verarbeitete. Vom südlichen Ende der Insel hatte er zwei riesige Spanten herbeigeschleppt, die von einer der kleinen Werften auf dem anderen Ufer stammen mochten. Die hatte er in mühseliger Arbeit an der Dünenkante senkrecht stehend mit einem Ende eingegraben, sodaß

sie zusammen so etwas wie einen ovalen Torbogen ergaben, einen Eingang zu seiner Wiese vom Weserufer her. Es war gleichsam sein privater, kleiner Triumphbogen.
Onno war gerade dabei, über einem offenen Feuerchen in einem verbeulten Topf Wasser für einen Tee zu kochen. Bettina reichte Ludwig die Decke: „Hier. Wie ist es mit Proviant? Ich könnte dir aus dem Stall noch etwas Brot und von dem Räucherspeck holen? Das muß ja niemand wissen." „Wäre nicht schlecht!" meinte Ludwig. „Ich weiß nicht, wie lange ich unterwegs sein werde, ob ich die Postkutsche nehme oder ein Pferd bekomme. Aber sechs bis sieben Tage kann es bis Gießen schon dauern." Er stopfte Tabak aus einem Beutelchen in eine weiße Meerschaumpfeife, hatte aber Mühe, sie in Gang zu bringen. Er sah seinen Bruder an. „Ihr solltet hier nicht länger auf dieser öden, sumpfigen Insel herumsitzen und vergeblich auf ein Schiff warten. Das ist Wahnsinn!" Bettina wollte es nicht so schwarz sehen: „Delius hat nur von ein paar Tagen gesprochen. Er wird ein anderes Schiff finden, denn er kann es sich nicht leisten, daß wir ihm auf der Tasche liegen. Er muß ja unseren Proviant hier bezahlen." Ludwig lachte spöttisch. „Dieser Bremer Makler hat weiß Gott andere Sorgen, als sich um Euch zu kümmern. Er muß sich um die Opfer einer gigantischen Schiffskatastrophe kümmern. In den Bremer Zeitungen hat es Hilferufe und Bitten um Spenden gegeben. Glaubt mir, der Mann ist doch pleite und ihr werdet hier wochenlang hocken, den Mut verlieren und euch gegenseitig aufreiben!" „Das wird mein Vater niemals zulassen!" wandte Bettina trotzig ein. „Der nimmt die Sache selbst in die Hand und wird nach Bremerhaven fahren, um mit den Kapitänen dort zu verhandeln!"
Ludwig paffte, starrte in Onnos Feuerchen und sah dann Andreas und Bettina prüfend an. „Glaubt ihr wirklich, das wird was, mit eurer Musterrepublik in Amerika? Schaut euch dieses zusammengewürfelte Häuflein doch an, das hier in der Weser festsitzt. Kaum wird es etwas unbequem, suchen sich auch schon die ersten ein schönes Hotel. Das ist mir der rechte Pioniergeist! Ihr glaubt doch nicht im Ernst, daß ihr da drüben hübsch zusammenbleiben werdet und einen demokratischen, deutschen Staat zustande bringt. Dort drüben kann jeder machen, was er

will. Die deutsche Kolonie wird auseinanderlaufen, noch bevor sie überhaupt gegründet ist. Und eure Enkel werden keine Deutschen mehr sein sondern Amerikaner! Und was das dann für Menschen sind, weiß heute keiner. Überhaupt, was ist das für eine menschenverachtende Neue Welt, in der die Ureinwohner ausgerottet werden und die weißen Kolonisten importierte Negersklaven schinden und ausbeuten? So ein Land wäre für mich das Letzte!“ Ludwig war wieder richtig in Fahrt gekommen und Bettina wurde jetzt auch wütend: „Und du? Glaubst du denn, das wird was mit eurer deutschen Revolution? Ein kleines, hessisches Häuflein von Idealisten und Möchtegern-Jakobinern will Deutschland mit Gewalt von Grund auf umkrempeln und den Adel zum Teufel jagen. Aber nach ein paar Schüssen hört das bestimmt an der hessischen Landesgrenze schon wieder auf. Dann legen nämlich die badischen oder bayrischen Truppen ihre Gewehre auf euch an. Die Herren Despoten werden sich gegenseitig helfen. Du kannst doch nicht vierzig kleine Revolutionen in Gang bringen, oder wie viele Ländchen es heute so in Deutschland gibt. Das Land ist doch total zerrissen. Wie willst du das alles unter einen Hut bekommen?“

Sie stand auf, sah ihn, der an seiner Pfeife sog, die nicht so recht brennen wollte, lange an und sagte etwas leiser: „Die amerikanische Sklaverei liegt auch meinem Vater schwer im Magen. Er hat sich geschworen, daß es dort in unserer deutschen Republik keinen einzigen Sklaven geben wird. Ich hole dir jetzt etwas Proviant aus dem Stall.“

Andreas schlug nun in die gleiche Kerbe: „Ludel, das hat doch in Frankreich nur geklappt, weil der gesamte Adel zentral an einem Hof saß, nämlich in Versailles. In Deutschland kann man keine Revolution machen. Hier gibt es Dutzende von kleinen Hofstaaten. Die Deutschen sind, glaube ich, die perfekten Untertanen und als solche auch ganz zufrieden. Die sind viel zu bequem und zu feige aufzumucken. Die wollen nur ihre Ruhe haben. Wenn du ein Rezept hättest, wie man die Massen mobilisieren kann, dann würde ich auch begeistert mitmachen. Aber so? Vergiß es!“

Onno reichte die Becher mit dem Tee herüber. Andreas fuhr fort: „Alle bisherigen Versuche sind kläglich gescheitert! Wie war das

im vergangenen Jahr beim Sturm auf die Frankfurter Hauptwache? Paul Follen hat uns doch davon erzählt. Ein Häuflein von 50 Leuten, die meisten Studenten, wollten die Polizeiwache stürmen, um Waffen für einen Aufstand zu erbeuten. Sie wollten außerdem an die Kasse des Deutschen Bundes. Es sollte der Beginn einer Erhebung in ganz Deutschland werden. Aber Pustekuchen! Glaubst du etwa, in Bayern oder Sachsen oder Mecklenburg oder hier in Oldenburg wußte überhaupt jemand davon?"
Onno hatte aufmerksam zugehört und mußte nun lachen: „Ich glaube, die Torfköppe hier im Oldenburgischen interessiert das nicht die Bohne. Die Bauern hier an der Weser denken nicht an Revolution." „Eben!" sagte Andreas. „Die Situation ist doch in jedem deutschen Land eine ganz andere. In Frankfurt jedenfalls endete die deutsche Revolution noch am selben Tag. Das Militär erwartete die Aufständischen bereits mit aufgepflanzten Bajonetten. Eine Unterstützung durch hessische Bürger oder Bauern blieb aus. Das war dann der soundsovielte Versuch der Deutschen, eine Revolution zu machen."
Ludwig schüttelte heftig den Kopf. „Da war Verrat im Spiel! Sie hatten keine Chance! Begreift doch: Im jungen Deutschland steckt eine unglaubliche Kraft. Wenn man nur den richtigen Funken zündet, kann man die Massen mobilisieren. Denkt doch nur an das Treffen auf der Wartburg vor siebzehn Jahren, da waren Zig-Tausende gekommen, um sich für die Freiheit und die Einheit Deutschlands einzusetzen. Das war ein richtiges Volksfest! Karl Follen, der Bruder von Paul, hat das ganze mitorganisiert."
„Zugegeben", sagte Andreas, aber das waren Studenten, die kurz vorher noch in Freikorps gegen die napoleonische Besatzung gekämpft hatten, so, wie Karl und Paul Follen auch. Da waren sich alle einig gegen einen äußeren Feind. Die waren noch so richtig in Fahrt! Da gab es noch keine Karlsbader Beschlüsse und keine Demagogenverfolgungen. Alle waren fest überzeugt, dass mit ihrem Kampf auch Deutschland erneuert werden würde.Inzwischen haben die Studenten von damals einen dicken Bauch und Haarausfall und kleine Kinder und der Schwung ist weg."
„Nein, Andi, der Schwung ist noch da. Vor zwei Jahren kamen beim großen Hambacher Fest mindestens 30 000 unter schwarz-

rot-goldenen Fahnen zusammen, Das waren nicht nur Studenten, sondern auch Bürger und Handwerker. Das war die weitaus größte Protestversammlung, die Deutschland jemals erlebt hatte. Die Leute haben diese Kleinstaaten gründlich satt. Sie wollen demokratische Rechte, Bildung und gleiche Berufschancen für alle. Schluß mit der Ausbeutung, den Steuern, den Abgaben! Schluß mit den Privilegien für eine dünne Oberschicht! Schluß mit den Standesschranken! Und dem Militärdienst! Zugegeben, die ältere Generation könnt ihr vergessen. Die haben nach dem Wiener Kongreß resigniert und sind froh, daß die Kriege vorbei sind. Die wollen von Politik nichts mehr wissen, die pflegen ihre Idylle, gießen ihre Blumen und rauchen ihr Pfeifchen." Er sah auf seine eigene Pfeife, die nicht ziehen wollte und warf sie wütend ins Feuer. „Aber die Jugend! Das junge Deutschland wird das alte hinwegfegen. Wir werden diesen selbsternannten Landesvätern einheizen!" Ludwigs Stimme kam jetzt etwas ins Krächzen. „In Gießen wird ein ganz großer Aufruf vorbereitet. Georg Büchner und Ludwig Weidig schreiben im Verborgenen ein ganz scharfes Flugblatt, das sie den „Hessischen Landboten" nennen wollen. „Friede den Hütten und Krieg den Palästen!" wird das Motto sein, Das wird die trägen Deutschen wachrütteln!" „In Hessen?" fragte Onno etwas spöttisch, „na, so was!". „Ja, erst mal in Hessen und dann geht es weiter", sagte Ludwig. „Das wird sich wie ein Lauffeuer verbreiten!" Ludwig sprang auf. „Andreas, Onno, kommt mit! Wir brauchen jeden, der das Herz auf dem rechten Fleck hat! Ihr werdet dabei sein, wenn ein neues Deutschland sich erhebt, wie Phönix aus der Asche."

Andreas schüttelte den Kopf: „Ich fürchte, daß das nur ein Traum ist. Die Fürsten haben ihre Ländchen fest im Griff. In ganz Deutschland rollt eine riesige Demagogenverfolgung. Nein, ich setze auf ein neues Deutschland in der Neuen Welt. Wir werden mit Paul Follen und Friedrich Münch und großem Schwung die erste deutsche Republik aufbauen. Der Funke kommt dann über den Atlantik zurück. Außerdem kann und will ich Bettina und die Familie nicht im Stich lassen. Ich glaube, ein hessisches Gefängnis ist nichts für mich!" Ludwig sah Bettina mit dem Proviant aus dem Stall zurückkommen und er dämpfte seine

Stimme, um hastig noch zu sagen: „Münch hat von Tuten und Blasen keine Ahnung, das ist ein utopischer Traumtänzer. Der Herr Pfarrer als Staatsgründer? Dass ich nicht lache! Mit diesen Insel-Kolonisten hier ist doch kein Staat zu machen! Guck sie dir doch an!"
Bettina legte ihm einen Beutel mit Brot und Speck auf den Ranzen: „Ludwig, ich glaube, du bist einer von diesen Demagogen, die im ganzen Land gesucht, verfolgt und eingesperrt werden. Die Gefängnisse sind voll von denen. Wer liberal und demokratisch denkt, bekommt zumindest Berufsverbot. Ich mache mir Sorgen um dich!"
Ludwig stopfte den Proviant in den Ranzen und blickte zu Onno, der genüßlich seinen Tee schlürfte. „Was ist mit dir, Onno? Kommst du mit?"
Dieser sah auf und zuckte mit den Schultern. „Ich verstehe nicht viel von Politik und so. Ich bin auch kein Revolutionär und für sowas nicht zu gebrauchen. Ich weiß nur, ich muß hier weg! Zum oldenburgischen Militär will ich nicht und als Tischler kann ich hier nicht arbeiten, weil die Zunft mich nicht haben will. Denen sind meine Ideen zu phantastisch. Die halten mich für einen armen Irren. Jeder, der hier von der verordneten Norm abweicht, dem wird das Leben unmöglich gemacht. Ich glaube, in Amerika habe ich die volle Freiheit. Da ist wohl jeder willkommen, der schöpferische Ideen hat. Außerdem gefallen mir die Leute hier!" und er legte den einen Arm um Andreas und den anderen um Bettina.
„Na schön", sagte Ludwig, „dann mache ich mich allein auf den Weg. Ich werde aber nicht aufhören, an euch zu denken. Und da ich nicht glaube, daß ihr diese Insel so bald verlassen werdet, schicke ich Euch in acht bis zehn Tagen Briefe aus Hessen. Zu deinem Geburtstag, Andreas, kriegst du ausführlich Post von mir. Ich verspreche es!" Er stand wieder auf und griff den Ranzen und die rote Mütze. „Ich muß nun zu meiner Familie, um Abschied zu nehmen. Onno nickte ihm zu: „Viel Glück! Ich drück euch die Daumen!" Bettina meinte: „Wir sehen uns morgen früh noch bei der Überfahrt. Ich will mit hinüber, denn ich werde Vater Münch und vor allem der Mutter mit dem kranken Kind helfen."

Brake

Der Bauer hatte die Hosen bis zu den Knien hochgekrempelt. Auf der Schulter trug er zwei lange Riemen. Onno half ihm und schleppte leere Körbe, ein Faß und Säcke herbei. Beide waren barfuß.

Am Ufer warteten schon die Fahrgäste mit den Schuhen in der Hand. Die Männer verstauten ihre Sachen und halfen beim Einsteigen. Das war schwierig, denn Kösters Anlegesteg hatte arg gelitten durch den winterlichen Eisgang. Ein Pfahl war zerbrochen, die Planken hingen schief. Frau Hanke mit dem Kind auf dem Arm bekam auf der kurzen Bank im Bug ihren Platz. Dann setzten sich Ludwig, Frau Motschmann und Bettina auf die zweite Bank. Der Rudergänger mußte, um seine Arbeit zu tun, eine Bank für sich allein haben. An das Heck setzten sich Friedrich Münch und Charles Behning. Sie blickten als einzige in Fahrtrichtung. Onno gab dem Boot einen kräftigen Schubs und blieb auf dem wackeligen Steg zurück, um eine Planke auszuwechseln. Der Bauer wandte sich während der ganzen Überfahrt kein einziges Mal um in Richtung auf sein Ziel. Nur gelegentlich blickte er seitwärts auf den Fluß, um Schiffen auszuweichen. Dabei fuhr er einen seltsamen Kurs. Mit langsamen, ruhigen Ruderschlägen hielt er das Boot stets schräg in der Strömung, um die Abdrift auszugleichen.

Bettina setzte sich verkehrt herum auf die Bank. Sie wollte sehen, wie die kleine Stadt an der Weser langsam näher kam, die Schiffe an den Dalben, die Häuserzeile zwischen den Bäumen, der grosse, weiße, spitzgieblige Hotelkomplex von Gross. Daneben zur Rechten eine Gruppe von schlanken, spitzen Pappeln, die die Dächer des Hotels überragten. Sie grenzten an ein Werftgelände, auf dessen Helgen das Spantengerippe eines großen Rumpfs zu erkennen war.

Am anderen Ende, flußaufwärts, vor den Packhäusern, waren Fässer und Ballen gestapelt. Etwas weiter oben, hinter der Kaje, lag ein zweistöckiges Gebäude mit fünf prächtigen Linden davor, von dem Onno gesagt hatte, daß dort der Amtmann seinen Sitz hätte. Onno hatte erzählt, wie er dort, in der einzigen Gefängniszelle von Brake, einmal eine Nacht zubringen durfte. Nicht, weil er etwas ausgefressen hatte, sondern weil es für eine Überfahrt zum Harriersand schon zu spät geworden war. Er hatte dem Amtmann ein Regal für ein paar Grote gezimmert.
Während Bettina neugierig zusah, wie das Schifferstädtchen langsam auf sie zukam, redete Frau Motschmann auf sie ein. Sie fingerte dabei mit ihrem bestickten Seidentüchlein herum.
„Da hätte ich an Sie, Kindchen, noch eine Frage. Nämlich, ob Sie nicht Lust hätten, mir ein wenig zur Hand zu gehen. Für mich als alleinstehende Dame sind diese Umzüge beschwerlich. Und auch sonst wäre eine Hilfe mir sehr angenehm." Bettina wollte etwas erwidern, kam aber nicht dazu, die Frau redete ohne Unterlaß. „Sie sind doch jung und kräftig, meine ich. Es soll ja nicht umsonst sein. Gott bewahre! Ein Taschengeld kann doch jeder junge Mensch gebrauchen. Ich hätte auch noch das eine oder andere Schmuckstück, das Ihnen gefallen könnte. Sie könnten bei mir im Hotel wohnen, gratis, versteht sich. Gross' Hotel soll recht komfortabel sein." Sie legte Bettina eine Hand auf den Arm und sah sie fragend an. „Gnädige Frau, ich muß das großzügige Angebot leider ablehnen. Was Sie brauchen, ist eine Zofe und dazu eigne ich mich nicht. Ich möchte auf der Insel bleiben und dort helfen, wo ich kann. Mein Platz ist im Kuhstall!" sagte Bettina.
Das kleine Kind auf Lisa Hankes Arm hustete und spuckte ein wenig. Die junge Mutter putzte sein Gesichtchen, wickelte es fester in die Decke, wiegte es ein wenig und sprach beruhigend auf das kleine Bündel ein.

Charles Behning hatte ein feines Gespür für Situationen, in denen er sich gewinnbringend nützlich machen konnte und er hatte seine Ohren stets überall. „Verzeihen Sie bitte, wenn ich mich einmische", wandte er sich an Frau Motschmann, „ aber gegen ein kleines Entgelt würde ich mich gerne bemühen, Ihnen ein

Dienstmädchen zu besorgen. Ich werde Sie gleich zum Hotel begleiten, weil ich dort ein paar Erkundigungen einholen möchte. Dann können wir das Weitere bei einem Sherry besprechen." Er setzte sorgfältig seinen Zylinder auf.

„Wir werden zunächst Frau Hanke mit ihrem Kind zum Krankenhaus bringen", sagte Friedrich Münch, der während der Überfahrt die Proviant- und Medikamentenlisten noch einmal durchgegangen war.

„In Braak", sagte Bauer Köster, ohne jemand anzusehen, „door gift dat goor keen Krankenhus" und er zog die Riemen aus den Dollen und legte sie ins Boot, das nun langsam auf den kleinen Anleger vor dem Hotel zutrieb. Er warf die Bugleine einem Jungen zu, der auf dem Anleger stand. „Mok fast!"

Münch war für einen Moment etwas aus dem Konzept geraten. „Die werden doch wenigstens einen Doktor in diesem Nest haben", murmelte er und stieg an Land. „Jo, de Dokter Blankemeyer", sagte Köster „ganz an Enn vonne Diekstraat. De is good und helpt jümmer."

Er reichte dem heute sehr schweigsamen Ludwig den Ranzen und half der Mutter mit dem Kind an Land. Frau Motschmann zog die Schleife ihrer hellblauen Schute unter dem Kinn fester zusammen und spannte ein Schirmchen auf, obwohl weder die Sonne schien noch Regen drohte.

Man verabredete sich für die Rückfahrt gegen vier Uhr. Ludwig wollte sogleich den Weg zur Poststation suchen. Er setzte seine Jakobinermütze auf. „Viel Glück bei Euren Vorhaben und meine Ehrerbietung an Rektor Weidig in Butzbach!" sagte Münch und berührte den Jungen mit einer versöhnlichen Geste an der Schulter. Trotz ihrer heftigen Auseinandersetzung mußte er Ludwig ein wenig bewundern. Bettina umarmte den Jakobiner. „Bitte schreib uns bald, wie es euch geht. Wir müssen ja wohl noch ein paar Tage hier bleiben." Sie winkte ihm noch eine Weile nach und mußte etwas schlucken. Wahrscheinlich werde ich ihn wohl nie wieder sehen, dachte sie.

Auf dem Kopfsteinpflaster an der Kaje saßen Frauen hinter Körben mit Fisch. „Frische Butt!" und „Granaat!" riefen sie laut. Im Schatten der Bäume stand ein leerer Leiterwagen mit einem

Pferdegespann. Die Gäule kauten Hafer aus Segeltuchbeuteln, die man ihnen umgehängt hatte. Es roch nach Fisch und Pferdeäpfeln. Aus Gross' Hotel, in dem eben Frau Motschmann und Herr Behning verschwunden waren, kamen schwatzend zwei Mägde und schleppten zwischen sich einen schwankenden Korb voller Wäsche über den Deich.

Die Deichstraße schien eine Art Hauptstraße von Brake zu sein. Hier reihten sich Geschäfte, Kneipen, Handwerksbetriebe und Konsularbüros aneinander. Mühelos fanden sie die Praxis von Dr. Blankemeyer, der wohl ein sehr begehrter Mann war, denn in seinem Wartezimmer war gerade noch ein Platz frei. Geduldig nahm Lisa Hanke diesen Platz mit ihrem Kind ein. Die einheimischen Patienten betrachteten die Auswanderer mit einer Mischung aus Neugier und Mißtrauen. Eine Bäuerin rückte etwas ab. Bettina und Friedrich Münch standen an der Tür und betrachteten ihrerseits die Einheimischen. Das konnte noch eine Weile dauern und so wollten sie inzwischen den Schiffsausrüster aufsuchen. Ein Junge kam mit einer Glocke bimmelnd und rufend die Straße herunter: „De Dampboot kummt von Bremen nah Bremerhaben hen!"

Sie gingen nun durch Nebenstraßen ins Hafengebiet. Bettina staunte über die Betriebsamkeit in diesem Ort. Fast an jeder Ecke stand eine Kneipentür offen. Sie las Haus für Haus die Firmen- und Reklameschilder von Böttchern, Lotsen, Bäckern, Konsulaten, Reedereien, Fleischern, Korbmachern, Segelmachern und wieder Bäckern und Fleischern. Wozu brauchte diese kleine Stadt so viele Fleischer und Bäcker und was produzierten Reepschläger? Münch wußte es auch nicht, er war in Gedanken.

Gießen, Friedberg oder Butzbach waren vielleicht größer, wirkten aber verträumter gegen diese Schifferstadt. Selbst Bremen war Bettina bedächtiger und ruhiger vorgekommen. Allerdings auch sauberer. Im Vergleich zu den hessischen Städtchen wirkten die Straßen hier trister. Bettina dachte an die farbige Pracht der Butzbacher und Gießener Fachwerkhäuser. Die Hessen bemalten gerne Balken und Fassaden und schufen so wahre Märchenkulissen. Hier war jegliche Pracht allenfalls inwendig zu vermuten. Nach außen gab man sich schlicht und pflegte roten Backstein. Dann standen sie endlich vor dem Schild „Shipchandlery“ und traten ein. Eine wahre Wunderwelt tat sich auf. In diesem engen Laden mit seinen tausend Fächern und Schubladen gab es nichts, was es nicht gab. Tauwerk, Ölzeug, Blöcke, Schäkel, Bürsten, Töpfe und Pfannen, Farben, Funzeln, Feudel, Flaggen, Eimer, Seekarten, Kompasse und Nebelhörner. Es roch nach Hanf, Petroleum und Gewürzen. Während der Vater mit dem Händler die Einkaufsliste durchging und jener seine Lagerarbeiter anwies, einen Handwagen zu bepacken, der dann an der Kaje auf sie warten würde, konnte sich Bettinas Blick nicht von einem Taschenmesser trennen, das in einer Glasvitrine mit Sextanten und Schiffsuhren lag. Sie quengelte verschämt, Andreas würde doch bald Geburtstag haben und der Vater könnte ihr doch etwas von ihrem Taschengeld vorschießen. Der Händler öffnete die Vitrine, und sie nahm vorsichtig das Messer und drehte es hin und her und bestaunte seine Funktionen. Sie war fasziniert. Etwas Schöneres konnte sie sich für Andreas nicht vorstellen.

Friedrich Münch sah das Glitzern in ihren Augen. „Dich hat es wohl ganz schön erwischt?“ fragte er leise. Ihr schoß die Röte ins Gesicht. „Ja, ich mag ihn nun mal, auch wenn du ihn für unreif hältst. Wir wollen auch drüben zusammenbleiben“. „Ist das schon ein gegenseitiges Versprechen? Ich meine, so eine Art Verlobung?“ wollte er noch wissen. Bettina legte noch etwas Röte auf und glühte nun. Sie lachte etwas verlegen. „Ja, vielleicht kann man es so nennen.“

Dem Händler waren die Verhandlungen nicht entgangen. Er gab sich einen Ruck und sagte: „Wißt ihr was? Die Liste ist schon so lang. Normalerweise pack ich noch ein paar Schnapsgläschen dazu, aber hier leg ich das Messer gratis oben drauf, wenn ich damit einen Bund befestigen kann!“ Bettina wäre ihm am liebsten um den Hals gefallen, aber das schickte sich nicht. Stattdessen hielt sie sich an Friedrich Münch, der herzhaft lachen mußte.

Es war Zeit, Frau Hanke in der Praxis von Dr. Blankemeyer aufzusuchen.

Das Wartezimmer war zwar immer noch voll, aber sie war wohl gleich dran und sah es gerne, wenn der Pfarrer mitkam. Der Doktor wickelte das apathische Kind behutsam aus und setzte ein hölzernes Hörrohr an den kleinen Körper. Er fühlte den Puls und die Temperatur und erkundigte sich nach Appetit, Stuhlgang und nach der Unterbringung auf der Insel. Er staunte, daß die Gießener Auswanderungsgesellschaft fünfhundert Menschen mobilisiert hatte. „Im Südoldenburgischen leeren sich auch ganze Dörfer", meinte er. „Ja, ja, die Leute wissen aus ihrer bitteren Armut oft keinen anderen Ausweg."

„Wir ziehen nicht aus Armut fort", sagte Münch, "wir wollen nur für unsere Kinder eine Zukunft in Freiheit und Gerechtigkeit!" Dem Arzt war anzumerken, daß er dieses Argument nicht so spontan nachempfinden konnte. Vielleicht fand er die Lebensbedingungen im Amt Brake weder ungerecht noch unfrei. Oder er hatte noch gar nicht darüber nachgedacht.

„Das Kind" meinte er abschließend „sollte am besten heute noch in stationäre Behandlung nach Oldenburg." Diese Insel und der feuchtkalte Kuhstall seien für das kranke Kind der völlig falsche Ort. „Es hat einen fiebrigen Infekt und das könnte gefährlich und ansteckend sein. Überlegen Sie nicht lange."

Lisa Hanke nahm Leni wieder gut eingewickelt in den Arm, sah Münch an und schüttelte heftig den Kopf. „Wir können uns keine Fahrt nach Oldenburg leisten."

„Hier ist wenigstens ein Rezept gegen das Fieber. Dreimal am Tag drei Tropfen auf ein Löffelchen mit Brei. Na, dann alles Gute, da drüben!" wobei unklar blieb, ob er den Harriersand oder Amerika meinte. „Der Nächste bitte."

Harriersand, Freitag, den 2. Mai 1834

Herrgott hilf! Hilf der kleinen Leni von Hankes! Eine Fahrt nach Oldenburg ins Krankenhaus scheint unmöglich. Der Aufenthalt und die Fahrt dorthin würden Tage dauern. Hankes haben auch kein Geld dafür. Weinend erzählte uns die Frau auf der Rückfahrt von Brake, daß die Kosten für die ganze Reise auch den letzten Pfennig aufgebraucht hätten. Sie besitzen praktisch nichts mehr. Ihr Mann sei Porzellanmaler und hatte zuletzt auf der Albrechtsburg in Meißen gearbeitet. Doch seit einem Jahr

bekäme er keine Aufträge mehr und fühle sich hinausgedrängt. Er hatte es gewagt, den Geschmack seiner Auftraggeber in der königlich-sächsischen Manufaktur zu kritisieren. Ein loyaler Konkurrent hatte ihn dann verdrängt. Was wird nun aus einem sächsischen Porzellanmaler am Rande der Prairie? Würden sich die Hankes als Farmer bewähren können?
Frau Motschmann dagegen kann sich ein teures Hotelzimmer leisten und ein Dienstmädchen suchen. Überhaupt: Welche Notwendigkeit treibt denn diese Dame zum Auswandern? Das wollte ich von Vater wissen.
Er meint, das wüßte er auch zu gerne. Dorothea Motschmann habe sich bei Paul Follen in Gießen angemeldet und auch sofort reichlich bezahlt. Sie hätte Paul vom Tode ihres Mannes, eines vermögenden Tuchhändlers, erzählt. Nun stünde sie mit dem Erbe ganz allein und hilflos da. Da wollte sie eben dem Angebot ihres Bruders folgen, eines ebenso vermögenden Kaufmanns in St. Louis, zu ihm zu ziehen und bei seinen Geschäften zu assistieren.
„Dann benutzt sie uns ja nur als Reisegelegenheit und hat mit den Ideen zu einer deutschen Republik nichts zu tun", gab ich zu bedenken. Vater zuckte mit den Schultern und sagte: „Das müßtest Du Paul fragen. So gesehen ist sie nicht die einzige. Wir haben auf dem Harriersand mindestens zehn Dienstmädchen, die von den wohlhabenden Familien einfach aus Anhänglichkeit und Bequemlichkeit mitgenommen wurden. Außerdem sind rund fünfzig Mitreisende Kinder und Jugendliche ohne ausgeprägtes politisches Bewußtsein." Auch unter den Bauern habe sich so mancher der Gesellschaft nur angeschlossen, um die Landwirtschaft unter günstigeren Bedingungen ohne Steuern und Abgaben und ohne Hand- und Spanndienste auf einem größeren, fruchtbaren Farmland neu zu begründen. Es sei eng geworden in deutschen Dörfern.
Ich glaube, auf dem Harriersand sind es vielleicht dreißig bis vierzig Menschen, auf die es wirklich ankommt, d. h. die von der Idee zu einem neuen, demokratischen Deutschland hinter dem Atlantik erfüllt sind.
Das ist ein wahrlich kleiner Kern.

Clemens

Am Ufer des Harriersands wurden die Rückkehrer bereits von einer aufgeregten Gruppe erwartet. Münch und Behning waren sofort umringt von Männern und Frauen, die alle gleichzeitig auf sie einredeten oder gar schrien. Es dauerte eine Weile, bis sich aus dem Wirrwarr der erregten Stimmen durch Nachfragen Münchs und mehrfaches Bitten um Ruhe eine zusammenhängende Information herausschälte. Offenbar wurde ein Kind vermißt, das beim Spielen am Wasser abhanden gekommen oder gar ertrunken war. Mehrere Frauen versuchten die weinende Mutter, Anna Roth aus Coburg, zu trösten. Detlev Roth, der Vater, drang inständig auf den Bauern und Kahnbesitzer ein: „Wir brauchen dringend dein Boot! Bitte hilf uns! Du kennst dich hier aus. Wir müssen vom Wasser aus die Ufer absuchen. Diese Männer werden helfen." „Un wo is dat passeert?" wollte Jan Köster wissen.
„Am oberen Ende der Insel, da ist so ein Wasserarm. Die Kinder haben dort mit einem alten Floß gespielt. Das ist dann wohl irgendwie abgetrieben." Der Bauer nickte. Er kannte den Priel und er kannte das Floß. Und er konnte sich das ganze schon lebhaft vorstellen. In der Kirchengate, wie die Einheimischen den Priel nannten, konnte der Ebbstrom einen beachtlichen Sog entwikkeln. Köster ließ sich jedoch nicht von der Hektik anstecken und packte geruhsam den Proviant aus Brake ans Ufer. Vielleicht zu geruhsam, denn die Männer, die hastig mit anpackten, wechselten schon nervöse Blicke. Was wollte dieser Kerl ihnen mit seiner Langsamkeit beweisen? Dann stiegen vier Mann mit in das Boot, stießen vom Ufer ab und legten sich mächtig in die Riemen. Mit kräftigen Schlägen klatschten die Ruder ins Wasser. Der Kahn verschwand hinter einer Wand von Schilf. Kaum merklich setzte die Dämmerung ein.

Louise Münch löste sich aus der Gruppe um die weinende Mutter und zog ihren Mann auf die Seite. „Vielleicht bringt es uns weiter, wenn wir mit den Kindern noch einmal zu ihrem Spielplatz gehen. Sie sollen mal möglichst in Ruhe erzählen, wie es war. Pauline und Adolph waren dabei." Münch hielt das auch für eine gute Idee. „Mach du das zusammen mit Bettina, ich kümmere mich inzwischen um Anna Roth. Die ist völlig kopflos und benötigt Trost."

„Bitte einer nach dem andern!" Die Kinder schrien durcheinander und gestikulierten wild. „Dort! Dort drüben an dem Baum war das Floß angebunden. Wir haben die Schuhe ausgezogen und sind hinüber. Das Wasser wurde immer weniger."
„Was war das für ein Floß?"
„So ein ganz olles mit glitschigen Balken und Brettern. Da wuchs schon was drauf. Und alles war mit Farbe und Teer bekleckert. Das war ganz schön vergammelt!"
„Und da seid ihr raufgestiegen?"
„Ja, zuerst sind wir alle rauf und Konrad hat die Leine losgeknibbelt." „Und wir haben uns mit einem langen Ast abgestoßen und sind so herumgefahren." „Nein, wir sind nur getrieben."
„Wir wollten über den Ozean nach Amerika!" „Nein, das war erst später!" „Gar nicht! Wir wollten gleich nach Amerika!"
„Beruhigt Euch doch! Einer nach dem andern bitte". Die Kinder kamen mächtig in Fahrt. „Was hat denn der Clemens getan?"
„Ach der! Der wollte immer nur der Kapitän sein", sagte Konrads Schwester Christina aus Dahlem. Sie brachte die Sache wohl auf den Punkt. „Wenn der nicht so störrisch wäre, dann wären wir alle zusammengeblieben. Er wollte unbedingt Kolumbus spielen und wir sollten auf das andere Ufer und die Indianer sein und er wollte uns dann entdecken. Aber einige von uns fanden das ziemlich doof. Wir wollten auch mal wieder auf das Floß. Aber er wurde immer aufgeregter und schrie herum, daß er alleine Amerika entdecken wollte. Dann fahr doch alleine, haben wir gerufen!"
„Ja, er stand da alleine auf dem Floß und hielt seine Hände so, als ob er ein Fernrohr hat", sagte Konrad.
„Und er hat immer laut gebrüllt: Land in Sicht!" „Dabei fuhr sein

Floß, ohne daß er etwas tat. Es fuhr schneller und schneller."
„Gut, also er tat nichts, sah durch das Fernrohr und schrie: Land in Sicht!" Was passierte dann?"
„Gar nichts, das Floß drehte sich immer hin und her und dann verschwand es hinter den Büschen da drüben." „Dann haben wir ihn nicht mehr gesehen."
Die Erwachsenen sahen sich an. Es fiel ihnen schwer, sich das alles vorzustellen, denn nun war Ebbe, die Kirchengate war ziemlich trocken gefallen. In der Mitte stand nur noch unbeweglich eine trübe Pfütze. Darin zappelte ein kleiner silberner Barsch. Er hatte zu wenig Wasser und mußte auf der Seite liegen. Über ihm kreiste eine Möwe. Bettina nahm ihn behutsam in die hohle Hand und trug ihn schnell hinunter zum tieferen Wasser. Die Blicke der anderen folgten ihr, und das war ihr wieder peinlich. Der kleine Barsch hatte vollkommen das Gleichgewicht verloren und trieb Bauch oben in die Weser hinaus. Erst jetzt sah sie, daß ihm die Möwe ein Auge herausgepickt hatte.
„Kommt, Kinder! Wir müssen zurück! Es dämmert schon", sagte die Pfarrersfrau.

Spät, in der Dunkelheit, kehrten die Männer erfolglos von ihrer Suche zurück. Münch ließ die Glocke läuten und rief so noch einmal die ganze Gesellschaft zur Versammlung. Sie hockten beim Schein der Petroleumfunzeln auf ihren Strohsäcken im Kuhstall. Viele saßen dicht bei dicht auf den Hillen. Die Männer berichteten von ihrer vergeblichen Suche bis zum Einbruch der Dunkelheit. Immer wieder hatten sie Clemens' Namen gerufen. In jede Schilflücke und in jedes Gebüsch waren sie hinein gekrochen. „Da gibt es aber noch viele Winkel und Uferabschnitte, in denen man morgen weitersuchen sollte." „Es müßten sich aber wirklich alle an der Suche beteiligen!" Und Münch sagte: „Gott hat uns eine schwere Prüfung auferlegt. Aber wir werden uns nicht tatenlos irgendeinem Schicksal überlassen, sondern wir werden alle zusammen die Spur des Jungen aufnehmen und ihn schließlich wiederfinden. Wenn wir alle gemeinsam daran arbeiten, muß es gelingen!" Der Lehrer Homby aus Prag meinte, eine genaue Beschreibung des Jungen, noch besser eine Zeichnung oder so etwas

wäre vielleicht hilfreich für eine Suche außerhalb der Insel. „Wer kann so etwas?“
Frau Hanke, die wieder ihr krankes Kind im Arm hatte, stieß ihren Mann an: „Du kannst doch so etwas! Meld’ dich doch!“
Friedhelm Hanke meldete sich.
Und Münch sagte noch: „Ich werde morgen früh mit dem Vater des Jungen nach Brake fahren und beim Amtmann eine Vermisstenmeldung aufgeben. Vielleicht kann er uns helfen.“ Die Versammlung sprach noch ein gemeinsames Vaterunser.
„Laßt uns jetzt schlafen. Es ist spät.“

Friedrich Münch und Detlev Roth, der Vater des verschwundenen Clemens, hatten sich schon um acht Uhr morgens über die Weser rudern lassen. Sie überquerten rasch den Deich an der Kaje und betraten den eingezäunten Vorgarten des Amtshauses, das mit seiner breiten Fensterfront an der Innenkaje lag. An einer Fahnenstange davor baumelte etwas schlaff die blaue oldenburgische Flagge mit dem roten Kreuz.
Gerhard Friedrich Rasmus, der Amtmann von Brake, bat die beiden Männer in seine Amtsstube im ersten Stock. Von hier hatte man einen Blick auf das Geschehen am Weserufer.
„Wie soll denn das passiert sein?“ wollte er wissen. „Nehmen Sie doch Platz!“
„Das Kind ist wohl beim Spielen am Wasser verunglückt, abgetrieben, verschollen...“ sagte Münch. Und Clemens’ Vater ergänzte: „Die Kinder hatten nicht mit der Strömung gerechnet und das Floß mit dem Jungen trieb wohl auf die Weser hinaus und dann wer weiß wohin... Wir sind in großer Sorge, bitte helfen Sie uns, wenn Sie irgend können. Wir haben bis in die Nacht hinein gesucht.“ „Hatten Sie denn keine Aufsicht für die Kinder abgestellt? Ich meine, diese Gewässer hier sind sehr gefährlich für Unkundige!?“ Der Pfarrer und der Vater wechselten nur einen kurzen Blick und sagten nichts. Rasmus hatte hinter seinem Schreibtisch Platz genommen. „Ein Floß, sagen Sie?“
„Na ja, wohl so eine Art Arbeitsfloß. Es war schon ziemlich verrottet und mit Farbe und Teer bekleckert.“ „Ach ja, da liegt so allerhand Krempel in den Prielen und Buchten. Die Werften von

Oltmanns und Nicolai benutzen solche Flöße, um Rümpfe zu kalfatern und zu teeren. Die Insel ist ideal für solche Reparaturen, weil die Schiffe dort trockenfallen können. Er sah durch das Fenster seines Büros auf die Weser hinaus und hinüber zum Harriersand, einem flachen, grünen Uferstreifen. Lediglich auf der bäuerlichen Wurt sah man Büsche, Obstbäume und ein Gebäude. „Wissen Sie, mit der Suche nach dem Kind wird es schwierig sein, denn mit dem Harriersand alleine ist es nicht getan. Gestern war tagsüber ablaufendes Wasser und wahrscheinlich ist das Floß mit der Strömung die Weser hinuntergetrieben. Wenn wir Glück haben, ist es irgendwo flußabwärts am Ufer angeschwemmt und der Junge lebt noch. Bei dem Südwestwind war die Weser jedenfalls einigermaßen ruhig."
Münch verstand. „Das bedeutet also, daß wir an beiden Ufern in jedem Dorf die Bewohner fragen und sie bitten müssen, die Augen offen zu halten."
„Richtig! Wir müssen Nachricht bringen nach Sandstedt, Golzwarden, Rechtenfleth, Absen, Dedesdorf, Kleinensiel – ja, praktisch in jede Ufersiedlung bis Bremerhaven. Schwierig wäre es, wenn das Floß in die Schweiburg getrieben ist. Das ist ein sehr langer Nebenarm hinter der Strohauser Plate. Wer soll das alles absuchen? Ich habe sage und schreibe zwei Polizisten, die ich auf den Weg schicken kann. – Dazu kommt, wir hatten inzwischen auch wieder auflaufendes Wasser. Was mit der Ebbe abwärts treibt, kann Stunden später mit der Flut genauso wieder flußaufwärts kommen. Und da das Hochwasser flußaufwärts immer später eintritt, kann irgendein Treibgut bis Elsfleth oder Vegesack und weiter gelangen. Etwas erregt zog Albrecht Roth eine enttäuschende Bilanz: „Das hieße ja, daß man praktisch für Clemens an allen Uferabschnitten von Bremerhaven bis Bremen auf beiden Seiten eine Fahndung in Gang bringen müßte!? „So ist es." sagte der Amtmann. „Und das kann Tage dauern." Er blickte wieder aus dem Fenster auf die Weser. Aus Richtung Elsfleth näherte sich ein gräßlich schwarz qualmender, hoher Schornstein auf dem Wasser. Amtmann Rasmus stand auf, ging um seinen Schreibtisch herum und trat vor eine Wandkarte, die neben dem würdevollen Bildnis des Großherzogs Paul Friedrich August hing. Der Herzog blickte

respekteinflößend auf den Betrachter hinunter. Er trug eine hochgeschlossene Uniformjacke mit allerlei Orden und goldenen Tressen und Epauletten. Der steife Kragen gab dem blassen Gesicht mit den blonden Haaren und den langen Koteletten eine besondere Würde.

„Wir können von Dorf zu Dorf Meldungen weitergeben." Sein rechter Zeigefinger hüpfte in Etappen von etwa fünf Meilen die Weser hinauf nach Bremen. Das heißt, wir benachrichtigen alle Bürgermeister, Amtmänner, Pfarrer und vielleicht auch die Lehrer an beiden Weserufern. Aber das braucht seine Zeit. Vor allem brauchen wir eine Beschreibung des Jungen.

Der Vater fingerte ein Blatt aus seiner Jackentasche, auf das Friedhelm Hanke in der Nacht ein Portrait von Clemens nach den Angaben der Eltern gezeichnet hatte. Der Amtmann besah das Blatt und nickte: „Da war ja ein richtiger Künstler am Werk! Setzen Sie alle Mitglieder Ihrer Gesellschaft, die gut zeichnen können, daran, ein Dutzend Kopien anzufertigen. Das kann uns vielleicht weiterhelfen!

Wir hier in Brake und Ihre Auswanderer sollten uns morgen auf unsere Region konzentrieren. Man muß vor allem sämtliche Ufer um den Harriersand und die Nachbarinseln gründlich absuchen. – Wenn Sie einmal Ihre Aufmerksamkeit auf diese Wandkarte hier richten könnten." Sein Zeigefinger verlor sich in einem Gewirr von Inselchen auf der Höhe von Brake. Die Männer traten näher. Mit Staunen und Sorge nahmen die Auswanderer jetzt erst so richtig wahr, daß ihr Eiland nur Teil eines ganzen Archipels war. Um den Harriersand herumgruppiert lagen noch etliche Inselchen. Im Südosten der Große- und der Kleine Pater, weiter östlich die Nebelplate und der Hammelwarder Sand, im Norden, jenseits der Kirchengate, in der Clemens verschwunden war, die Wilhelmsplate und ganz im Süden die Nonnenplate. Der Amtmann fingerte in den oldenburgischen Gewässern herum und belehrte etwas selbstgefällig die Fremden. „Wissen Sie, das ist hier eine sehr komplizierte Region. Überall gibt es verzweigte und verwinkelte Uferstrecken, Buchten, Priele, Siele, Nebenarme, Schilf und Dikkicht. Sie haben doch genug beschäftigungslose Leute und Zeit wie Heu! Stellen Sie weitere Suchtrupps zusammen und halten

Sie sie für morgen früh bereit. Sagen wir ab sieben Uhr. Ich sorge dafür, daß Boote und erfahrene Männer aus Brake zu Ihnen hinüberkommen und daß ein sinnvoller Plan für die Suche entsteht. Was meinen Sie?"

Münch nickte nachdenklich. Gewiß wollte er heute noch die Leute auf der Insel einteilen für die morgige Suche. Er selbst jedoch würde sich morgen intensiv einer anderen Suche widmen: der nach einem Schiff für die Atlantikpassage. Er wollte allein nach Bremerhaven fahren, um die Möglichkeiten dort zu erkunden. Natürlich würde er auch dorthin die Vermißtenmeldung mitnehmen.

Amtmann Rasmus streute aus einer kleinen Emailledose etwas Schnupftabak in die kleine Kuhle zwischen Daumen und Zeigefinger seiner linken Hand, führte dieselbe behutsam zur Nase und zog die Prise hoch. Aus seinem Bilderrahmen beobachtete Paul Friedrich August etwas streng diesen Vorgang.

Die Insulaner verabschiedeten sich und traten hinaus auf die Kaje. Der Beamte quittierte ihren Abgang mit einem kräftigen Niesen.

Über den Deich stieg ein bimmelnder Junge stadteinwärts und rief: „De Dampboot kummt von Bremen nah Bremerhaben hen!"

Bettina saß am Ufer vor dem Torbogen zu Onnos Wiese und beobachtete eine Weile die Weserströmung. Dann klappte sie ihr Tagebuch auf und schrieb:

Harriersand, Montag, den 5. Mai 1834

In unserem Insel-Biwak herrscht eine miserable Stimmung. Ein paar Frauen lassen den Mut sinken und jammern mächtig. Andere verfluchen schon diese Insel. Die Männer sind ständig unterwegs und gönnen sich kaum eine Pause. Aber die vergebliche Suche nach dem kleinen Jungen deprimiert viele Leute. Bisher sind alle Suchtrupps erfolglos zurückgekehrt. Ohne irgendeine Spur von Clemens. Es ist, als ob die Weser ihn verschluckt hat. Oder ist es wirklich möglich, daß er schon längst in der Nordsee treibt? Ach Quatsch! Morgen sollen nun die Ufer der sogenannten „Kleinen Weser" auf der Rückseite des Harriersands abgesucht werden.

Ich habe mich gemeldet, um mit Onno, Andreas und Martin in einem Trupp das Ostufer der Weser aufzusuchen.
Das kleine Kind von Hankes atmet nur noch ganz schwach und nimmt keine Nahrung mehr an. Die Mutter ist kaum ansprechbar und läßt es nicht mehr aus ihrem Arm. Es ist ein Bild des Jammers! Auch den Jüngsten der Familien Krug und Brühl geht es nicht gut. Sie quengeln herum und scheinen etwas fiebrig. Herr Brühl, der Apotheker, hat ihnen ein leichtes Mittel gegeben und an alle Frauen energisch appelliert, kein Weserwasser, auch kein abgekochtes, zu benutzen. Nicht zum Kochen und auch nicht zum Trinken. Das Tropffaß bringt nicht so viel, weil es lange dauert und schnell leer ist. Wir bekommen jetzt täglich zwei Fäßchen mit Trinkwasser vom Großhändler aus Brake. Sie werden zusammen mit dem Proviant gebracht, der auch nicht gerade sehr verlockend aussieht: Schiffszwieback, Hülsenfrüchte, Hirse, Graupen, Speck, salziges Pökelfleisch, eingelegte Heringe (die keiner mag) und etwas Sauerkraut.
Louise schimpfte: “Was soll man davon schon kochen? Wahrscheinlich wird bei den Mengen meistens ein Eintopf daraus entstehen. Für etwas anderes hätten wir auch gar kein Geschirr“. Er hängt mir zum Halse raus, dieser ewige Eintopf.
Saatkartoffeln, sagt die Bäuerin, könne sie uns noch abgeben und ab und zu ein paar Eier. Wenigstens bringt sie uns täglich Milch für die Kinder in den Kuhstall. Alles gegen „ een poor Grote“, versteht sich.
Vater ist heute morgen mit dem Raddampfer „Bremen“ nach Bremerhaven gefahren, um auf eigene Faust nach einem Schiff zu suchen. Schließlich ist das unsere Hauptsorge, daß wir weiterkommen! Aber der Buchhändler sagt, für die Stimmung hier im Lager sei es überhaupt nicht gut, wenn der Leiter und Gründer der Gesellschaft abwesend ist.
Andreas hockt in jeder freien Minute zwischen dessen Büchern und verschlingt alles, was er über die Französische Revolution finden kann. Ich glaube, diese Lektüren sind ihm zur Zeit wichtiger als ich. Muß mich wohl in Geduld üben.
Außerdem ist er wohl in Gedanken öfter bei seinem Bruder Ludwig. Ich seh’s an seinem Blick.

Bremerhaven

Friedrich Münch stand an Deck der „Bremen“ und mußte gegen den Fahrtwind seinen großen, schwarzen Hut festhalten. Über ihm qualmte stinkig der lange Schornstein und auf beiden Seiten außenbords rauschten und ratterten die beiden riesigen Schaufelräder. Alles an diesem Raddampfer war nagelneu. Er war erst vor ein paar Wochen in Dienst gestellt worden, nachdem sein Vorläufer, „Die Weser“, im November des letzten Jahres ausgemustert worden war.
Der Mann aus Hessen staunte über die zunehmende Ausdehnung der Weser. Der flache, schilfige Harriersand wurde hinter ihm immer mehr zum schmalen, grünen Küstenstrich und der Fluss nahm immer mehr an Breite zu. Die Ufer wurden einsamer und einförmiger. Nur selten ließ sich an den Kirchtürmen und den reetgedeckten Dächern hinter dem Deich noch ein Dorf ahnen.
Hinter Dedesdorf wurde das Wasser sehr kabbelig und rüttelte an dem Dampfschiff. Der Fluß ging in eine riesige Kurve, die Strömung nahm zu, die Fahrt ebenfalls und dann sah er auch schon den kleinen Mastenwald in der Geestemündung, dahinter ein paar mehrstöckige Häuser. Die massiven Türmchen der Molenfeuer kamen näher. Der Dampfer mußte nun einen großen Bogen steuern, um schräg gegen die ablaufende Strömung die Einfahrt in die Geestemündung zu erwischen. Hier legte die „Bremen“ an einem Schwimm-Ponton vor der Schleuse an, aus der von vielen kräftigen Männern mit langen Leinen ein schnittiger, nagelneuer amerikanischer Zweimaster gezogen wurde. Vor der Schleuse lauerte ein Schlepper, um die Vorleine zu übernehmen und den Atlantikfahrer in die Weser zu ziehen.
Sehnsüchtig beobachtete Münch von der Kaje aus das Manöver. Aber er durfte hier nicht müßig sein und so fragte er den Nächst-

besten nach dem Hafenkontor. Er hatte Glück. Der Hafenmeister saß an seinem Schreibtisch, bedeutete aber sogleich mit einem abschätzenden Blick auf den Fremden, daß er wenig Zeit hätte. Immerhin aber sah er in seine Listen und konnte bestätigen, daß Paul Follen mit über zweihundert Gießener Auswanderern am 31. März mit der „Olbers" durch die Schleuse gegangen war. Der Mann konnte sich erinnern, daß Everhard Delius persönlich zur Abreise gekommen war, wohl aber auch, um sich um seine Schiffbrüchigen von der Shannandoah zu kümmern. Siebzehn Opfer mußten bestattet werden. Etwa 160 Unglückliche hockten nun mittellos und teilweise krank in einer Bremerhavener Lagerhalle und hofften auf weitere Hilfe. Sie hatten nur das nackte Leben gerettet.

Nun taute der Beamte doch etwas auf und nahm sich noch die Zeit zu erinnern, daß die Gruppe am letzten Abend vor der Abreise noch eine Begegnung mit zwei Rückkehrern aus Amerika hatten, mit denen sie sich lange und ausführlich an Deck der „Olbers" unterhielten. Es hatte den Anschein, daß die Leute sich schon kannten.

Münch vermutete, daß das nur die Kundschafter sein konnten, die man im vorigen Jahr im September von Gießen aus auf den Weg geschickt hatte und fragte nach dem Verbleib der Männer. Der Beamte meinte, daß die beiden zusammen mit Delius nach Bremen gereist waren. Münch müsse schon den Bremer Reeder fragen. Überhaupt solle er sich doch mit allen Wünschen und Fragen an den wenden. Auf eigene Faust werde er hier in Bremerhaven mit der Suche nach einem Schiff kein Glück haben. Die Makler, Reeder und Korrespondenten hätten von Bremen aus das Geschäft fest in der Hand. Die Kapitäne hier seien nur Ausführende und hätten nur an Bord das Sagen.

Münch dankte, übergab ihm die Suchmeldung nach Clemens und auch ein Exemplar für den Amtmann, fragte nach der Lagerhalle mit den Schiffbrüchigen und nach dem zuständigen „Standortgeistlichen". Er erfuhr, daß es noch keinen gab in Bremerhaven. Eine Kirche fehlte vorerst. Immerhin war der Hafenort erst vor sieben Jahren gegründet worden. Im Bedarfsfall aber würden die Bremerhavener seelsorgerisch von einem Pfarrer aus Geestendorf betreut. Er solle dort nach der Deichstraße fragen. Münch nahm seinen schwarzen Hut und verließ das Kontor.

Die Auswanderermeile auf der Kaje von Bremerhaven präsentierte sich laut und bunt. Unter einem Gewirr von Takelagen wuselten Seeleute, Reisende, Lieferanten und Handwerker lärmend durcheinander. Der Hesse bestaunte die Vielfalt der Kleidung und Sprachen. Proviant und Gepäck wurden von und an Bord geschafft. Hier reichten Zimmerleute Bretter und Balken durch die Luken hinunter ins Zwischendeck, aus dem dumpfes Hämmern und Sägen heraufklang. Dort wurden Pritschen für die Auswanderer in den Laderaum gezimmert, in dem zuvor noch wochenlang Ballen mit Baumwolle gestapelt waren.
Münch passierte die spitzgieblige, prächtige nagelneue Häuserreihe. Am Ende führte eine stattliche Allee mit Pappeln direkt zum Amtshaus mit seinen vier schlanken, hohen Säulen. Schließlich kam Münch an den Eingang zu einer Lagerhalle, die ihm der Hafenmeister bezeichnet hatte.
Er trat ein und erschrak. Ähnlich wie im Kösterschen Kuhstall lagen hier dicht bei dicht die Familien auf Strohsäcken, aber sie boten einen erbärmlichen Anblick und der Mief war bedrückend. Es gab keinen Zweifel: das waren die Überlebenden der Shenandoah! Die Menschen wirkten deprimiert, mutlos, einige sogar etwas verwahrlost. Es waren Verletzte darunter, die Verbände trugen. Andere schienen zu schlafen oder dämmerten vor sich hin.
Was hier dringend fehlte, waren Bewegung und frische Luft.
Ein älterer Mann neben dem Eingang warnte ihn vor dem Betreten. Es war ein pensionierter Kapitän, der hier gleichsam als Wache aushalf. Das ganze Gebäude stünde bis auf weiteres unter Quarantäne sagte er. Die medizinische Versorgung reiche nicht aus. Der Arzt sei völlig überlastet, der Transport von Verwundeten bis nach Bremen sei langwierig und mühsam.
Die Bremerhavener Behörden hätten Angst vor Infektionen oder gar Seuchen. Wie denn dieses Unglück überhaupt hatte passieren können, fragte Münch.
„Ach wissen Sie, diese ausländischen Kapitäne haben doch keine Erfahrung mit unseren Tidengewässern. Gerade die Trichtermün-

dungen von Elbe und Weser sind doch verdammt gefährlich und die Schiffsführung der Shenandoah hatte gemeint, ohne Lotsen auskommen zu können. Die waren einfach zu spät aufgebrochen. Eine Stunde nach Hochwasser! Und dann kam der Wind entgegen und sie mußten die Weser hinunterkreuzen, was umständlich und zeitraubend war. Nur die auslaufende Strömung trug sie weiter. Kurz vor der endgültigen Mündung in die Nordsee, zwischen Tegeler Plate und Mellumplate kam ihnen dann der Flutstrom entgegen und jeder Versuch sich freizukreuzen war sinnlos. Nicht mit einem Rahsegler! Die letzte Wende war wohl zu spät eingeleitet. Sie kamen nicht mehr durch den Wind und wurden auf die Mellumplate gedrückt."

Inzwischen hatte sich eine Frau mit verbundenem Arm dazugesetzt, die wohl die Katastrophe unmittelbar erlebt hatte und die Bilder immer noch lebendig vor Augen hatte. Sie sprach mit geschlossenen Augen und leicht pommerschen Zungenschlag. „Jede Welle schob uns höher auf die Sandbank und jeder Aufsetzer wurde härter. Plötzlich gab es ein Splittern und Krachen und der große Mast stürzte herunter und begrub vier oder fünf Männer unter sich. Es war entsetzlich! Schlimmer noch als dieser Anblick war das Kreischen der Frauen und Kinder unter Deck! Einige wurden erschlagen durch Balken und Kisten, die mit ungeheurer Wucht durch das ganze Zwischendeck flogen. Wasser schoss in dicken Strömen den Niedergang herunter. Sie schrien buchstäblich um ihr Leben. Als der zweite, der hintere Mast brach, legte sich das ganze Schiff langsam auf die Seite. Andere ertranken, nachdem sie sich in Panik in die See gestürzt hatten oder vom Deck hinunter in das Wasser rutschten.

Ich weiß nicht, wie lange das Ganze so dauerte. Es erschien mir wie eine Ewigkeit, bis ein aufkommendes, englisches Schiff Beiboote aussetzte und die herumtreibenden Passagiere auffischte. Ich saß in dem letzten Kahn. Und während die Engländer uns zurück in die Weser ruderten, sahen wir, wie schon Männer mit Beilen und Äxten sich dem Wrack näherten, um zu plündern. Die kamen wohl von drüben, von Wangerooge."

Friedrich Münch hatte während dieses erschütternden Berichts immer wieder das Elend in dieser Lagerhalle im Blick. Er war geschockt über die Gefahren, in die Auswandererschiffe geraten konnten. Das war ihm zwar theoretisch, aber nicht so eindringlich und anschaulich bewußt gewesen. Schließlich erfuhr er noch, daß viele der Unglücklichen hier keinerlei Bargeld, keine Wertgegenstände und keine Ausweispapiere mehr hatten. Neue Papiere konnte man nur in seiner Heimatstadt beantragen. Das war sehr langwierig und sehr teuer. Münch kannte das aus eigener Erfahrung. Auf seine *„Entlassung aus dem Untertanenverband"* hatte er monatelang gewartet und ein Zehntel seines gesamten Vermögens an die hessischen Behörden zahlen müssen.

Die Drei schwiegen eine Weile. Dann wollte der Alte wissen, wo er denn herkomme und wo er hin wolle.

Während Münch von der Gießener Gesellschaft, dem ausgebliebenen Schiff und der Weserinsel berichtete, wurde ihm so richtig bewußt, wie gemütlich und idyllisch ihre Bleibe bei Brake gegen diese Zustände hier war. Er durfte nach seiner Rückkehr auf keinen Fall der Insel-Kolonie von diesen Schiffbruch-Schicksalen hier erzählen!

Der Alte sah ihn lächelnd an und sagte: „Überlegt Euch das noch einmal gründlich mit Eurer Überfahrt. Auch die Stürme auf dem Atlantik sind nicht zu verachten! So mancher Amerikafahrer ist nie in Amerika angekommen! Hier wißt Ihr wenigstens, was Ihr habt. Der Spatz in der Hand ist manchmal besser als die Taube auf dem Dach!"

Münch dankte, legte ein paar Grote in die Sammelbüchse und trat hinaus auf das Kopfsteinpflaster der Kaje. Die Sonne blendete ihn. Er mußte in der frischen Seeluft ein paarmal tief durchatmen.

Am Ende des Hafenbeckens hatten ein paar Händler ihre Buden aufgeschlagen und boten feil, was Auswanderer im letzten Moment vor ihrer Abreise vielleicht noch gebrauchen konnten: wetterfeste und warme Kleidung, ein Holländer bot riesige geräucherte Schinken und ganze Käseräder an. Auch die Braker Firma Gross war mit allerlei Hausrat und Schiffszubehör vertreten. Bauern aus der Umgebung hatten getrocknetes Obst, Sauerkraut und trockene Hülsenfrüchte anzubieten, aber auch lebendes Federvieh und Karnickel. Sogar ein Buchhändler aus Bremen hatte seine literarischen Schätze ausgebreitet. Bei einer Überfahrt von sechs bis acht Wochen bekam so manches Buch vielleicht seine besondere Bedeutung für das geistige Überleben. Mit Genugtuung vermerkte Münch, daß auch genug Bibeln vorrätig waren. Zwischen den Büchern lagen auch Pläne und Karten. Der Mann aus Niedergemünden kaufte eine neue Wandkarte von den Vereinigten Staaten, und während der Buchhändler das Wechselgeld herausgab, fiel sein Blick auf einen anderen Bogen. Es war ein Papiertheater zum Ausschneiden, ein englisches Fabrikat. Diese Kindertheater zum Selbstbasteln wurden jetzt überall Mode in Bürgerhäusern. Die Mode kam aus England und hatte trotz der Kontinentalsperre den Weg nach Deutschland gefunden. Die Bühne, die Kulissen, die Figuren – alles war als Lithographie auf große Bögen gedruckt und handkoloriert. Man mußte die Teile nur sorgfältig ausschneiden und auf Pappe oder Sperrholz kleben. Ein prächtiger Spaß! Der Pfarrer dachte an die Kinder auf der Insel und natürlich an Bettina, die geweint hatte, als sie sich in Niedergemünden von ihrem Puppentheater trennen sollte. Das Theaterspielen war ihre ganze Leidenschaft gewesen. Zusammen mit Pauline und Adolph hatte sie den Kindern und den Erwachsenen aus der Nachbarschaft so manches köstliche Spektakel bereitet. Er hatte die Phantasie und Ausdauer und den Humor seiner Pflegetochter bewundert. Bettina hatte alle Texte für das Puppentheater selbst geschrieben und dabei ein für ihr Alter und ihr Geschlecht ungewöhnliches, ja geradezu dichterisches Talent bewiesen. Das hier war sicher kein Ersatz, aber es kostete nur ein paar Pfennige und nahm nicht viel Platz weg. Sogar Figurenbögen und Texthefte zu berühmten Theaterstücken konnte man kaufen und solchermaßen etwas für die Bildung tun. Er entschied sich für „Robinson" und „Wilhelm Tell", bezahlte, rollte die Bögen zusammen und band sie mit einem Riemchen auf seine Tasche. Bettina würde sich sicher mächtig freuen.

In den letzten Tagen hatte er manchmal mit Wehmut und Sorge an das Mädchen gedacht. Sie war Louise und ihm in all den Jahren wie ein eigenes Kind ans Herz gewachsen und eine Trennung von ihr würde sehr schmerzlich sein. Und dennoch würden sie spätestens nach der Ankunft in Amerika dem Mädchen behutsam und in Ruhe eröffnen müssen, daß ihr richtiger Vater lebte und drüben auf sie wartete. Sie hatten diese Pflicht bislang immer wieder aufgeschoben. Er gestand sich ein, daß er vor diesem Moment etwas Angst hatte. Wie würde sie bei ihrer außerordentlichen Intelligenz und Empfindsamkeit reagieren?

Der Pfarrer erkundigte sich nach der Deichstraße in Geestendorf und erfuhr, daß er mit einer Fähre über die Geeste setzen müsse. Doch vorher nahm er sich noch ausgiebig Zeit, um auf so manches Schiff zu steigen und nach dem Kapitän zu fragen. Sofern die überhaupt an Bord waren, erwies es sich als sehr mißlich, daß sein Englisch so lückenhaft, oder ehrlicher gesagt, ein einziges gähnendes Vakuum war. Die Seeleute wiederum reagierten auf Griechisch oder Latein überhaupt nicht. Immerhin begriff er so viel, daß diese Nachfragen sinnlos waren. Alle Schiffe waren verplant und ausgebucht – von Bremen aus! Die Seeleute interessierte kaum, wen man wohin verfrachtete.
Der Nachmittag war bald vorüber, der Anleger am Geesteufer schnell gefunden. Münch bestieg die Prahmfähre.

Der geistliche Kollege saß schon beim Abendessen und blickte verwundert den Fremden an, der sich freundlich vorstellte und sich seiner brüderlichen Gastfreundschaft wie selbstverständlich empfahl. Er ließ von seiner Haushälterin noch ein Gedeck bringen und lud den Kollegen zu Tisch. Aber natürlich hätte er für den Bruder in Christo auch ein Nachtlager, das sei gar keine Frage!
Münch erzählte wieder seine Geschichte vom Gießener Aufruf bis zum Harriersand und hörte müde aber geduldig und höflich dem Bremerhavener Geistlichen zu, der lang und breit und wortreich über die Auswanderungssucht überall in Deutschland dozierte. Beide litten nun gegenseitig und mit heimlichem Bedauern ein wenig an der ihrem Beruf immanenten Neigung zum Wortreichtum. Vom Wein bekam Münch einen roten Kopf und einen sauren Mund. Wo hatte der Kollege nur diesen Tropfen her? War der an irgendeinem Deich gewachsen?
Der Geestendorfer entwickelte nun eine seltsame Theorie, nach der die aktuelle Auswanderungswelle nur Teil einer größeren Völkerwanderung sei, die sich seit vielen Jahrhunderten – ursprüng-

lich aus dem Land der indoeuropäischen Urahnen irgendwo in Asien kommend – immer weiter nach Westen ausbreite, getrieben durch irgendwelche atavistischen Urinstinkte, die seit der Vertreibung aus dem Paradies tief im Unterbewusstsein des Menschengeschlechtes verankert seien. Allein im vorigen Jahr hätten an die 30 000 Auswanderer Deutschland verlassen! Wo denn das enden solle? Wenn das so weiterginge, müsse man hier in Bremerhaven gigantische Massenunterkünfte errichten. Ein richtiges, großes mehrstöckiges Auswandererhaus müsse her! Es sei doch wenig gottgefällig von all diesen Leuten, die Heimat im Stich zu lassen. *„Bleibe im Lande und nähre dich redlich!"* so stünde es im Psalm 37, Vers 3. Wohin das führe, das könne man dann in der Zeitung lesen, und er wühlte lange auf seinem Schreibtisch und fand endlich den Zeitungsartikel über die Shenandoah-Katastrophe, den Münch bereits kannte und reichte ihn herüber. Münch überflog höflich noch einmal die Nachricht und gab dann zu bedenken, daß zu den „redlichen" Bedürfnissen des Menschen auch eine geistig-seelische Nahrung gehöre, nämlich Freiheit und Menschenwürde, und wenn es in der Heimat gänzlich daran mangele, so bliebe nur die Auswanderung. Zur Bekräftigung fiel auch ihm ein Bibel-Zitat ein, nämlich aus dem 2. Buch Mose, Kapitel 3: *„Und der Herr sprach: Ich habe gesehen das Elend meines Volkes in Ägypten und habe ihr Geschrei gehört über die, so sie drängen; ich habe ihr Leid erkannt und bin herniedergefahren, daß ich sie errette von der Ägypter Hand und sie ausführe aus diesem Land, in ein Land, darin Milch und Honig fließt."*

Der Geestendorfer Geistliche fand diesen biblischen Vergleich mit Gott und Moses etwas vermessen und konnte sich weder im wörtlichen noch im übertragenen Sinne vorstellen, daß in Amerika Milch und Honig fließen. Auch wollte er in diesem Hessen keinen Moses erkennen. Er sagte aber weiter nichts dazu. Er wußte zu gut, daß man fast alles aus der Bibel belegen konnte und daß die Vergleiche immer hinkten. Der Schlagabtausch mit heiligen Worten hätte sich noch eine Weile fortsetzen lassen. Wenigstens wollte er zur praktischen Ausführung des Gießener Siedlungsprojektes noch eine Frage stellen. Er goß dem Gast den letzten Schluck von dem Sauerwasser ein und wünschte dann ganz konkret zu wissen:

„Wie soll das denn gehen, mit einer deutschen Republik und einer deutschen Verfassung mitten in Amerika? Die Vereinigten Staaten haben doch ihre eigene Verfassung und alle Emigranten sind nun einmal Amerikaner?"
„Gegen die amerikanische Verfassung ist auch nichts einzuwenden", sagte Münch. „Im Gegenteil! Sie garantiert Freiheit, Gerechtigkeit, Menschenwürde und gleiche Chancen für alle! Trotzdem dürften wir als deutsche Republik unsere eigenen regionalen Gesetze haben, wenn sie nicht der Verfassung widersprechen. Wir könnten unsere eigene Verwaltung aufbauen. Wir brauchen nur 6000 Unterschriften, um eine eigene Republik zu gründen!"
„Ja aber ihr könnt doch nicht gänzlich unter euch bleiben. Ihr braucht doch eine wirtschaftliche Versorgung, Verkehrsverbindungen und Schutz und Justiz und Schulen? Und ihr seid auch nicht 6000 Männer, oder?"
„Wir sind es aber bald", sagte Münch. „Unsere Statuten sind so abgefaßt, daß weitere Gruppen folgen werden. Eine nach der anderen sorgt stets für den nächsten Nachschub. Um möglichst unabhängig zu sein, haben wir alle Teilnehmer unserer Gesellschaft so ausgewählt, daß alle Berufe und Gewerbe gleichmäßig vertreten sind. Es fehlt weder an Bäckern, Schneidern, Fleischern, Bauern, Schmieden, Tischlern noch an Ärzten, Lehrern, Apothekern, Architekten, Biologen oder was immer Ihr wollt. Ihr könnt Euch ja unsere Liste gerne einmal ansehen, ich habe sie bei mir. Da habt Ihr den ganzen neuen Staat sozusagen in nuce."
Der Gast war müde und erhob sich: „Es ist spät geworden und ich wäre Euch jetzt für ein Nachtlager dankbar."
Kurz vor dem Einschlafen dachte Münch, daß der Bremerhavener Kollege offensichtlich die Nase schon voll hatte von der ganzen Auswanderei hier in der Hafenstadt. Sicher war er manchmal hart in Anspruch genommen durch Geburten, Todesfälle, Trauungen, Beichten und Trostspenden oder gar caritative Hilfeleistungen.
Münch hatte am Nachmittag in dem Sprachwirrwarr an der Pier den Eindruck gehabt, daß auch Balten, Tschechen und Polen unter den Auswanderern waren. Kaum auszudenken, welche Schicksalswege sich hier kreuzten oder eine entscheidende Wendung erfuhren. Er wollte morgen – bevor er wieder die „Bremen" nach

Brake bestieg – unbedingt noch einmal zum Hafenbüro und nach Schiffen fragen, die für die nächsten Tage erwartet wurden. Außerdem mußte er so bald wie möglich wieder mit Delius sprechen. Hier oder in Bremen! Sonst würde der sie womöglich noch vergessen über der Shenandoah.
Der Gedanke, ohne eine erfreuliche Meldung in das Insellager zurückzukehren, war ihm unerträglich. Es mußte um jeden Preis weitergehen.
Hoffentlich hatten sie inzwischen den Clemens gefunden!

Harriersand, Montag, den 5. Mai 1834

Andi ist ganz schön frech! Heute sagte er doch tatsächlich zu mir: „Deine überzeugendsten Gesichtspunkte sind Deine süßen Sommersprossen!“
Ich hasse sie, diese blöden Sommersprossen! Aber die Maisonne hier auf der Insel brennt ganz schön auf die Haut. Hab mir bei der Mutter den feschen Strohhut mit den langen, grünen Samtbändern und der breiten Krempe erbettelt. Den findet er nun wieder allerliebst und apart. Er ist ein arger Charmeur. Die anderen Mädels stecken kichernd und tuschelnd die Köpfe zusammen, wenn er in ihre Nähe kommt. Er macht ja auch wirklich was her mit seiner Lockenpracht unter der Ballonmütze, dem kleinen Oberlippenbärtchen sowie der braunen Weste mit dem roten Halstuch.
Ich glaube, ich muß aufpassen.

Am Ostufer

Zwei Tage hatten die Suchtrupps erfolglos an den verzweigten und verwinkelten Ufern der Braker Inselwelt nach Clemens gesucht. Nun sollte die Fahndung auf die Dörfer an den Ufern der Weser zwischen Elsfleth und Sandstedt ausgedehnt werden.

Während Clemens' Vater mit ein paar Männern wieder nach Brake übersetzte, um in Klippkanne, Golzwarden und an der Strohauser Plate nachzuforschen, ruderten thüringische Landsleute der Familie Roth hinüber nach Harrien. Sie wollten am Ufer in Richtung Hammelwarden und Lienen Ausschau halten. Eine weitere Gruppe von jungen Männern aus Sachsen wollte im Süden bei Ebbe zu Fuß hinüber zum Hammelwarder Sand und weiter nach Rade und Aschwarden. Jede Gruppe hatte Zeichnungen und Beschreibungen des Jungen bei sich. Martin aus Prag, seine Freundin Amelie aus Hamburg, Bettina, Onno und Andreas hatten stundenlang unter der Leitung des Malers Friedhelm Hanke Kopien des Portraits von Clemens Roth gezeichnet.

Bettina und Andreas verstauten sorgfältig ein paar Kopien und Beschreibungen in einem Beutel. Sie packten ein halbes Brot und etwas Trockenobst dazu. Zusammen mit Onno wollten sie, ebenfalls bei Ebbe, zum Ostufer hinüber und dort suchen und die Bauern befragen.

Onno kannte die Ufer des Harriersands und führte sie an der Kleinen Weser an eine flache Stelle, an der man ans andere Ufer waten konnte. Im letzten Moment schloß sich ihnen noch Cornelius Schubert an. Er hatte seine Bücher sorgfältig weggepackt und einen Landsmann gebeten, ein Auge darauf zu halten. Am letzten Tag in Bremen hatte er noch ein Büchlein erworben, das eine Beschreibung der Unterweser-Region mit Karten und Skizzen enthielt.

Vater Münch war in Bremerhaven, um sich nach Schiffen zu erkundigen und die Mutter kümmerte sich derweil um die Kinder, besonders um die erkrankten – zusammen mit Brühl, dem Medizinmann der Gesellschaft.

Zu viert also stapften sie durch die nassen Wiesen und zogen bald Schuhe und Strümpfe aus, um durch breite Wassergräben zu waten. Sie näherten sich dem Schilfgürtel. Immer wieder flogen Vögel auf. Die Brutzeit hatte begonnen. Ein schmaler Trampelpfad führte an eine sandige, offene Uferstelle der Kleinen Weser. Dort steckten ein paar dünne Pfähle im Grund. Jemand hatte hier Reusen ausgelegt, die nun mit dem fallenden Wasser langsam freikamen.

„Die Bauern nennen das hier Alte Weser oder Kleine Weser und sie versuchen hier Aale oder Barsche zu fangen", sagte Onno und hob die Reuse an. „Nichts drin. Nur ein paar Dwarslöper."

„Ein paar was?"

„Dwarslöper heißt so viel wie Querläufer. Das sind Krebse, die seitwärts laufen. Guck den da!" Und tatsächlich, ein Taschenkrebs lief seitwärts auf Bettina zu, während andere ins Wasser plumpsten. Sie schrie auf und schimpfte: „Das ist hinterhältig! Warum laufen die nicht wie alle anderen Kreaturen geradeaus?"

„Keine Ahnung!"

Cornelius Schubert las aufmerksam in seinem Büchlein. „Hier steht, daß die Kleine Weser hinter dem Harriersand früher einmal das Hauptfahrwasser war. Also im Mittelalter. Das heißt also, daß die Dörfer hier, Rade, Wurthfleth, Wersabe, Sandstedt und so weiter im Mittelalter die Koggen an ihrem Deich entlangziehen sahen." „Kaum zu glauben", sagte Onno. „Jetzt ist das alles versandet, verschlickt, verkrautet."

Die Vier warteten noch eine halbe Stunde, dann war die Strömung zur Ruhe gekommen und Möwen und Austernfischer pickten eifrig im Schlick herum. Die Männer zogen sich bis auf die Unterhosen aus, um durch die Kleine Weser zu waten, beziehungsweise das, was von ihr noch übrig war. Bettina sah die Männer fragend an. „Du mußt entweder hier bleiben oder den Rock ausziehen", meinte Andreas grinsend. „Wir gucken auch nicht!" meinte Cornelius, während Onno zu dem Thema gar nichts sagte. Sie hiel-

ten die Kleidung über ihre Köpfe und stakten vorsichtig durch den grauen Modder. Es war schmerzhaft, auf versackte Zweige, Schilfstoppeln oder scharfkantige Muscheln zu treten. Sie mussten sich Schritt um Schritt behutsam vorantasten und versackten dabei mitunter bis zu den Waden. In der Mitte der Kleinen Weser reichte ihnen das Wasser bis zur Hüfte.
So gewannen sie langsam das andere Ufer und erreichten barfuß und in Unterhosen das Dorf Wersabe, wo es eine Wasserpumpe an der Straße gab. Sie spülten sich ab und nahmen einen Erfrischungsschluck, von Frauen und Kindern mißtrauisch aus der Distanz beobachtet.
Erfrischt und wieder korrekt gekleidet fragten sie einen alten Bauern nach dem Pfarrer. Der traute sich auch nicht näher heran, sondern beließ es bei einer knappen Geste und dem Halbsatz: „Dat hus bi de Kark!“ Immerhin.
„Die Leute hier haben einen umwerfend rauhen Charme!“ meinte Andreas. Und Onno gab die Erklärung: „Die sind von Geburt an mißtrauisch und ängstlich allem gegenüber, was fremd ist. Wat de Buur nich kennt, dat fret he nich!“
Der Herr Pfarrer war unterwegs zu einer Trauerfeier in Rade, aber seine Gattin bat sie an einen Tisch im Garten, hörte sich die Geschichte von Clemens an und nahm die Beschreibung mit der Zeichnung entgegen. Sie würde dafür sorgen, daß ihr Mann im nächsten Gottesdienst die kleine Gemeinde auf das Problem aufmerksam machte. Der Weg nach Offenwarden? Na eben wie alle Wege hier: immer den Deich entlang.
Die Wanderung auf dem Deich gefiel dem Quartett. Die Sonne schien, die Schafe blökten, der Löwenzahn blühte und die Aussicht reichte fast bis nach Gießen. Sie mußten allerdings sehr darauf achten, nicht in Schafköttel zu treten. Damit war der Deich geradezu gepflastert. Bettina verliebte sich in die kleinen Lämmchen, aber die hatten wohl auch dieses angeborene Mißtrauen und wichen jeder Annäherung ängstlich aus.
In Offenwarden hatten sie ebenfalls keinen Erfolg. Während die Frauen und Kinder wieder nur stirnrunzelnd und tuschelnd aus der Ferne blickten, war die Männerwelt wohl komplett auf dem Deich anzutreffen. Man hatte sich dort offensichtlich zu Ausbes-

serungsarbeiten verabredet und nun wurde richtig geschuftet. Sie schleppten Sandsäcke und Reisigbündel den Deich hinauf, sie schaufelten Erde und schoben Karren, während unten an der Deichstraße mehrere Pferde und Wagen warteten. Es war deutlich zu erkennen, daß sie bemüht waren, eine herausgespülte Riesenlücke im Deich zu schließen. Sie mußten wohl zügig arbeiten, denn schon die nächste Sturmflut konnte den Deichbruch nur vergrößern und das Dorf mit den misstrauischen Frauen und Kindern unter Wasser setzen. „Landunter" war für alle Marschenbewohner ein Alptraum. Andererseits wußten sie die kleine Verschnaufpause, die sich aus dem Gespräch mit den Fremden ergab, wohl zu schätzen.

Die Zeichnung von Clemens ging von Hand zu Hand und erntete nur Kopfschütteln. Sonst war nicht mehr aus ihnen herauszuholen. Während Onno das ganze Problem erläuterte, spürte Bettina die Blicke der Männer, die sich auf ihre Schaufeln stützten. Etwas verstohlen korrigierte sie den Sitz ihrer Bluse, löste den Knoten in ihrem Rock und strich sich eine Haarsträhne aus dem Gesicht. Nun wurde ein Mann etwas gesprächiger, der des Hochdeutschen mächtig war. Er hielt in den Händen eine Meßlatte. Das Floß des fremden Jungen habe er gestern gesehen. Genauso, wie sie es eben beschrieben hätten, etwas vergammelt und mit Teer und Farbe bekleckert. Es habe im Sandstedter Tief im Schilf gelegen. Nach Sandstedt seien es eineinhalb Stunden auf dem Deich.

Der kleine Suchtrupp war plötzlich hellwach. Endlich eine Spur! Sie achteten nun nicht mehr auf die Schafköttel, sondern nur noch auf den Kirchturm von Sandstedt in der Ferne, der viel zu langsam näherkam.

Etwas außer Atem aber voller Erwartung kamen sie dort an, wo sie das Siel zu erkennen glaubten. Direkt auf dem Deich stand eine Art Wirtshaus mit der Inschrift „Weserhof" und einer einladenden Terrasse. Unterhalb des Weserhofs, nur ein paar Schritte weiter, reichte ein schmaler Wasserarm bis an den Deich und mündete in eine Sielöffnung, die durch den Deich führte. Hier befand sich eine kleine Anlegestelle mit einer hölzernen Spundwand. Die Sielrinne führte hinaus zur Kleinen Weser, auf beiden Ufern von Schilf gesäumt. Sie teilten sich auf und suchten auf beiden Seiten im hohen Schilf nach dem beschriebenen Floß. Es dauerte nur ein paar Minuten, dann schrie der Buchhändler aus Leibeskräften: „Hier! Hier liegt es, das Floß!“ und er gestikulierte wild. Bald standen sie alle Vier mit den Schuhen im Wasser um das Ding herum. Es paßte genau zu der Beschreibung. Kein Zweifel, das war Clemens’ Floß!

Wohl von dem befremdlichen Geschrei angelockt stand nun auch der Sielwärter in ihrer Nähe und verfolgte die Aktion. Das Floß war fast ganz mit Wasser bedeckt. Onno zog an der Leine, mit der es an einem Pflock festgebunden war. Die Leine war glitschig und hatte einen langen, zotteligen Bart von schlickigen Pflanzen.

Der Sielwärter wollte wissen, ob er irgendwie helfen könne. Was sie denn suchten? Er hörte sich geduldig die ganze Geschichte von Clemens an, schaute auf die Zeichnung und schüttelte dann heftig den Kopf: „Nein, nein! Das kann nicht sein! Dieses Floß liegt seit Jahren dort im Schilf und ist zu nichts mehr zu gebrauchen. Schon gar nicht zur Seefahrt!“ Die vier Auswanderer sahen enttäuscht einander an, stapften dann langsam den Deich hinauf und fielen erschöpft ins Gras. Sie dösten eine Weile vor sich hin. Es war warm und roch nach Schafen. Die Schwalben flitzten über sie hinweg. Dort drüben, auf der anderen Seite der Kleinen Weser, sah man deutlich die Nordspitze der Wilhelmsplate und dahinter den Harriersand. Eine ausgedehnte grüne Fläche und in der Ferne die Bauten von Brake. Zwischen den Büschen der Insel stieg eine feine Rauchsäule auf. Die Frauen im Biwak kochten wohl den Eintopf zum Abend. Diese kleine provisorische Kolonie da drüben war nun gleichsam ihr Zuhause. Das war ihre Insel! Dort blickte sie niemand misstrauisch an!

Die Wanderer bekamen Hunger und packten das Brot und das getrocknete Obst aus. Cornelius stand auf: „Ich geh mal in den Weserhof, einen Schluck zu trinken holen.“ Hinter dem Gasthof sah man den seltsam spiralförmig verdrehten, spitzen Turm der Sandstedter Kirche, um die herum sich das kleine Dorf gruppierte. „Der kupferne Turm sieht aus, als hätte ein Riese versucht, ihn auszuwringen“, sagte Bettina und kaute auf einer Backpflaume. „Hier ist eben alles naß!“ meinte Andreas. „Naß und grün und langweilig.“

„Langweilig?" Onno setzte sich aufrecht. „Find ich ganz und gar nicht! Wieso denn langweilig?" Andreas sah über das Dorf hinweg auf die endlosen Weiden und Äcker. „Das ist einfach nicht meine Landschaft! Hier ist alles so monoton, so einförmig, so endlos und beliebig. Es gibt nichts, wo sich der Blick festhaken kann. Zwei Dörfer weiter sieht alles genau so aus: Bei uns in Thüringen hat jedes Dorf ein eigenes Gesicht. Da gibt es eine Landschaft mit bewaldeten Hügeln, Bergen, Tälern und Bächen, die sich hindurchwinden. Kirchen mit knubbeligen Türmchen, Häuser mit buntbemaltem Fachwerk und Schieferdächern, Straßen, die sich rauf und runter durch die Landschaft schlängeln. Hier ist das Bild richtig langweilig und einfallslos! Wie auf dem Reißbrett mit dem Lineal gezogen. Das ist gar keine richtige Landschaft! Das ist eine riesige, schmuddelig-grüne Fläche mit schnurgeraden Gräben und Deichen und Straßen und einem schnurgeraden Horizont. Wie originell!"

„Und darüber?" fragte Onno. „Wie darüber?" „Was siehst du über dem Horizont?" „Wolken." „Ja, aber ständig neue Wolkenbilder. Zwei Drittel der Landschaft hier besteht aus Himmel. Da werden dir täglich neue Schauspiele geboten! Das ist nicht immer so ein friedliches Bild wie heute, mit lachender Sonne und Schäfchenwolken. Da werden manchmal ganze Dramen aufgeführt!"

„Das stimmt irgendwie", sagte Bettina. „Ich werde mein Leben lang nicht den Gewitterhimmel über Brake vergessen am Tag unserer Ankunft. Schwarz und krachend und mit bedrohlichen Blitzen. Das war eine sehr beeindruckende Ouvertüre!" Und Onno kam jetzt ins Schwärmen: „Wartet ab, bis wir mal so einen richtigen, feuerroten Sonnenuntergang über der Weser sehen. Den gibt es in eurem thüringischen Dorf nicht, weil das Tal dort schon am späten Nachmittag im Schatten liegt. Stimmts? – Außerdem, das mit den schnurgeraden Linien ist auch nur ein Teil des Bildes, der Rahmen sozusagen. Im Detail ist vieles schief und krumm und verquer und gegen jede Regel: der seltsam verdrehte Kirchturm, die gewundenen Priele, die schiefen Zäune und Dächer und Fenster. Bäume, Büsche und das Schilf sind vom Wind verbogen."

Onno lachte: „Beten scheef hett Gott leef, sagen die Bauern hier!"

„Außerdem", meinte Bettina „gibt es wohl sonst nirgendwo eine

Gegend, in der Tiere seitwärts und Flüsse rückwärts laufen. Überhaupt Ebbe und Flut! Alle paar Stunden ist alles anders! Und das findest du langweilig? Ich finde das richtig spannend!"
Cornelius Schubert kam mit einer großen Flasche Limonade aus dem Weserhof den Deich herunter. Während die Flasche kreiste, berichtete er: „In etwa einer Stunde hätte der Sielwärter Zeit, uns für ein Handgeld zurück zum Harriersand zu rudern. Wollen wir zusammenlegen?" „Ich hätte auch nicht die geringste Lust, den ganzen, langen Weg auf dem Deich zurückzulaufen", maulte Andreas und rieb sich die Füße. Er hatte jetzt irgendwie schlechte Laune.
„Inzwischen wird die Kleine Weser auch viel zu tief sein. Das Wasser läuft seit drei Stunden wieder auf. Wir müßten mit der Rückkehr bis in die Nacht warten", gab Onno zu bedenken.
Also legten sie ein paar Groschen zusammen.
Vorher aber schafften sie es noch, einem Kutscher an der Straße einen Steckbrief und die Beschreibung von Clemens für die Gemeinde in Rechtenfleth mitzugeben.

Leni

Friedrich Münch hatte sich nach einem kargen Frühstück bei seinem geistlichen Kollegen in Bremerhaven verabschiedet und noch einmal das Hafenmeisterbüro an der Kaje aufgesucht. Hier traf er jetzt auf einen anderen Beamten, der etwas gesprächiger war. Unter den wenigen Amerikafahrern, die in den nächsten Tagen erwartet wurden, war offensichtlich keiner ohne vorherbestimmte Fracht. Für 250 Auswanderer gab es da keine Chance. Außerdem war keins der Schiffe für New Orleans bestimmt. Ihm war jetzt ganz klar, daß der Schlüssel für ihr Weiterkommen nicht in Bremerhaven zu finden war, sondern nur in Bremen, bei Delius. Alle Fäden liefen in den Kontoren an der Schlachte zusammen. Wenn der Bremer Makler sich nicht an der Unterweser blicken ließ, dann mußte er ihn eben in Bremen aufsuchen.

Er dachte an seine Gesellschaft auf dem Harriersand. Wie es wohl Hankes Kind ging? Ob man Clemens bereits gefunden hatte? Wie kam Louise mit dem Kuhstall-Haushalt und dem Proviant klar? Wie war die Stimmung in der Gruppe? Wenn sie zu lange tatenlos auf der Insel herumhockten, lief ihnen die Zeit fort, die Moral sank und auch ihre finanzielle Lage wurde schwierig. Noch immer gab es Teilnehmer, die ihren Beitrag nicht voll bezahlt hatten und sein Schwager Paul hatte ihm keine Vollmacht hinterlassen, die Rückstände einzutreiben. Auch eine Kopie des Kontraktes mit dem Bremer Makler hatte er nicht. Zu überstürzt und geradezu chaotisch war die Abreise der Familie Follen in Gießen gewesen. Ob sie wohlbehalten in New Orleans angekommen waren? Waren sie vielleicht längst in Arkansas und hatten Grundstücke gekauft? Wenn er doch nur diese Kundschafter Schmidt und Müller zu fassen bekäme, die mit Delius nach Bremen gereist sein sollten!?

Bis zur Ankunft des Raddampfers dauerte es noch eine Stunde und er setzte sich an den Deich, kramte aus der Westentasche einen Bleistift hervor und kritzelte auf die Rückseite der Papprolle mit dem Papiertheater ein paar Gedanken. Wie so manches Mal wurde ein Gedicht daraus, das er mit den Worten beendete: "*Mag im Flug die Zeit entschweben, Hoffnung soll das Herz beleben, bis zum letzten Augenblick.*"

In Brake wartete schon der Fähr-Kahn auf ihn. Behnings Organisation klappte hervorragend. Die Insulaner hatten jetzt einen eigenen, fest angestellten Fährmann, den Eberhard. Das war ein freundlicher, hilfsbereiter und wohl auch zuverlässiger Mann. Der erkannte Münch offensichtlich schon von weitem. Er stellte einen Farbtopf beiseite, zog die Mütze und nahm dem Herrn Pfarrer die Tasche ab. Er war gerade dabei gewesen, das Wort „Guntsiet" an den Bug zu pinseln. Was das denn wohl hieße, wollte der Pfarrer wissen. „Dat is jümmer de annere Siet!" sagte der Mann und legte die Ruder in die Dollen. „Aha!" sagte Münch und verstand kein Wort.
Am Inselufer wartete Louise mit den Kindern auf ihn und – in dezenter Entfernung – der Apotheker Friedrich Brühl aus Rodheim. Der wartete die herzliche Begrüßung der Familie Münch geduldig ab, trat dann heran und bat dann den Herrn Pfarrer auf ein kurzes Wort. Es sei wichtig! Münch gab Tasche und Mantel seiner Frau: „Geht ihr schon, ich komme später nach."
Sie spazierten ein Stück am Ufer. „Was gibt's Brühl, Ihr macht ein so ernstes Gesicht?"
„Das Kind von Hankes atmet kaum noch. Es wird die kommende Nacht nicht überleben. Wie wollen wir damit umgehen?" Münch überlegte nicht lange und sagte: „Wir sollten nicht mit einem toten Kind ans andere Ufer rudern und um ein Begräbnis im Oldenburgischen bitten. Wer weiß, was das für bürokratische Notwendigkeiten nach sich zieht. Die Leute am anderen Ufer haben eine panische Angst vor Krankheiten, Infektionen, Seuchen und vor Fremden sowieso! Sie sind abergläubisch und neigen schnell zu Gerüchten. Ich denke, wir sollten es hier ohne Aufsehen in aller Stille auf der Insel begraben. Nur ich selbst kann mich jetzt nicht darum kümmern. Ich muß schnellstens nach Bremen. Das kann drei bis vier Tage dauern, bis ich wieder zurück bin. Es liegt ja

auch noch das Wochenende dazwischen.“ Brühl blieb stehen und sah ihn eindringlich an. „Sie können jetzt nicht die Insel schon wieder verlassen! Wer soll das Kind auf christliche Art unter die Erde bringen, wenn nicht Sie?“ Sie können doch die Mutter jetzt nicht im Stich lassen!“

Münch wühlte nervös in seinem Bart und sah auf seine Schuhspitzen. „Dann wartet, bis ich zurück bin!?“ Brühl kam näher und dämpfte seine Stimme: „Drei bis vier Tage? Tagsüber wird es schon beachtlich warm!?“ Etwas gereizt sagte Münch: „Verstehen Sie auch bitte meine Lage! Das Dampfboot fährt übermorgen früh und dann erst wieder am Montag. Über Land dauert der Weg nach Bremen einen ganzen Tag. Wir müssen hier so schnell wie möglich weg, bevor die Hoffnung sinkt und noch andere Menschen krank werden.“

„Sie sind es schon“, sagte Brühl, es haben sich schon andere Kinder infiziert. Die hygienischen Verhältnisse stinken im wahrsten Sinne des Wortes zum Himmel! Die Fliegen aus der Latrine schwirren mittags um den Herd herum. Es gibt immer noch unvernünftige Leute, die das ungesunde Weserwasser trotz meiner Warnungen trinken. Die Belegschaft im Stall lichtet sich langsam. So mancher schläft bei dem warmen Wetter im Freien.“

Münch antwortete nun etwas schärfer: „Genau das alles wird nicht besser, wenn wir hier noch länger untätig herumhocken. Das tun wir aber, wenn ich dem Delius nicht empfindlich auf die Zehen trete.“

Sie hatten sich am Ufer ein ganzes Stück von Lager entfernt und passierten nun eine Stelle, wo offensichtlich hinter einem Gebüsch ein Feuer brannte. Hier hatte sich das Grüppchen von jungen Männern niedergelassen, die sich aus Zweigen, Schilf und Strandgut einen Unterschlupf, zwei, drei kleine Hütten, gebaut hatten. Irgendwoher hatten sie sich auch wasserdichte Planen organisiert. Am Lagerfeuer lagen ein paar leere Weinflaschen. Zwei Männer standen auf und begrüßten Münch und Brühl etwas verlegen. Ein weiterer, der sitzen geblieben war, rief laut mit etwas schwerer Zunge: „Grüß Gott, Herr Pfarrer! Auch mal wieder im Lande!? Was macht unser Schiff?“

„Wir müssen wohl noch ein paar Tage Geduld haben, Männer.

Der Vorstand arbeitet täglich an diesem Problem. In Bremerhaven liegen einige interessante Schiffe!" „Interessante Schiffe in Bremerhaven?" wiederholte der Mann am Feuer spöttisch und lachte laut. Und nun lachten auch die anderen Männer und boten den beiden Gästen die Weinflasche an. Während Brühl dankend ablehnte, nahm Münch aus Höflichkeit einen kleinen Schluck. Die Männer lachten nun lauter und Münch wußte nicht, ob sie ihn an- oder auslachten.
Brühl hatte sich schon kopfschüttelnd umgedreht.

Harriersand, Mittwoch, den 7. Mai 1834

Es ist eine Tragödie!
Hankes Baby ist gestorben. Seine Mutter weint nur noch und mag sich von ihrem toten Kind nicht trennen. Sie hält es den ganzen Tag fest im Arm. Wenn sie es überhaupt hergibt, werden wir es morgen Nacht am entferntesten Zipfel der Insel begraben. Heute soll erst einmal eine Stelle ausgesucht und vorbereitet werden. Mutter macht sich große Sorgen, daß der Bauer davon erfahren könnte. Onno soll heimlich in seinem Schuppen einen kleinen Sarg zimmern.
Inzwischen sind auch andere Kinder krank, nur nicht so schlimm. Vater geht herum und versucht, die Leute zu trösten und ihnen Mut zu geben. Sie sollen die Hoffnung nicht sinken lassen. Sein Reden scheint auch eine besänftigende Wirkung zu haben. Die Leute sind zufrieden und zuversichtlich, wenn er mit ihnen gesprochen hat. So etwas kann er nun mal!
Umso tragischer ist es, daß er meint, er müsse nun morgen wieder nach Bremen, um Herrn Delius „auf die Füße zu treten". Bald sei wieder Samstag und da sei es möglicherweise noch schwieriger und peinlicher, den Makler privat aufzustöbern. Ich kann seine Befürchtungen wohl verstehen, denn hier darf es nicht lange so weitergehen. Dann können wir uns gleich alle hier begraben lassen! Aber es ist auch nicht gut, daß er uns hier mit dem Tod des Kindes ohne geistlichen Beistand läßt. Er meint, der Buchhändler könne sehr wohl ein paar Worte sprechen. Das sei ein ge-

bildeter, nachdenklicher und einfühlsamer Mann. Er werde ihn heute noch beraten. Vor Gott brauche es keine professionellen Geistlichen. Es wäre viel schöner, wenn ein Laie predigen würde. Auch brauche man keinen geweihten Friedhof. Gottes Erde sei schließlich überall.

Aus Bremerhaven hat der Vater ein Papiertheater mitgebracht. Für mich und die Kinder! Ich habe gejubelt! Ein wunderschönes Geschenk! Gibt es einen besseren Vater? Ich liebe ihn sehr, auch wenn er nicht mein leiblicher Vater ist.

Jetzt brauche ich nur noch Pappe, Holzleisten, Schere und Kleister. Onno und Andreas wollen helfen, das Material zu besorgen. Auch Martin und Amelie haben die Bögen bestaunt und hätten am liebsten gleich die Schere in die Hand genommen.

Es ist alles dabei, was zu einem richtigen Theater gehört. Der mit Säulen und Giebel verzierte Bühnenrahmen, ein Prachtvorhang, Soffitten und Kulissen. Sogar zwei Bögen mit Figuren und zwei Texthefte hat der Vater ausgesucht. Sie gehören zum „Robinson" und zum „Wilhelm Tell". Der „Robinson" für die Kinder, das wäre nicht schlecht! Sozusagen ein tapferes Inselschicksal mit glücklichem Ausgang. Das macht wieder Mut! Aber da gibt es nur wenige Rollen!? – Der „Wilhelm Tell" dagegen hat viele interessante Figuren. Da könnten Pauline und Adolph und noch andere Kinder mitmachen. Nur, was soll diese Geschichte auf dem Harriersand? Ein Tyrannenmord im Schweizer Mittelalter? Wenn die Eidgenossen wenigstens ausgewandert wären!? Sozusagen Tell in Arkansas!? Mit der Armbrust gegen die Indianer!? Einerlei! - Ab morgen wird gebastelt und geprobt! Ich freue mich wahnsinnig darauf!

Sie hatten gewartet, bis es dunkel war. Ein seltsamer Zug bahnte sich nachts schweigend den Weg durch hohes Gras und Gebüsch. Es war mehr eine Expedition als ein Trauerzug. Zweige schlugen ihnen ins Gesicht, die Schritte versackten im Morast. Sie stolperten und tasteten, aber niemand sprach ein Wort. Ab und zu, zwischen zwei wandernden Wolken, gab der Mond etwas Licht. Onno und Andreas gingen vorweg. Sie trugen zwischen sich die kleine Holzkiste, an deren Seitenfläche Onno sorgfältig und liebevoll sein Markenzeichen, eine geschnitzte Muschel, befestigt hatte. Gestern hatten sie den Platz ausgesucht und eine kleine Grube gegraben. Dann folgten die Eltern Hanke mit dem leblosen Bündel. Er mußte sie kräftig stützen. Charles Behning und Friedrich Brühl hatten jeder eine Schaufel geschultert. Cornelius Schubert ging allein und war sehr in Gedanken. Lautlos bewegte er seine Lippen. Zuletzt folgten mit dem Proviantkorb Louise Münch und Bettina.

Die Gruppe hatte sich leise auf den Weg gemacht. Niemand sollte sie bemerken. Nur ein Kuckuck kommentierte aus dem fernen Gebüsch ihre Expedition. Den ganzen Weg verfolgte sie sein Ruf aus der Entfernung. Der Vogel gönnte sich lange Pausen, aber er ließ nicht locker.

Nach einer halben Stunde verließ der traurige Zug das schützende Gebüsch und bewegte sich in Richtung Ufer. Vom Wasser kam ein kühler Wind. Der Mond glitzerte auf dem Flutstrom. Ein aufgeschreckter Reiher haspelte sich durch Schilf und Zweige. Die rote Positionslampe eines Weserkahns glitt langsam und leise vorbei. Man hörte gedämpfte Männerstimmen an Bord aber man verstand nicht, was sie sagten. Dann wechselte das rote Backbordlicht in eine weiß-gelbe Hecklaterne, die langsam kleiner wurde. Weit aus der Ferne, auf der anderen Weserseite, schimmerte noch ein spätes Licht über den Deich.

Nach einer knappen Stunde hatten sie die Stelle erreicht. Onno und Andreas setzten neben der Grube die Kiste ab. „Die Fakkeln?“ „Hier sieht uns niemand!“ Charles Behning und Friedrich Brühl knieten sich in den Sand, um die Flamme gegen den Wind zu schützen. Immer noch gab der Kuckuck aus der Entfernung seinen Kommentar. Nur, war es nun Beileid oder Warnung?

Die Mutter legte behutsam das Bündel in die Kiste, die wiederum von Brühl und Behning langsam in die Erde gesenkt wurde. Die kleine Gemeinde stellte sich eng um die Grube herum. Cornelius Schubert räusperte sich und entfaltete im Fackelschein einen Notizzettel, den er aber dann kaum beachtete. Mit einer etwas seltsamen Erregung in seiner sonst sanften Stimme sprach er die Worte, die er sich am Nachmittag überlegt hatte: „Schrecklich ist es, wenn unsere Kinder sterben. Es ist, wie wenn Flüsse rückwärts

fließen. Wie der Flutstrom, der uns aus der Nordsee entgegen kommt und der immer wieder seine Opfer fordert." Er stockte, dachte nach und sah nun doch auf den Zettel.
„Wir alle müssen auf unserem Weg Opfer bringen. Jeder von uns läßt auf seine Weise etwas zurück, woran er hängt: Verwandte, Freunde, das Zuhause, die Heimat. Es bleibt nur die schmerzliche aber liebevolle Erinnerung. – Marlene Hanke, dein Leben hatte eben erst begonnen und nun findet es sein Ende auf einer kleinen Insel mitten in der Weser. Nicht in der alten Heimat und nicht in der neuen Welt, sondern hier, zwischen Ebbe und Flut. Das Warum weiß nur Gott. Wir werden es nicht ergründen und können nur vertrauen und hoffen, daß es einen Sinn hat auf unserem Weg zwischen den Welten. – Gott, hab' Erbarmen mit uns! Laß es dabei und nimm uns nicht noch mehr Kinder! Und bring uns den kleinen Clemens wieder! Ein Opfer mag doch reichen!"
Schuberts sanfte Stimme hatte etwas Bescheidenes und Anrührendes. Er nickte Bettina zu, die nun an der Reihe war mit einem Gedicht. Sie hatten beide gestern lange in den Büchervorräten geblättert und das Gedicht *„Auf den Tod eines Kindes"* des Barockdichters Paul Fleming herausgesucht. Auch sie brauchte ihren Zettel nicht. Sie hatte die Zeilen schnell gelernt und dabei versucht, hinter den Sinn dieser Worte zu kommen:

Schlafe wohl, geliebtes Kind!
So viel tapfrer Helden sterben,
Ganze Völker gar verderben,
Und die Zeit verstiebt im Wind.
Wie soll denn ein Mensch bestehn;
Muß dies Ganze doch vergehn?

Waren diese Worte nun tröstend oder waren sie mehr schicksalsergeben? Sie wußte es immer noch nicht. Die kleine Gemeinde murmelte ein Vaterunser. Die Eltern machten den Anfang mit einer Handvoll Erde. Dann folgten die anderen, und Onno, Andreas und der Apotheker griffen zu den Schaufeln. Louise Münch goß einen Schluck Rotwein für jeden ein und Bettina verteilte die Becher. Von dem mitgebrachten Brot rührten sie kaum etwas an.

Etwas abseits setzte sich Behning neben Schubert, um ein Kompliment anzubringen. „Sie haben wirklich bewegende Worte gefunden. Das hätte unser Herr Pfarrer nicht besser machen können. Das war eine Rede, die so richtig zu Herzen ging.“
Cornelius, der eigentlich lieber allein sein wollte, sagte nur knapp, ohne Behning anzusehen: „Wenn sie zu Herzen ging, dann wohl, weil sie von Herzen kam.“
Behning rückte noch etwas näher und dämpfte seine Stimme. „Nein, nein, mein Lieber! Bei Ihnen spielt auch der Verstand eine große Rolle. Ich bewundere Ihre Fähigkeit zu überzeugen. Sie sind ein guter Redner und könnten in Amerika großen Erfolg haben! Sie haben doch auch sehr gute Englischkenntnisse, nicht wahr? Lassen Sie uns zusammenarbeiten. Ich organisiere die Finanzen und entwickle lukrative Projekte. Zusammen könnten wir etwas auf die Beine stellen. Ich kenne da ein paar einflußreiche Leute in New Orleans. – Oder noch besser: Lassen Sie uns gleich hier anfangen und diese ganze festgefahrene Chose hier in die Hand nehmen! Dieser Münch ist doch völlig unfähig! Jetzt läßt er sein Unternehmen schon wieder ein paar Tage im Stich!“
Cornelius Schubert trank den Becher leer, stand in aller Ruhe auf und sagte: „Wissen Sie, ich finde es geschmacklos, zu welchen Spekulationen Sie durch das Begräbnis eines Kindes angeregt werden. Was für ein Pech für Sie, Herr Gevatter, daß man an einem Kindstod nicht noch irgendwie verdienen kann! Habe die Ehre!“
Schubert knüpfte seinen Frack zu, setzte den Zylinder auf und machte sich auf den Rückweg.
Behning schmiß wütend seinen Becher ins Gras, klopfte den Sand von seinem Gehrock und verließ, leise vor sich hin schimpfend, auch den Schauplatz.

Bettina und Andreas machten sich gemeinsam auf den Heimweg. Sie trugen zwischen sich den Proviantkorb. Andreas war in schlechter Stimmung: „Was für ein jämmerliches Eiland!“ sagte er. „Ein Kind stirbt erbärmlich im Abseits, im Niemandsland! Der zuständige Pfarrer sitzt irgendwo in Bremen. Ein profaner Buchhändler hält die Grabesrede und ein kleines Verschwörergrüppchen legt es in ungeweihte Erde. Andere Kinder sind auch

schon krank und werden vielleicht bald folgen. Die Insel liegt wie ein riesiges Schiff mitten in der Weser. Der Bug weist zur Nordsee aber es kommt einfach nicht von der Stelle! Es ist total auf Grund gelaufen!" Verbittert und wütend zischte er noch: „Auf unserer Insel-Kolonie liegt irgend ein Fluch!"
Bettina spürte, wie dieses Geschimpfe einen unerträglichen Druck auf sie ausübte. „Diese Insel ist weder jämmerlich noch verflucht. Sie ist ein schöneres Fleckchen Erde als jeder Friedhof. Du hast nur keinen Blick für die blühenden Wiesen, weil Dein Kopf mit anderen Dingen voll ist. Was ist nur mit dir, Andreas? Seit dein Bruder fort ist, bist du irgendwie bedrückt und manchmal unerträglich und mit den Gedanken weit, weit weg." „Ich bin in Gedanken oft zu Hause und frage mich, was Ludwig jetzt macht." Sie setzten den Korb ab und Bettina legte ihren Arm um ihn: „Andreas, das Zuhause gibt es für uns nicht mehr. Wir haben alle Brücken hinter uns abgebrochen. In ein paar Wochen bauen wir uns ein neues, ein schöneres Zuhause. Sieh nach vorne, nicht zurück! – Hier ist noch etwas Wein in der Flasche, laß uns den Schluck darauf trinken!" Sie nahm einen Schluck und reichte ihm die Flasche.
„Es ist so schrecklich, hier tatenlos herumzusitzen!" sagte er und trank den Rest. Sie nahmen den Korb wieder auf.

Noch lange saßen die Eltern des Kindes neben dem Grab und hielten einander fest und konnten sich von diesem Platz nicht lösen. Sie sprachen nicht. Erst in der Morgendämmerung, als die Fackeln längst heruntergebrannt waren, stand Lisa Hanke auf, wischte mit dem Taschentuch ihr Gesicht trocken und sagte: „Ich weiß nicht mehr, was das soll mit Amerika!? Das hat jetzt seinen Sinn für mich verloren!"

Auch Friedrich Brühl und Onno Mewes saßen noch eine Weile am Ufer. Onno hatte aus den Taschen seiner Jacke ein Stückchen Kautabak hervorgekramt, das sie sich teilten, obwohl der Apotheker keinen Kautabak mochte. Er druckste mit einer Frage herum: „Sie kennen sich doch mit den Leuten hier etwas aus. Ich meine, mit ihrer Denkart, ihrer Mentalität?" „Vielleicht ein wenig. Obwohl sie auch ihre unergründlichen Geheimnisse haben. Warum?"

„Nehmen wir an, der kleine Clemens hat überlebt und jemand findet ihn. Wie reagieren die Leute? Was machen die Dörfler hier mit einem Findelkind? Bringen sie es dem Pfarrer oder der Polizei oder verstecken sie es bei sich auf dem Hof?"

„Vielleicht so oder so. Ich weiß es auch nicht", sagte Onno kauend. Und nach einer Weile sagte er langsam, ohne Brühl anzusehen: „Vielleicht aber benutzen sie es auch zum Deichbau."

Brühl betrachtete verwirrt den Zimmermann: „Ich verstehe nicht. Was meinen Sie damit?"

„Ach, das ist nur so ein Gedanke. – Es heißt ja, früher glaubten die Bauern, in den Deich müsse etwas Lebendiges, damit er standhält. Eine Art Opfer an die Naturgewalten oder so."

Brühl hörte auf zu kauen. Bettina Münch hatte ihm erzählt, daß drüben, am Ostufer, zwischen Wersabe und Sandstedt, fieberhaft an einem riesigen Deichbruch gearbeitet würde. Deichbrüche, das hatte er begriffen, waren für die Leute hier eine Frage des Überlebens. Sie waren für Mensch und Vieh eine tödliche Bedrohung. Sie konnten die ganze Landschaft total verändern. Schließlich sollte die Stadt Brake so einem Bruch dereinst ihre Entstehung und ihren Namen zu verdanken haben. Andere Durchbrüche der Nordsee hatten Hunderttausende von Menschenleben gefordert. Was war schon dagegen das Leben eines Kindes? – Jetzt hämmerte es in seinem Kopf. Nicht auszudenken!

Doch dann schüttelte er sich heftig und sah Onno an: „Nein! Das kann ich nicht glauben. Wir leben nicht mehr im Mittelalter, sondern im 19. Jahrhundert! Bald gibt es für den Deichbau irgendwelche Dampfmaschinen!"

Onno kaute wieder unablässig und blickte unverwandt auf die nächtliche Weser: „Bald, vielleicht. Deshalb muß ein uralter Aberglaube nicht von heute auf morgen verschwinden. Die Bedrohung durch Sturmfluten ist immer noch dieselbe geblieben. Und: ‚Wer nich will dieken, mutt wieken!' sagen die Leute an der Küste. Diese Menschenopfer-Magie wirkt auch in hundert Jahren noch. Was wissen wir schon über die seltsame Mentalität dieser Schilfbewohner?"

Inseltheater

Harriersand, Samstag, den 10. Mai 1834

Nun hocken wir schon bald zwei Wochen auf diesem einsamen Eiland, das in der warmen Maisonne eine wahre Pracht entfaltet. In allen Winkeln wächst und grünt es. Die Obstbäume hinter dem Gehöft zeigen eine weiße Blütenpracht. Als ich gestern der Bäuerin, die gerade dabei war, ihre bunte Wäsche in den Wind zu hängen, ein Kompliment für ihren blühenden Garten machte, sah sie in den Himmel und rief so was wie „wassen weer!" Ich habe das für mich übersetzt mit „Was für ein Wetter!" Aber Onno meinte später, es bedeute eher sowas wie „wachsendes Wetter" oder „Wetter für das Wachstum."

Die Sonne steigt, aber die Stimmung sinkt. Die Suche nach Clemens bringt nichts und ist fast eingeschlafen. Dafür geht es den kleinen Kindern immer schlechter. Louises Baby, der kleine Richard, ist jetzt fünf Monate und sie hat Mühe damit, ihm Nahrung einzuflößen. – Noch schlechter geht es dem Baby von Brühls, obwohl doch der Vater Apotheker ist. Es sei eine rätselhafte Krankheit, die vielleicht hier aus der Gegend komme, meint Frau Brühl. Aber diese Gegend wolle uns nicht.

In Saft und Kraft steht dagegen eine Gruppe von sechs kernigen und aufdringlich lauten Männern, die bei Wind und Wetter jeden Morgen vor dem Frühstück ihren Dauerlauf einmal um den Harriersand absolviert, um sodann ein Bad in der kalten Weser zu nehmen. Nach dem Frühstück geht es dann weiter mit Gymnastik, Bockspringen, Staffelläufen und albernen Spielchen. Sie betreiben das mit einem erschreckenden Ernst. Sie machen aus dem Gehampel geradezu eine Lebensphilosophie. Sie wollten sich für die schweren Aufgaben der Zukunft ertüchtigen, sagen sie. Es ist schon reichlich komisch, wenn sie sich in Unterhemden und Hosenträgern in Reih und Glied der Größe nach aufstellen und abzählen, um dann Mannschaften für Ballspiele und Staffelläufe einzuteilen. Da sie für ihre Ertüchtigung fast die ganze Insel brauchen, ziehen sich die Kühe ängstlich bis an das Ufer der Kleinen Weser zurück. Diese Idioten sollten lieber nach Clemens suchen oder Spiele für die Kinder organisieren!

Eine andere Gruppe sächsischer Landwirte hat sich mit Jan Köster angefreundet und hilft ihm beim Ausbessern der Zäune und bei der Reparatur des Bootsanlegers. Sie stehen bis zur Hüfte im kalten Wasser und hämmern dicke Bretter in den Steg, die der winterliche Eisgang herausgebrochen hatte. Dafür wollen sie dem Bauern eine Kuh günstig abhandeln, damit wir auch mal etwas Fleisch im Topf haben. Die treibende Kraft dabei ist Herr Behning, denn er will dem Bauern ein Geschäft vorschlagen. Eine Art Vertrag soll entstehen: so was wie Hand- und Spann-Dienste gegen Lebensmittel.
Guten Kontakt hat Behning auch zu der Junggesellen-Clique am Nordufer der Insel. Was die da treiben, ist seltsam undurchsichtig. Onno will herausgekriegt haben, daß Behning den Männern eine Art Destillationsapparat vom Festland besorgt und verkauft hat – zum Schnapsbrennen. Aber das kann ich mir nicht vorstellen. Woraus sollten die hier Schnaps machen?
Jedenfalls ist dieser Behning ein Hans Dampf in allen Gassen. Wo sich ein Geschäft machen läßt, hat er seine Finger drin. Er betreibt einen schwunghaften Handel mit Haushaltsartikeln und Lebensmitteln, die er billig aus Brake herüberschafft.
Mit Amelie habe ich inzwischen angefangen, die Teile des Papiertheaters auszuschneiden. Sie ist sehr geschickt dabei und könnte überhaupt eine gute Freundin für mich sein. Ich glaube, sie ist in Martin, den böhmischen Lehrer, sehr verliebt.
Onno hat derweil Pappflächen und Kistenbretter abgemessen und ausgesägt. Heute Abend geht's ans Zusammenkleben. Schwieriger ist es mit den Figuren. Die müssen auf Klötzchen geklebt werden, damit sie nicht umfallen und dann brauchen wir so Schieber, am besten aus dickem Draht. Wo finden wir so was? Ich kann es gar nicht abwarten, mit den Kindern zu spielen.

Viele quengeln nämlich herum und langweilen sich entsetzlich oder kommen auf dumme Gedanken. Sie treiben sich in unbeobachteten Winkeln herum. Gestern hat Martin Homby hinter dem Schuppen einen Vierzehnjährigen entdeckt, der mit seinem Freund eine geklaute Pfeife rauchte.

Vater ist immer noch in Bremen und die Leute haben aufgehört, nach ihm zu fragen.
Louise wird nicht müde, die anderen Frauen anzutreiben, beim Kochen und beim Wäschewaschen zu helfen und für Sauberkeit im Stall zu sorgen. Aber manche lassen sich schon wieder hängen.
Das Inselleben ist beides: Idylle und Chaos!
Nur eins ist es nicht: Amerika.

Zu einem wichtigen Treffpunkt hatte sich die Bücherecke von Cornelius Schubert entwickelt.
Hier gab es nicht nur Lektüre zu vielen Themen, sondern auch wichtige oder unterhaltsame Nachrichten im Gespräch. Oder kürzer gesagt: Klatsch und Tratsch! Hierher kamen auch die Damen zum Englischunterricht. Selbst Frau Motschmann verließ Gross' Hotel in Brake und winkte dem Fährmann, um beim gedanklichen Austausch dabei zu sein. Für jemand, der von seiner Schicksalsgemeinschaft durch einen breiten Fluß getrennt wohnte, war sie stets erstaunlich gut informiert. Vor allem brachte sie stets das Neueste vom anderen Ufer mit und war dadurch für die Insulaner auch eine interessante Quelle.
Man saß auf Kisten und Brettern und Bettina trug jedes Mal eine Kanne mit Tee aus dem Kuhstall herüber. Heute hatte sie auch gleich eine gute Nachricht mitgebracht: Jeden Nachmittag ab vier Uhr könnten künftig alle Kinder, die sich für's Theaterspielen interessieren, hinter den Kuhstall kommen, um ein Kasperlestück zu proben. Zunächst müssten die Figuren aber gemalt und ausgeschnitten werden. Aber auch für die Erwachsenen sollte zur Erbauung eine Aufführung vorbereitet werden, wahrscheinlich Szenen aus Schillers „Wilhelm Tell" in einer stark gekürzten Fassung.

Man war sich sofort einig, daß das ein sehr sinnvoller Schritt sei, um die Kinder von Langerweile und dummen Gedanken fern zu halten und jeder mußte dabei an Clemens denken.

„Machen wir uns doch nichts vor“, sagte Dorothea Motschmann mit künstlich gedämpfter Stimme und rührte im Tee, „der Junge taucht doch wahrscheinlich nie wieder auf, ist ertrunken oder was weiß ich. Man hätte in der Hektik der ersten Tage eben besser auf die Kinder aufpassen müssen. – Aber nun diese anderen Kinder, die jetzt krank werden – das ist mir direkt unheimlich! Ich werde den Gedanken nicht los, daß jemand es direkt auf die Kinder abgesehen hat, um die ganze Auswanderergesellschaft irgendwie unter Druck zu setzen. So eine Art Verschwörung, zur Warnung gegen uns.“ Was sie denn damit meine, wollte der Buchhändler wissen. „Na, ja, man kann doch auch Kinder mit irgendwas infizieren, denke ich, um der ganzen Gruppe hier den Aufenthalt zu verleiden. So nach der Melodie: Haut doch endlich ab, sonst müssen noch mehr Kinder dran glauben!“

Frau Krug, die allein für drei Kinder zu sorgen hatte, murmelte etwas von „abenteuerlicher Theorie.“ Aber die Motschmann ließ sich nicht beirren: „Ich spüre doch täglich da drüben, daß den Leuten hier an der Weser unsere Anwesenheit nicht geheuer ist. Ich spüre es an den Blicken. Sie lehnen überhaupt alles ab, was fremd ist. Die Fremden, so denken sie wahrscheinlich, die bringen uns nur Krankheit und Ärger.“

„Das ist vielleicht so eine Hysterikerin!“ flüsterte Andreas zu Bettina und er griff zielstrebig nach einem Buch in der Kiste, um sich damit an den Rand zu setzen. Unter dem Titel „Die Räuber“ las er auf der ersten Seite die Worte „In Tyrannos“. Er grübelte einen Moment und nahm sich dann vor, Cornelius später danach zu fragen.

„Die erkrankten Kinder“, sagte die Frau des Apothekers laut und energisch als betroffene Mutter, „sind ein Opfer des ungesunden Klimas auf dieser Insel und der mangelnden Hygiene. „Wir haben eben nicht genug sauberes Wasser. Nachts ist die Luft kalt und feucht und manchmal sogar neblig. Auf manchen Plätzen im Kuhstall zieht es. Wer soll denn absichtlich die Kinder krank machen? So ein Quatsch! Die Bäuerin vielleicht, mit ihrer täglichen Milchlieferung?" „Ach die!" ereiferte sich die Motschmann nun, „seien Sie bloß still! Jede Kleinigkeit hier tratscht sie in Brake herum..." Louise Münch fiel ihr schnell ins Wort: „Ich denke, wir wechseln jetzt rasch das Thema, denn Frau Köster ist im Anmarsch!"

Marie Köster trug heute keine Holzpantinen, sondern geputzte Schnürstiefel. Über ihr langes, geblümtes Kleid hatte sie eine saubere, hellblaue Schürze gebunden. Um die Schultern war ein großes, besticktes Brusttuch gelegt. Das betont strenge und sorgenvolle Gesicht, um das sie sich heute bemühte, wurde von einem kleinen, weißen Häubchen eingerahmt. Im Kontrast zu dieser adretten Staffage hielt sie in der rechten Hand ein schmutzig-blutiges Bündel Hühnerfedern, das sie der Teegesellschaft vorwurfsvoll entgegenstreckte. „Moin, alltosomen!" sagte sie. „Wo hebbt ji denn jon Paster Münch oder bi wem kann ik een bannig grote Beswerde avgeven?"
„Sie möchte sich beschweren, bei wem sie das denn könne", übersetzte Cornelius.
„Sie kann ruhig vor uns allen sprechen. Wir haben keine Hierarchie und keine Geheimnisse voreinander!" beschied Frau Münch und die anderen nickten. Marie Köster winkte dem Dolmetscher ab, sie hatte das auch so verstanden und legte los. Dabei bemühte sie sich ihrerseits um ein möglichst großes Maß an hochdeutschen Ausdrücken, um ihrer Beschwerde den nötigen Ernst zu geben. In der letzten Nacht wären Diebe in den Hühnerstall eingebrochen und hätten zwei Vögel mitgenommen. Der Riegel der Tür sei herausgerissen. Ihr Mann habe sich heute früh auf die Suche gemacht und im Norden der Insel, im Ufergebüsch, diese gerupften Federn und noch viel mehr gefunden. Das könnten nur Leute aus der Kolonistengruppe gewesen sein. Hühnerdiebe kämen nicht über die Weser gerudert und sonst gäbe es hier niemand anderen. Das ginge entschieden zu weit! Auch wenn nachts Leute durch den Garten trampeln, die Wäscheleine oder Werkzeuge plötzlich verschwunden sind! „Ik weet nich, wo ji all herkaamt, aver hier in Herzogdom Ollenborg word sowat bestroft! Wi verlangt, dat de Schulligen utfinnig mokt worn. Disse ganze Utwanneree is all ne dulle Ploog!"

Louise Münch verstand es, die Frau etwas zu besänftigen. Der Vorstand würde den Fall heute noch untersuchen. Sie solle nur die Fundstelle im Gebüsch genau bezeichnen. Die Hühner würden selbstverständlich bezahlt." „Dat wullt wi aver hopen, Moin!" rief Marie und schritt erhobenen Hauptes davon. Das wolle sie aber hoffen und sie wünsche noch einen schönen Tag, übersetzte Cornelius Schubert.

Marie Köster war kaum gegangen, da platzte Charles Behning in die Runde. Er war am Morgen bereits in Brake gewesen und hatte Nachrichten mitgebracht. Seine Erscheinung war deshalb auch eher städtisch zu nennen. Er trug einen grauen Zylinder und einen braunen Frack. Dazu graugrüne Steghosen und einen eleganten Spazierstock.

Friedrich Münch war offenbar mit dem Dampfboot über Brake nach Bremerhaven weitergereist und hatte ein Briefchen für die Gesellschaft dem Fährmann mitgegeben. Behning reichte es der Pfarrersgattin. Louise öffnete das Schreiben, überflog die Zeilen und las sie dann vor:

An die Mitglieder der Gießener Gesellschaft auf dem Harriersande!

Allen Brüdern und Schwestern im freiheitlichen Geiste sei kund und zu wissen:

Daß sich mein Aufenthalt in Bremen um drei Tage verzögerte, weil ich am Freitag keine Fortune mehr hatte, unseren Makler anzutreffen. Herr Delius war bereits auf das Landgut von Johann Smidt abgereist, wo er das Wochenende verbrachte. Ich habe ihn dann erst am Montag in seinem Kontor angetroffen und hatte dort eine längere Unterredung mit ihm, was die Möglichkeiten in Bremerhaven angeht. Da er wußte, daß am Wochenende neue Schiffe aus den Vereinigten Staaten erwartet wurden und er deshalb nach Bremerhaven aufbrechen wollte, lud er mich ein, ihn dahin zu begleiten. Wir werden morgen

dort gemeinsam mit den Kapitänen die Platzfrage erörtern. So wird es allerdings noch zwei Tage dauern, bis ich wieder meinen Fuß auf die Insel setzen kann. Hoffentlich dann mit guten Nachrichten! Ich bin durchaus voll guter Hoffnung in unserer Sache und bitte auch euch inständig, die Fahne der Hoffnung nicht sinken zu lassen.
Mit einem Gedicht in diesem Sinne möchte ich schließen:

Wechselvolles Menschenleben!
Wer ertrüge sein Geschick,
Wäre Hoffnung nicht gegeben?
Sie, die Seele zu erheben,
Zeigt uns ferne Ruh und Glück
Mag im Flug die Zeit entschweben,
Hoffnung soll das Herz beleben,
Bis zum letzten Augenblick!

Friedrich Münch

„Das ist ja bezaubernd", meinte Frau Motschmann nicht ohne Ironie, „was der Herr Pfarrer nicht alles so für uns übrig hat! Statt eines Schiffes bekommen wir heute ein Gedicht. Wie rührend!"

„Warum denn ausgerechnet der Wilhem Tell?" wollte Louise Münch beim Abwaschen von Bettina wissen. „Das ist doch ein Drama aus dem Schweizer Mittelalter!?"
„Ja, aber Schiller hat die Zustände in Deutschland gemeint. In dieser Szene mit dem Apfelschuß, da ist ja auch ganz konkret eine Anspielung auf das heutige Deutschland." Bettina blätterte aufgeregt in dem Textheftchen. „Was ich für die Stimmung in unserer Inselkolonie so wichtig finde, ist der Zusammenhalt der Schweizer aus allen Kantonen ihres Landes. Die Zeilen aus dem Rütlischwur, die sollten sich all diese phlegmatischen Inselhocker hier hinter die Ohren schreiben! Das ist der feste Zusammenhalt, der bei uns hier auf dem Harriersand so langsam flöten geht." Sie hatte auch schnell die richtige Seite gefunden und las mit Begeisterung:

Wir wollen sein ein einzig Volk von Brüdern
In keiner Not uns trennen und Gefahr.
Wir wollen frei sein, wie die Väter waren.
Eher den Tod, als in der Knechtschaft leben!
Wir wollen trauen auf den höchsten Gott
Und uns nicht fürchten vor der Macht der Menschen!

„Das sind schon starke Worte!" meinte Louise und schüttelte das Handtuch aus. „Die könnten doch ebenso von Paul oder Friedrich stammen und hätten sich auch in unserem Aufruf zur Auswanderung nicht schlecht gemacht, oder?" Louise nickte. "Und das hat dieser Schiller geschrieben?" „Ja, der ist leider viel zu früh gestorben, der Schiller. Ich bewundere seinen Mut!"

Das Papiertheater war hinter dem Kuhstall aufgebaut. Auf einer Kiste. Ein paar Kinder hatten davon gehört und warteten schon darauf mitzuspielen. Dazu hatten sich noch Amelie und Martin eingefunden. Amelie war eine junge Künstlerin aus Hamburg, die bei der Ausgestaltung helfen wollte. Martin war Lehrer und stammte aus Böhmen. Er hatte Spaß an der Arbeit mit Kindern und Texten. Die Kinder kamen, wie Christine und Konrad, aus dem Brandenburgischen oder wie die Münch-Kinder Pauline und Adolph aus Hessen. Martin war begeistert von dem Gedanken, mit den Kindern ein Stück für Kinder zu erfinden, während Bettina an eine Tell-Aufführung für die Erwachsenen dachte. Sie wollten beides gleichzeitig anpacken.
Martin setzte sich mit den Kindern auf die Wiese und sie sammelten gemeinsam Ideen. Eine Kasperle-Geschichte wurde von Christine und Konrad als zu albern abgelehnt. Christine wollte modische, schicke Figuren mit eleganten Kleidern, während Konrad ein Ritterdrama vorzog. Pauline und Adolph wiederum wollten lieber ein Märchen aufführen.. Martin verstand es geschickt, diese Ideen zusammenzuführen und jedes Kind zufriedenzustellen. So wurde es also eine Geschichte, in der der mutige Ritter Kuno (Konrad) mit Hilfe einer guten Fee (Pauline) die schicke und elegante Prinzessin (Christine) aus den Fängen eines bösen Zauberers (Adolph) befreite. Amelie setzte sich dann mit den Kindern

für eine Weile in den Kuhstall, um die Figuren zu malen, auszuschneiden und auf Pappe zu kleben.

Bettina und Onno bastelten derweil am Bühnenrahmen. Das Theater hatte eine prächtige Pappfassade mit Säulen, Wappen, Vasen, Girlanden und Engeln um den Bühnenausschnitt herum. Die gestaffelten Prospekte im Hintergrund zeigten wahlweise eine Gebirgslandschaft, ein Schloß und eine Uferpartie. Das wäre schon eine Ausstattung für den „Wilhelm Tell", dachte Bettina. Die Figuren mußten dann mit Holzleisten oder Draht seitlich hereingeschoben und bewegt und durch den gesprochenen Text lebendig werden. Über der Szene hing ein prächtiger Papiervorhang mit gemalten Kordeln und Fransen, den man auf und ab bewegen konnte. Im Giebel des Bühnenrahmens thronte der Name der zuständigen Muse „Thalia".

Während Amelie mit den Kindern zeichnete und malte, waren sich Bettina und Martin bald einig, daß die Geschichte zwar festgelegt sein müsse, der Text aber improvisiert werden sollte.

Beim „Wilhelm Tell" allerdings müsse man den Text schon genauer bearbeiten. Bettina war dafür, sämtliche Nebenhandlungen zu streichen. Nur die gemeinsame Aktion der Schweizer war ihr wichtig. Auch auf Bertha, Rudenz und den alten Attinghausen könne man verzichten. Schließlich könnten die Kinder nicht so viel Text bewältigen.

Andreas war aber damit nicht einverstanden. Der Appell des alten Attinghausen war ihm plötzlich wichtig. Er war von den Worten begeistert und rezitierte sie mit einer gehörigen Portion Pathos:

„Ans Vaterland, ans teure, schließ dich an,
Das halte fest mit deinem ganzen Herzen,
Hier sind die starken Wurzeln deiner Kraft,
Dort in der fremden Welt stehst Du allein,
ein schwankes Rohr, das jeder Sturm zerknickt."

Jetzt wurde Bettina ärgerlich: „Du kommst mir schon wieder so vor wie Ludwig. Du liest bei dem ahnungslosen Schiller nur eine Warnung vor der Auswanderung heraus!?" Martin versuchte zu vermitteln: „Das ist doch nur eine Warnung vor dem Alleingang.

Niemand von uns braucht das auf sich zu beziehen. Unsere Gemeinschaft ist ja gerade das Gegenteil von einem schwankenden Rohr. Sie ist eher ein starkes, festes Rohrbündel, wie eine Säule, die niemand in der fremden Welt knicken kann. Dieser Zusammenhalt ist ja gerade der Sinn unserer Auswanderungsgesellschaft!"
Andreas reagierte nun heftiger: „Ja, aber das eigentliche Thema steckt doch hinter der ganzen Sache! Ihr vergeßt das Thema! Es geht doch hier nicht um den Kampf gegen irgendwelche Rothäute in der Prärie, sondern um den Aufstand gegen die Vögte, die Unterdrücker im eigenen Land! Und diesen Kampf fechten die Schweizer auch in ihrem Lande aus und nicht in Alaska oder der Mongolei."
Bettina schmiß den Schillertext in den Theaterkasten: „Mein Gott, bist du ein Haarspalter! Du immer mit deiner Politik..." Sie kam nicht weiter, denn nun stand plötzlich Louise Münch vor ihnen, mit einem beängstigenden Gesichtsausdruck. Das Gespräch verstummte. „Mutter, was ist los?" „Wir müssen uns wieder um eine Beerdigung kümmern", sagte Louise leise, „Der kleine Junge der Familie Brühl ist gestorben."

Der Emissär

Man konnte kaum etwas sehen. Vom Deich aus waren die Weiden am Ufer nur verschwommen und die Braker Seite gar nicht zu erkennen. Der Tag begann mit dickem Nebel.

Friedrich Münch hatte ausrichten lassen, er werde am Donnerstag, den 17. Mai, am Nachmittag von Bremerhaven kommen und dann so bald wie möglich zur Insel übersetzen. Die Luft war kalt und feucht und blieb es den ganzen Tag und dennoch schien mittags in der Höhe die Sonne, das heißt, der Nebel ballte sich ein paar Meter über der Insel und dem Fluß, darüber aber waren plötzlich die Mastspitzen und Baumgipfel am anderen Ufer im Sonnenschein zu erkennen. Auch Pappeln, Türme und Giebel ragten unwirklich wie eine Märchenkulisse aus den weißen Wattewolken hervor. Alles aber, was sich auf dem Wasser bewegte, blieb in der dicken Nebelsuppe gefangen und ertastete sich vorsichtig seinen Weg. Jeder war bemüht, sich bemerkbar zu machen, und so ertönte stundenlang das Konzert der Nebelhörner. Jeder Schiffsführer lieferte alle zwei Minuten einen langgezogenen Ton und lauschte dann angestrengt in den undurchsichtigen Dunst.

Plötzlich kam ein dumpfer, energischer, langer Ton aus der Ferne von Norden her, der sich langsam im Zweiminutentakt näherte. Dazu setzten sich langsam das rhythmisch stampfende Geräusch einer Maschine und das Rauschen und Rattern von Schaufelrädern durch. Über der Nebelbank wanderte stolz und aufrecht die Spitze eines gräßlich qualmenden, schwarzen Schornsteins. Das war die „Bremen", die um eine Stunde verspätet aus Bremerhaven kam. Sie sollte nun den Pastor Münch mitbringen.

Auf Anraten der Bäuerin lief Familie Münch mit einem Kochtopf und einer Suppenkelle zum Ufer hinunter, um „to klötern", wie Marie Köster es nannte. "Dat de Bootsmann weet, wo dat langgeiht." Das Klötern übernahmen Pauline und Adolph mit großem

Eifer und sie wurden schließlich dabei lahm, denn es dauerte lange, bis sich die Umrisse eines Ruderkahns aus dem Dunst herausschälten und man Münchs sonore Stimme hören konnte. Der Kahn rutschte in den Ufersand. Die Kinder kletterten sofort hinein und belagerten ihren Vater.

„Willkommen in der Republik Harriersand!" rief Bettina und umarmte Friedrich. Louise tat ein gleiches und sagte spöttisch: „Schön, dass du mal wieder vorbeischaust." Der Bootsmann stiefelte in Richtung auf den Kösterschen Hof, um sich einen scharfen Schluck zu ergattern.

„Laß uns in Ruhe ein paar Dinge besprechen, bevor wir wieder in den allgemeinen Trubel des Lagers kommen", schlug Louise vor. Sie setzten sich zusammen in den Kahn. „Du siehst etwas übernächtigt und elend aus, mein Guter! Hast du denn etwas erreichen können? Hast du ein Schiff für uns?"

„Noch keine feste Zusage, aber Everhard Delius macht unsere Sache jetzt ganz dringend. Bremerhaven ist für jede Überraschung gut! Es treffen täglich neue Schiffe ein, auch solche, die noch keine fest verabredete Ladung für die Rückfahrt nach Amerika haben." Und er erzählte, daß er aus Bremerhaven jemanden mitgebracht habe: „Herrn Müller, einen von den beiden Kundschaftern, die wir im letzten Herbst nach Arkansas vorausgeschickt haben. Er steckt voller Erlebnisse."

„Hat er denn gute Nachrichten?" wollte Louise wissen. „Leider nein!" „Dann schick ihn nach Bremerhaven zurück! Wir können hier keine schlechten Nachrichten gebrauchen. Hier sieht es nämlich auch nicht gut aus."

„Ich habe mit ihm verabredet, daß er unseren Leuten den Mut nicht nimmt und die schlechten Nachrichten etwas mildert. Er übernachtet heute in Brake und wird uns morgen aufsuchen, um zu berichten. Aber nun erzähl du doch, was ist hier los?"

„Daß die Stimmung auf der Insel schlecht, das Essen mies und die Hygiene bedenklich ist, kannst du dir ja denken. Ich will deshalb schnell noch ein paar andere wichtige Punkte nennen: Von Clemens Roth fehlt bis jetzt jede Spur. Die Inselchen und die Weseufer von Brake bis Bremerhaven sind abgefragt und abgesucht. Allerdings gibt es ein Gerücht, das irgendjemand vorgestern auf

dem Markt in Brake verbreitet hat. Demnach soll auf dem Ostufer eine Magd mit einem kleinen, blonden Jungen gesehen worden sein, der in einer fremden Mundart sprach. Marie Köster wollte sich heute mal umhören in der Gegend." Münch leckte einen Bleistift an und machte sich auf einem Zettel Notizen.
„Der kleine Wilhelm von Brühls", fuhr Louise fort, „ist gestern gestorben. Wir müssen ihn bald beerdigen." Ihr Mann stöhnte nur, wühlte mit der Hand in seinem Vollbart und preßte die Lippen zusammen.
„Dann gibt es noch Beschwerden der Familie Köster wegen Diebstählen von Hühnern, Räucherschinken und Saatgut. Sie drohen mit einer Anzeige beim Amtmann. Um sie zu besänftigen helfen ein paar unserer Männer, den Zaun der Weide und den Bootssteg auszubessern. Die Verluste sollten wir bezahlen.
Ein weiteres Thema sind die jungen Männer, die sich am Nordufer so einen wilden Unterschlupf gebaut haben. Sie haben sich aus der Gemeinschaft ziemlich ausgeklammert und keiner weiß so recht, was die da treiben. Offenbar hat Behning ihnen irgendwelche Gerätschaften zum Destillieren aus Brake besorgt. Es riecht in ihrer Nähe verdächtig nach Alkohol. Ich nehme an, er verdient daran. Überhaupt zielt alles, was dieser Geschäftemacher anpackt, ohne Rücksicht auf mitmenschliche Verantwortung auf Gewinn. Ich gebe allerdings zu, daß manche seiner Aktivitäten für uns auch ganz nützlich sind. Ich denke an den Fährbetrieb und die Versorgung mit Geräten und wetterfester Kleidung. Durch ihn bekommen wir auch etwas Abwechslung in den Speiseplan. Aber das kostet alles und die Haushaltskasse ist leer." Louises Blick fiel auf die Kinder, die ein paar Schritte weiter mit Keno spielten, und sie schlug einen versöhnlicheren Ton an: „Aber es gibt auch gute Nachrichten: Bettina versammelt täglich ein paar Kinder hinter dem Stall und sie basteln und proben an einem Theaterstück. Dieses Papiertheater ist bis jetzt das Beste, was du aus Bremerhaven mitgebracht hast. Sie proben sogar zur moralischen Erbauung der Erwachsenen eine Kurzfassung des „Wilhem Tell" von Friedrich Schiller." „Vielleicht kann das den Leuten helfen, sich wieder auf ihre Gemeinsamkeit zu besinnen", ergänzte Bettina. „Die Schweizer sind ein gutes Beispiel für diese wackeren deutschen Pioniere

hier, die nur herummeckern und kaum bereit sind, irgendeinen persönlichen Nachteil zu ertragen. Jeder sieht hier nur sich selbst und sein persönliches Wohlergehen", sagte sie wütend. Die Mutter nickte.
Münch wühlte noch immer in seinem Bart herum. Dann straffte er sich, stand auf, ergriff seine Reisetasche und sagte: „Dank Euch für den Bericht. Wir rufen alle morgen um zehn Uhr zur Versammlung in den Stall. Wißt ihr, wie ich mir vorkomme? Wie Moses bei seiner Rückkehr vom Berge Sinai. Nur, daß ich keine Gebote oder einen konkreten Termin mitbringe. Nur einen zerlumpten Reisegast aus Amerika und Hoffnungen."
„Und wir hier tanzen auch nicht um ein goldenes Kalb, sondern wir hocken ziemlich mutlos neben einer ganzen Rinderherde und käuen unseren guten Glauben wieder und wieder. Nur du kannst uns alle wieder hochreißen und zusammenführen", sagte Louise. „Die Leute haben lange auf dich gewartet!"

Die Altenburger Glocke rief mit sakraler Feierlichkeit alle Auswanderer um halbzehn in den Kuhstall. Auch auf dem anderen Ufer war diese Glocke zu hören und mancher Bauer oder Bürger mag verwundert den Kopf gedreht haben. Eine Kirchenglocke auf dem Harriersand? Weniger verwundert waren Dorothea Motschmann und die Coburger Familien aus dem Hotel von Gross. Sie saßen bereits herausgeputzt in der Guntsiet und warteten auf den Rudergänger. Schließlich wußten längst alle: Münch war wieder da und wollte zu ihnen sprechen. Höchste Zeit! Und er habe, so war zu hören, einen wichtigen Gast angekündigt. Der stieg als letzter, neugierig beobachtet, in den Kahn. Ein vollbärtiger Mann mit einer weiten, abgestuften Pelerine, engen Hosen, die in Reiterstiefeln steckten und einem Hut mit breiter Krempe. Er trug eine große Reisetasche.
Auch der Fährmann kam, sagte „Moin", kaute auf irgendetwas herum, schob die Riemen in die Dollen und sie stießen ab.
Im Kuhstall herrschte bereits ein arges Gedränge. Im Gegensatz zu den Braker Hotelgästen waren hier die meisten schlicht und praktisch gekleidet. Die Frauen hatten zumeist eine Arbeit beiseite gelegt, um der Versammlung beizuwohnen. Einige saßen auch

gleichmütig da und strickten etwas oder stopften Strümpfe. Einige Männer trugen Arbeitskleidung, weil sie heute noch an den Weidezäunen arbeiten wollten. Inmitten dieser bunten Gesellschaft, die in allen nur erdenklichen Dialekten durcheinanderschwatzte, spielten kleine Kinder mit den Kätzchen. Die Schwalben flitzten geschäftig über die Köpfe hinweg. Zum ersten Mal seit Wochen nahmen die Auswanderer wieder mit Verwunderung wahr, wie viele und wie unterschiedlich sie doch waren.

Friedrich Münch hatte nun, zusammen mit dem Amerika-Kundschafter den Stall betreten. Er stieg auf eine Futterkiste und wartete, bis die Gespräche verstummten und alle Aufmerksamkeit sich auf ihn richtete. Dem Gast wurde neben der Kiste ein Stuhl angeboten.

Der Pfarrer begann seine Ansprache vorsichtig, indem er mit möglichst vielen den Blickkontakt suchte. „Liebe Freunde! Ich weiß, meine Abwesenheit war für euch nicht gerade ermutigend, weil mein Platz ja eigentlich hier, an Eurer Seite sein sollte. Aber wenn es uns darum geht, so schnell wie möglich ein Schiff für die Überfahrt zu bekommen, so kann ich von diesem Platz aus, mitten in der Weser, nicht viel bewirken. Unser Vertragspartner, Herr Everhard Delius, in dessen Händen gleichsam unser Schicksal liegt, war nur mühsam zu erreichen, weil er sich um mehrere gravierende Probleme gleichzeitig kümmern muß. Nicht allen Auswanderergruppen geht es so gut wie uns. Wir sind besser dran! Wir haben unser Hab und Gut und unsere Lieben um uns. Vor allem aber haben wir Geduld und Hoffnung. Unsere Gemeinschaft und unsere festen Pläne stützen uns. Ich habe mich, zusammen mit Herrn Delius, der so freundlich war, mich nach Bremerhaven mitzunehmen, überzeugen können, daß fast täglich Schiffe aus Amerika dort eintreffen, auch solche, die unerwartet kommen, die Platz haben und kurzfristig disponieren können. Dort stehen wir auf der Warteliste ganz oben und es ist sehr wichtig, dran zu bleiben. Es scheint auch keineswegs ungewöhnlich, daß Auswanderergruppen länger warten müssen. Es gibt also keinen Grund zur Besorgnis. Ich werde den Kontakt zu Delius' Kontor in Bremerhaven sehr intensiv weiterverfolgen. Es kann sich nur noch um ein paar Tage handeln, dann können wir diese Insel wieder verlassen."

„Ein paar Tage oder Wochen oder Monate, das spielt bald auch keine Rolle mehr!“ rief ein Bauer aus Thüringen mit Verbitterung in der Stimme. „Doch! Das spielt sogar eine große Rolle!“ rief ein anderer aufgebracht. „Wir hocken hier tatenlos herum und vertrödeln die Zeit, die uns in Amerika fehlen wird.“ Es gab heftige Zustimmung durch Zurufe. Ein anderer Landwirt schlug in dieselbe Kerbe: „Die Überfahrt, die Reise nach Arkansas, die Landsuche und der Kauf eines Grundstücks, - das alles wird uns viel, viel Zeit kosten. Und dann müssen wir noch Gebäude errichten, Saatgut, Vieh und Geräte kaufen. Wie soll das hinkommen? Wir können unsere Felder nicht erst im September bestellen! Wovon sollen wir im Winter dann leben?“

„Er hat Recht!“ kam ein Zuruf. „Wir verplempern hier auf dieser öden Insel unsere Zukunft in Arkansas. Wir sollten längst dort sein und die Gruppe von Follen treffen. So war das verabredet.“

Münch breitete beschwichtigend beide Arme aus und nahm die Rede wieder an sich: „Liebe Freunde, auch zum Thema Arkansas laßt uns sprechen. Das ist ein wichtiges Stichwort!

Unsere Chancen in Amerika haben sich verlagert und es scheint, als ob eine andere und – wie mir scheint – bessere Lösung sich uns bietet, sodaß die Verzögerung hier wahrscheinlich nicht mehr so schmerzlich ins Gewicht fällt. Arkansas scheint ungeeignet für unsere Pläne. Das wird dieser Mann hier gleich erläutern. Er war für uns in Arkansas, Herr Müller aus Gießen, den manche wohl noch als tüchtigen Apotheker in Erinnerung haben. Er war bereits im September des vorigen Jahres im Auftrage unserer Gesellschaft zusammen mit dem Dekan Schmidt zu einer Erkundungsreise aufgebrochen. Wir werden besser in Missouri mit dem Rest der Gesellschaft zusammentreffen. Dort leben ohnehin schon viele Deutsche. Es gibt noch freies Land zu erwerben und wir werden versuchen, von dort aus unsere politischen Pläne weiterzuverfolgen. Aber am besten erzählt euch das jetzt unser Emissär Müller selbst.“

„Es kann sicher nicht so laufen, wie wir uns das im Herbst 1833 auf unserer Versammlung in Friedberg vorgestellt haben“, begann der Weitgereiste langsam, jedes Wort abwägend. Er hatte sich erhoben, war aber nicht auf die Kiste gestiegen. Seinen Hut hatte er abgenommen und behielt ihn in den Händen, die etwas zitterten. „Arkansas ist nämlich völlig ungeeignet. Dekan Schmidt und ich haben uns monatelang in den Regionen des amerikanischen Westens umgesehen. Das Klima in Arkansas ist sehr ungesund. Der Sommer war extrem heiß, stickig und schwül. Weite Gebiete sind monatelang überschwemmt und sumpfig. Die Straßen waren unpassierbar. Der Winter wiederum war streng. Es war bitterkalt, der Boden monatelang gefroren. Die wenigen brauchbaren Grundstücke sind längst vergeben oder werden zu Wucherpreisen angeboten. Weiter westwärts gibt es keine zusammenhängenden, großen Siedlungsgebiete. Die Farmer leben dort sehr verstreut und durch die großen Entfernungen völlig isoliert. Kontakte sind kaum möglich. Viele Deutsche sind nach Missouri oder Illinois gezogen, wo es – wie zum Beispiel in St. Louis – auch deutsche Firmen, Handwerker und Zeitungen gibt."

Er hielt einen Moment inne und warf einen Blick auf Münch, der nun ein Buch in der Hand hatte und es – als habe er auf ein Stichwort gewartet – aufschlug und vortrat. Es war die Bibel aller deutschen Auswanderer, Gottfried Dudens *„Bericht über eine Reise nach den westlichen Staaten Nordamerikas"*.

„Laßt mich bitte, liebe Freunde, ein Zitat unseres besten Amerika-Kenners hier einfügen. Ihr kennt ja wohl alle dieses Buch. Duden schreibt:

„Kein Land der Erde bietet den deutschen Auswanderern mehr an, als der Westen der Vereinigten Staaten. (...) Wenn Millionen von Deutschen zum obern Missisippi und Missouri einwanderten, sie würden alle willkommen seyn. So groß ist der freie Raum dort und so günstig ist uns die Meinung der Amerikaner von unsern Eigenschaften für den geselligen Zustand. (...) Insofern könnte es nicht besser stehen, wenn das Ganze eine Colonie von Deutschen wäre."

Münch legte das Buch beiseite und resümierte: „Vergeßt also Arkansas, denn es erscheint mir als sicher, daß die Regionen am Missisippi der bessere Platz für unsere Ansiedlung und unsere zukünftigen Pläne sind. Ihr könnt nun selbstverständlich auch Fragen an unseren Amerikareisenden, Herrn Müller, stellen."

Ob er etwas vom Verbleib der anderen Hälfte der Gießener Auswanderer erfahren habe, wollte ein Herr aus Altenburg wissen. „Ich habe nur unlängst in Bremerhaven von Rückreisenden gehört, daß sie nach einer sehr anstrengenden Überfahrt auf der „Olbers“ in New Orleans angekommen sind und sich auf einem Missisippi-Dampfer nach Norden eingeschifft haben. Ich vermute, daß sie in Missouri auf eure Gruppe warten.“
Während er nun eine kleine Pause einlegte, um einen Schluck Wasser zu trinken, stürmten weitere Fragen auf den Amerikafahrer ein. Manche waren sehr an persönlichen Eindrücken interesssiert. Wieviel man für ein Grundstück bezahlen müsse? Ob man auch ohne Englischkenntnisse zurechtkäme? Ob es stimme, daß es dort sehr viel Gesindel und Betrüger gebe?
Der Apotheker Müller hatte nun seine Unsicherheit überwunden und genoß sogar das Interesse, das sich auf ihn konzentrierte. Er müsse, sagte er, die Bedenken generell bestätigen. Manche Betrüger unter den Händlern und Maklern hätten sich geradezu auf Einwanderer kapriziert. Da müsse man schon sehr aufpassen. Kriminalität sei eben ein großes Problem. Entsprechend hart seien auch die Strafen in vielen US-Republiken. Er selbst habe mit ansehen müssen, wie ein Pferdedieb gehenkt wurde.“
Friedrich und Louise Münch wechselten einen kurzen, besorgten Blick und der Pfarrer nahm das Wort wieder an sich. Da sei es doch ein Glück, sagte er der Versammlung, daß sie eine wohlorganisierte Gesellschaft mit starkem Zusammenhalt wären. Da hätten Betrüger keine Chance! „Alle Bedürfnisse können untereinander und auf gut deutsch bestens geregelt werden. Wir lassen niemanden allein mit seinen Problemen! Schließlich haben wir für alle Bereiche Fachleute in der Gemeinschaft. Und das läßt uns auch diese Tage hier auf der Insel um so leichter ertragen: Unser fester Zusammenhalt in guten wie in schlechten Zeiten!“
Münch dachte, es sei am geschicktesten, den offiziellen Teil der Aussprache bald zu beenden und in einen gemeinsamen Schlußgedanken zu lenken. Am besten ein Gebet. Er dankte dem Abgesandten im Namen aller für dessen Bericht, lud ihn herzlich zum Eintopfessen ein und bat noch einmal die ganze Gesellschaft, die Hoffnung nicht sinken zu lassen. Das Leben auf der Insel sei

ja schließlich schon so etwas wie eine Auswanderer-Kolonie im Kleinen. Eine Inselrepublik. Ein selbständiger kleiner Staat auf Probe. Und er bat sie alle zu einem Vaterunser, zu dem sie sich ohne Ausnahme erhoben.

Während sich die Versammlung in Kösters Stall einigermaßen getröstet auflöste und die meisten ihrer Arbeit nachgingen, blieb noch ein kleines Grüppchen um den Reisenden in einer Ecke zurück. Da hatten sich doch noch Fragen aufgestaut.

Wie denn die Amerikaner so wären? So als Menschen? Ob das Leben dort als Neusiedler sehr hart sei? Ob es immer noch Gefahren durch wilde Stämme gäbe? Müller sprach von der Ellbogengesellschaft, in der man sich erst durchsetzen müsse. Es zähle eben nur das Geld. Geld sei der Maßstab für sämtliche zwischenmenschlichen Beziehungen. Geld allein bestimme das Tempo und den Wert jeglicher Arbeit. „Sie wissen ja: Time is money!"

Ob man als Porzellanmaler in Amerika eine Chance habe, wollte Herr Hanke wissen. „In dieser Aufbauphase der neuen Republiken im Westen ist das natürlich eine schwierige Sache", sagte der Gast. „Kulturelle und künstlerische Werte interessieren die Amerikaner eigentlich recht wenig. Auch Moral und Ethik habe ich manchmal schmerzlich vermißt. Aber in den großen Metropolen an der Ostküste ist das schon etwas ganz anderes. Dort gibt es natürlich Universitäten, Museen, Theater, Buchhandlungen und kulturelle Traditionen. Als Künstler oder Literat solle man es lieber dort versuchen. Ich könnte Ihnen mit Kontakt-Adressen für die deutschen Vereine in New York, Boston oder Philadelphia dienlich sein" und er kramte eifrig in seiner Reisetasche.

Martin Homby wollte wissen, wie es denn Herrn Schmidt, dem zweiten Emissär ergangen sei. „Das ist leider eine traurige Geschichte, denn der wurde schon auf der stürmischen Überfahrt sehr krank und hat dann später auch viel Pech gehabt!" Müller brach dann lieber den Bericht ab. „Das läßt sich nicht mit zwei Sätzen sagen. Ich würde gern später in Ruhe noch einmal darauf zurückkommen." Er hatte bemerkt, wie Münch ihm ungeduldig ein Zeichen gab. „Sie entschuldigen mich bitte!"

Münch zog ihn ins Freie. „Ich wollte Sie doch noch mit ein paar Herrschaften bekannt machen, bevor wir uns zum Essen setzen."

Insel der Hoffnung?

Harriersand, Donnerstag, den 15. Mai 1834

Gestern, am späten Abend, haben die Eltern den Brühls geholfen, den kleinen Wilhelm ohne Aufsehen und in aller Stille zu beerdigen. Nur Onno ist noch mit der Schaufel dabeigewesen.. Ich habe derweil die Brühlschen Jungen Friedrich, Karl und Heinrich sowie Adolph und Pauline vor das Papiertheater gesetzt und mit Andreas und Amelie ein Kasperle-Stück improvisiert. Als die Eltern dann immer noch nicht zurück waren, hat Amelie ein paar Seiten aus dem „Robinson" von Daniel Defoe vorgelesen. Fand ich wahnsinnig interessant! Dieser Robinson führt ja auf seiner Insel auch ein Tagebuch. Amelie las mit ihrer schönen Stimme zum Erstaunen der Kinder:

„Den 30. September 1659: Ich armer, unglückseliger Robinson Crusoe habe bei einem fürchterlichen Sturm Schiffbruch erlitten und bin auf diese traurige Insel geraten, der ich den Namen „die Insel der Verzweiflung" gegeben habe. Alle meine Schiffsgefährten sind ertrunken, und ich selbst bin nur mit Not dem Tode entronnen...Es gebrach mir an jedem Trost, und ich sah nichts als Verderben um mich her. Ich erwartete entweder von den wilden Tieren gefressen oder von wilden Menschen ermordet zu werden oder Hungers sterben zu müssen."

Ganz so schlimm ist es ja bei uns nun nicht. Auch würde ich den Harriersand nicht eine „Insel der Verzweiflung" sondern lieber eine „Insel der Hoffnung" nennen. Doch gibt es auch unter uns die schiere Verzweiflung, wenn ich an die Eltern Hanke, die Familie Brühl oder an Clemens' Eltern denke. Sie haben ein schweres Los zu tragen, die Ärmsten!

Interessant finde ich, daß Robinson mit der Zeit gerade durch die Insel selbst aus seiner Verzweiflung herauskommt. Je besser er seine Insel kennenlernt, desto angenehmer und liebenswerter erscheint sie ihm:

„Die Landschaft bot einen üppig blühenden Anblick dar und erschien mir wie ein wohlgepflegter Garten." (den 16. Juli 1660) und
„Ich war förmlich verliebt in jene Gegend...und empfinde eine große Lust, die ganze Insel kennenzulernen."(den 30. September 1660)

Allerdings benötigt Robinson viele Jahre, um den vollen Reiz seiner „geliebten Insel", wie er sie schließlich nennt, zu empfinden. Insgesamt verbringt er über 28 Jahre auf seinem Eiland. Ich kann nur sagen, ich hoffe, daß sich der Liebreiz des Harriersands in erheblich kürzerer Zeit erschließt.

Harriersand, Freitag, den 16. Mai

Die Stimmung im Lager hat sich nach Vaters Rückkehr etwas gebessert. Es gibt aber auch ewig Unzufriedene, die sagen, Münch habe sie nur vertrösten wollen. In Wahrheit wisse er auch nicht weiter. Es gebe kaum Chancen auf eine baldige Überfahrt. Reisende in Brake sollen erzählt haben, daß das Schiff, das für uns bestimmt war, gesunken sei. Als Friedrich vorgestern in der Versammlung von der „Proberepublik Harriersand" sprach, dachte ich, daß man aus der Speckflagge, die Ludwig hinterlassen hat, ein Sternenbanner nähen könnte. Würden die „Stars and Stripes" auf dem Kuhstall wehen, dann wäre das eine Mahnung für uns alle, die Hoffnung und den Gedanken an Amerika nicht zu verlieren. Muß die Schneider aus Altenburg mal fragen, ob sie mir mit blauen und gelben Stoffresten aushelfen können. Vater wird das allerdings nicht witzig finden.
Morgen hat Andreas Geburtstag. Habe Herrn Behning heimlich gebeten, eine schöne Flasche Rotwein aus Brake zu besorgen.

Mutter will mit Hilfe der Bäuerin einen Geburtstagskuchen bakken. Hoffentlich läßt Andi sich zu einem Picknick überreden. Nur wir beide, irgendwo am Strand.

Harriersand, Samstag, den 17. Mai

Vormittags mit den Kindern Wilhelm-Tell-Szenen geprobt. Wir haben alle zusammen mit Martin, Amelie und Andreas die Verse aus dem Rütli-Schwur als Chor unisono gesprochen. Auch Keno hat mitgebellt. Er liebt Kinder über alles.
Leider fing sofort wieder der Streit an wegen der Bedeutung von Schillers Worten: „Eher den Tod, als in der Knechtschaft leben!" Wir werden uns einfach nicht einig! Immer weiß Andreas alles besser!
Er meinte, wir sollten doch ehrlicherweise sagen: „Eher Amerika, als in der Knechtschaft leben!" Er allerdings wäre mit Schiller bereit, im Kampf gegen die Knechtschaft den Tod zu riskieren. Das sind große Worte!?
Ich glaube, ich habe zu dem ganzen Wilhelm Tell keine Lust mehr. Dieser ewige Streit!
Vielleicht sollte man doch den Robinson aufführen. Da kämpft einer mit dem Inseldasein und verliert achtundzwanzig Jahre lang die Hoffnung nicht. Trost und Ansporn für uns alle!

Andis 18. Geburtstag!
Er hat sich über das Taschenmesser aus Brake mächtig gefreut. Ich bekam sogar einen dicken Kuß dafür. Er ist so wunderbar, wenn er über das ganze Gesicht strahlt. Auch mit dem kleinen Ausflug samt Picknick war er sofort einverstanden. Allerdings ging das erst am späten Nachmittag los, denn zu Mittag hatte seine Familie zu einem Geburtstagsessen eingeladen. Sie waren ganz lieb zu mir. Wie zu einer Schwiegertochter.
Die Krugsche Verwandtschaft zählt ohne Ludwig zwölf Leute. Sie haben sich am Deich ein eigenes Zelt aufgebaut, um als Familie unter sich sein zu können. Es ist eine Weberfamilie aus Coburg, die wegen der herrschaftlichen Einflüsse auf die Zunft

dort nicht mehr leben wollte. Wer nicht die Gunst des Herzogs hatte oder als Hoflieferant eine Rolle spielen konnte, der wurde seine Ware nicht mehr los. Haben denn selbständige Weber neben den großen Manufakturen in Amerika überhaupt eine Chance? Oder werden sie zu Fabrikarbeitern?

Sind dann - Andreas und ich ganz alleine - bis an die Nordspitze der Insel gewandert. Halt, nein, Keno war noch dabei. Er wich den ganzen Tag nicht von unserer unserer Seite. Fand' das wohl interessanter als Kösters Hof und die langweiligen Hühner, die er nicht jagen darf und wo sich kaum jemand um ihn kümmert. Er scheint richtig glücklich, wenn er bei Ausflügen irgendwie dabei sein kann und tobt in übermütigen Bocksprüngen immer vorneweg. Ich mag den kleinen Kerl mit seinen Bernstein-Augen sehr gern. Er kann so witzig sein, wenn er rumtobt oder sich auf dem Rücken wälzt.
Von der Nordspitze sind wir dann (es war ja Ebbe) durch den Priel zur Wilhelmsplate hinübergewatet und fanden dort ein idyllisches Plätzchen am Ufer mit dem Blick flußabwärts in Richtung Bremerhaven. Wir hatten ja gar nicht geahnt, wie breit die Weser nach dem Zusammenfluss der beiden Arme hier wird. Auf der rechten Seite war der seltsam verdrehte Kirchturm von Sandstedt zu sehen und auf dem Deich in der Ferne das Gasthaus „Weserhof", vor dem wir auf der Suche nach Clemens gesessen hatten. Ob wir von seinem Schicksal jemals erfahren werden? Hatte er irgendwo schon sein Amerika entdeckt?
Hinter der Kleinen Weser, die hier erstaunlich breit ist, war recht gut die Deichbaustelle bei Offenwarden zu erkennen. Die Lücke war nun fast geschlossen. Deutlich erkennbar hob sich die dunkelbraune, nackte Erde ab, während der Deich sonst in seiner unendlichen Länge im Licht der Abendsonne sattgrün leuchtete. Besprenkelt mit zahllosen Schäfchen, die man bis hierher riechen konnte, weil der Wind herüberstand. Nichts riecht gemütlicher!
Ich fragte dann Andreas, ob er das heutzutage noch für möglich hält, diesen barbarischen Brauch von Kindsopfern beim Deichbau. Er meinte nur trocken: „Bei diesen Dwarslöpern hier halte ich alles für möglich!"

Andi war wohl etwas enttäuscht, daß sein Bruder Ludwig es in Hessen nicht geschafft hatte, einen Geburtstagsbrief zu schikken.
Wir rechneten herum: Fünf bis sechs Tage würde wohl die Schnellpost über Brake, Oldenburg, Hannover, Kassel, Alsfeld nach Gießen benötigen. Dort wollte sich ja Ludwig der Gruppe um Weidig und Büchner anschließen. Inzwischen waren fast drei Wochen vergangen und Ludel hätte längst schreiben und den Brief der Schnellpost mitgeben können. Aber da waren ja auch noch die anderen Briefe nach Hessen, die er mitgenommen hatte. Sicher dauerte es, sie auszuteilen und die Antworten einzusammeln. Geduld, Andreas!
Um ihn abzulenken, habe ich ihm von meinen Träumen über unsere Zukunft in Amerika vorgeschwärmt. Zu gerne hätte ich dort auch eine Schafherde und einen Hund wie Keno. Ob man den nicht mitnehmen könnte? Den Kösters einfach abkaufen? Er hat sich das alles geduldig angehört, und wir haben dabei den gewaltigen Sonnenuntergang über der Weser beobachtet. Schon sehr beeindruckend und seltsam, wie die Sonne tiefrot genau dort in der Wesermündung versank, wo wir eigentlich hin wollten. Sie schien dabei größer und größer zu werden. Ein gutes oder ein schlechtes Zeichen? Ein gutes, hoffnungsvolles, meine ich.
Während ich das ganze Schauspiel als eine Art Verheißung von Kraft und Aufbruch in Richtung Westen deuten wollte, meinte Andreas, ein Sonnenuntergang schließe den Tag ab, sei also ein Schlußpunkt. Dort sei keine Hoffnung! Der Sonnenaufgang sei für die Zukunft das Entscheidende und der fände – vom Harriersand aus gesehen – im Südosten statt, also in Richtung Deutschland. Mir gefiel diese Deutung nicht und Keno auch nicht, denn er bellte heftig und raste in die Büsche. Er hatte Onno aufgespürt, der eine Wanderung an der Kleinen Weser gemacht hatte, immer auf der Suche nach seltenem Strandgut. Nun stürzte er sich auf den Rest von unserem Picknick und erzählte begeistert von Kibitzen, Elstern und Fischottern. Sogar ein Reh hatte er beobachtet. Wie das wohl auf die Insel gekommen war?

Briefe

Gegen Mittag kam die Bäuerin herüber zur Bücherecke von Cornelius Schubert. Sie wußte, daß sie hier vormittags die Frauen antreffen konnte, die in der Auswanderergesellschaft eine Rolle spielten und an die man sich mit wichtigen Themen wenden konnte. Die Männer gingen um diese Zeit einer mehr oder minder sinnvollen Arbeit nach. Schubert hatte seinen Englischunterricht gerade beendet und die Frauen packten ihre Notizen zusammen, um zur Mittagsvorbereitung zum Kuhstall zu gehen. Marie Köster trug ein dickes Packet unter dem Arm, das die Aufschrift *„An die Gießener Auswanderungsgesellschaft auf der Weserinsel Harriersand - Amt Brake im Großherzogtum Oldenburg"* trug. „Dat het Eberhard, de Fährmann, hüüt morgen von Braak mit röverbrocht. Dat is gestern Abend mit de Schnellpost ut Ollenborg kamen. Schient luter Breefe for jo to ween." Schubert übersetzte: „Sie meint, das sind Briefe für unsere Gruppe, die gestern Abend mit der Post von Oldenburg kamen."
Eine neugierige Unruhe kam in das Grüppchen. Frau Münch öffnete das Packet und hielt ein Bündel Briefe in der Hand. Sie las laut die Adressaten vor. „Herrn Charles Behning!" „Den nehm ich mit", sagte eine junge Frau. „Herrn und Frau Brühl!" Dorothea Brühl stand auf, nahm den Brief und verließ die Gruppe sogleich. „Herrn Cornelius Schubert!"
Während Louise Münch weiterlas, wollte Marie Köster noch etwas sagen, was ihr für die Auswanderer wichtig erschien. Aber kaum jemand hörte ihr zu. Die Briefe waren wichtiger. „Ji sökt jo jümmer nah den lüttjen Jung. Wo heet de noch?" Frau Roth fuhr hoch, noch bevor Schubert übersetzen konnte. „Sie meinen Clemens?" Die Briefverteilung stoppte. „Den Clemens, jo den!" Die Bäuerin bemühte sich jetzt wieder um hochdeutsche Ausdrücke:

„Ich habe erfahren, daß der vor drei Tagen in Wurthfleth gesehen wurde." „Wo, sagen Sie?" „Wurthfleth ist ein Dorf auf der anderen Seite von der Lüttjen Weser. Da drüben! Da ist eine Magd, die heißt Lina Jahns. Die is so'n beten tüddelig im Kopp. Und die hat einen fremden, blonden, kleinen Jungen an der Hand gehabt. Lina hatte schon einmal vor ein paar Jahren ein Kind gestohlen."
„Lina Jahns also, eine Magd in...wie heißt das Dorf?" „Wurthfleth! Dor röber. Jeder kennt die dort."
Louise Münch hatte das in ihrem Englischheft notiert und sagte nun: „Vielen, vielen Dank, Frau Köster! Der Vorstand wollte sich gleich nach dem Essen treffen, und dort wird sofort darüber beraten, wer die Frau aufsucht." „Ick wullt dat jo blot seggt hebben", meinte die Bäuerin und verließ die Gruppe.
„Familie Krug!" las Luise laut und reichte den Brief Sophia Krug, die sich sogleich zu ihrer Familie aufmachte. Dann kam noch ein dicker Brief „Für Andreas Krug!" „Her damit, den bring ich ihm sofort. Der wird vor Freude platzen." Bettina ergriff den Packen und verschwand damit. „Familie Becker, auch für Euch gibt es Post aus Niedergemünden!", „Familie Haupt aus Altenburg! – Friedrich Münch!"
Zwischen den Korrespondenzen für Friedrich Münch fand Louise auch ein kleines Briefchen für sich selbst. Es waren Zeilen der Küstersfrau, die nun das Pfarrhaus in Niedergemünden hütete. Sie raffte die restliche Post zusammen, für die sie erst mittags die rechten Adressaten finden würde und ging mit ihrem Briefchen weit hinaus auf die Viehweide. Sie wollte allein sein. Dabei störten sie nicht die Kommandos der unentwegten Turnergruppe in der Ferne. Die Kühe hatten sich, genervt von den Sportlern, wieder in die hinterste Ecke verzogen. Louise setzte sich an den Rand der Weide und öffnete das Briefchen.
Die Küsterin schrieb ihr, daß es in Haus, Hof und Garten immer noch einsam und leer sei und für die Pfarrstelle noch kein Nachfolger bestimmt sei. Die Seelsorge in Niedergemünden würde von dem Geistlichen in Burggemünden mitversorgt. Aber die Gemeinde im Heimatdorf würde Münch und seine wunderbaren Predigten, sowie seine herzliche, mitfühlende Art sehr vermissen. Nicht alle könnten so recht verstehen, warum er sie verlassen hat,

um nach Amerika zu gehen. Aber lange könnte die Vakanz nun nicht mehr dauern. Sie halte das Haus in Ordnung, soweit sie könne, aber im Garten und auf dem Acker greife das Unkraut um sich. Ihr Mann habe alle Hände voll zu tun mit kleineren Reparaturen am Haus und in der Kirche."

Louise biß sich auf die Unterlippe, sie sah das plötzlich alles sehr deutlich vor sich: die kleine Kirche auf der Anhöhe mit dem schiefergedeckten Dach und dem Turm, der eigentlich mehr ein Dachreiter war und der trotzdem drei übereinander gestaffelte Turmhäubchen trug. Den Kirchplatz und den kleinen Friedhof, auf dem der Grabstein für Georg Münch, Friedrichs Vater, stand. Auf dem rötlichen Sandsteinsockel thronte eine gusseiserne Vase mit Eichenlaubverzierungen, in die sie zweimal im Jahr Blumen gepflanzt hatte. Sie sah das Pfarrhaus mit seinem riesigen Satteldach, das mit zahllosen winzigen Schindeln gedeckt war. Die kleinen Fenster und das Vordach über der Haustür. Dahinter ging der Weg hinauf auf den Acker, auf dem Friedrich im Frühjahr und im Herbst so manches Mal hart zu schaffen hatte. Sie sah die kleinen, steilen Kopfsteinpflaster-Straßen, die hinunter ins Dorf führten. Eine seltsame Mischung aus Rührung, Wehmut und Heimweh setzte ihr zu – Louise dachte an die aufregenden Wochen vor dem Aufbruch nach Bremen. Friedrich hatte seine Stelle schon aufgegeben, um Zeit zu haben für den Schriftwechsel mit den schikanösen Behörden. Monatelang hatte es gedauert, bis sie ihre Ausreisegenehmigung bekamen. Ganz zu schweigen von den Kosten. Er schimpfte mehr und deftiger, als es ein Pfarrer wohl eigentlich durfte. Er hatte viel zu tun mit den Passagierlisten, mit säumigen Zahlern und dem Verkauf ihrer Habseligkeiten.

Dann hatte sie, gleich nach der Geburt des kleinen Richard und eine Woche vor der Abreise ein schweres Fieber bekommen, das sie fast das Leben kostete. Liebevoll hatten sich die Küsterin und Bettina um sie gekümmert. Wie durch ein Wunder flaute das Fieber am Vortag der Reise ab und sie erholte sich rasch.

Heimweh? Das war wohl das beklemmende Gefühl, das sie schmerzte und sie zum Weinen brachte. Sie blickte lange auf die Kleine Weser und die Mühle von Aschwarden hinter dem fernen Deich. Aber zurück ging es nicht. Es ging nur noch vorwärts.

Sie mußten da durch! Und jeder im Lager hier erwartete, daß sie die Zuversicht ihres Mannes teilte. Daß es nicht den mindesten Zweifel gab.
Eine Kuh brüllte. Andere stimmten ein. Die Euter waren voll. Sie sah in der Ferne, wie Marie Köster mit einigen Frauen und Eimern und Melkschemeln über die Weide auf sie zukam. Rasch trocknete sie ihr Gesicht mit der Schürze und erhob sich. Es war Zeit, im Stall bei der Mittagsvorbereitung zu helfen. Sicher wartete man auf sie schon. Freundlich nickte sie den Frauen zu.

Bettina hatte die Post zur Familie Krug gebracht und auch Andreas strahlend seinen verspäteten Geburtstagsbrief von Ludwig überreicht. Andreas schrie ein langgezogenes „Jaaaaa!“ und sprang in die Luft. Keno hielt das für eine Aufforderung zum Spielen und bellte und tanzte in kleinen Bocksprüngen um ihn herum und schleppte ein Stöckchen herbei. Aber der Junge verzog sich schnell mit seinem Umschlag in eine stille Ecke.
Hinter dem Zelt von Krugs entdeckte Bettina ein Häufchen Elend. Aus einer versteckten Ecke kam ein Schluchzen. Sie entdeckte hier eine zusammengekauerte Frau, die sie in einer kleinen Gruppe von schwäbischen Bauern schon einige Male gesehen hatte. Sie war zierlich, still, bescheiden. Das war unter den wortgewandten und leutseligen Schwaben aufgefallen. Auch sie hielt einen Brief in der Hand, der bereits von Tränen verschmiert war.
Bettina fragte, ob sie sich zu ihr setzen dürfe, um sie zu trösten. Die Frau nickte und nahm das dargebotene Taschentuch. Ihr Briefchen kam aus Sonnenbühl, einem Dorf in der Nähe von Reutlingen. „Sind es schlechte Nachrichten?“
Die Frau schüttelte den Kopf. „Es ist nur, daß da zu Hause in unserem Dorf...das Leben einfach so weitergeht, weißt Du? Wir hier sind so was wie tot. Wir hocken hier mitten in der Weser und nehmen nicht mehr dran teil!“
„Hast du noch Verwandte dort?“ „Ja, das ist es ja! – Meine ältere Schwester hat vor ein paar Tagen geheiratet und nun beschreibt sie die Trauung, die Feier, die Gäste, das Essen und was wer wie gesagt hat. Das ganze Dorf war offenbar dabei. Ich kenn die doch alle! Und wir hier hätten auch dabei sein können. Wir wuß-

ten doch, daß die Hochzeit kommen würde. Die Vorbereitungen hatten ja damals schon angefangen. Da war nur dieser gnadenlose Termin in Bremen. Da gab es keinen Aufschub. Und nun war diese überstürzte Abreise völlig sinnlos! Wir hätten genauso gut noch ein paar Wochen dableiben können! Ich kann das nicht fassen! So ein Irrsinn!" Sie benutzte ausgiebig Bettinas Taschentuch.

Bettina dachte an den chaotischen Aufbruch der Familie Münch in Niedergemünden. Ein halbes Jahr wohl hatten sie Abschied genommen von der Gemeinde, von Freunden, Bekannten, Verwandten in Gießen, Butzbach und im Vogelsberg. Und dann überstürzten sich zuletzt doch die Ereignisse.

Die Frau schnäuzte erneut in ihr Taschentuch. „Darf ich dir etwas vorlesen?" „Ja bitte."

„Einen schönen Maibaum haben sie in Sonnenbühl wieder aufgestellt. Prächtiger als je zuvor! Mit einem gewaltigen Kranz und den bunten Wappen der Zünfte. Ringsum in den Gärten blühen auch schon die Obstbäume." Sie kämpfte schon wieder mit den Tränen und ließ den Brief sinken. „Oh Gott, hab' ich ein Heimweh!"

Bettina wußte kaum, wie sie sie trösten konnte. Sie legte den Arm um sie. „Wir haben alle viel Pech gehabt. Aber hier sind wir auch nicht aus der Welt. Hier blühen auch die Obstbäume und noch vor Ende des Jahres werden wir alle wieder einen eigenen Hof haben. Dann pflanzen wir unsere eigenen Apfelbäumchen. Und dann ist die Zeit an uns, lange Briefe zu schreiben." Die Schwäbin sah Bettina aus geröteten und verschwommenen Augen an. „Hast du die Dörfer auf der Alb mal gesehen? Das sind Bilder, die ich nie vergessen werde! Die hölzernen, schön geschnitzten Giebel, die buntbemalten Fassaden, die braunen Kühe, die kleinen Tannenwäldchen auf den Hügeln!"

Bettina dachte an die verwinkelten Dörfchen im idyllischen Tal der Ohm. Solche prächtigen Panoramen hatte sie auf ihrer ganzen Reise nach Norddeutschland nie wieder gesehen. Sie wußte auch keine Erklärung, warum diese Fluß- und Flachlandschaft hier so ernst, so schmucklos und manchmal richtig schwermütig anmutete. Da unten, das waren heitere Märchenlandschaften.

„Wir werden unsere deutschen Märchendörfer in Missouri wieder aufbauen. Was meinst du, wie die Amerikaner staunen werden!"
Immerhin: sie wurden unterbrochen durch beinahe heimatliche Klänge. Die Glocke aus Altenburg auf dem Kuhstallplatz rief sie zum Essen.

Hessen und Stedinger

„Lies doch mal!" drängelte Bettina. Andreas warf einen Blick auf Onno. Sie winkte ab: „Der kann das ruhig hören. Der kennt doch Ludwig."
Sie hatten sich hinter dem Kuhstall in Onnos Bude gesetzt. Onno lackierte ein Regalbrett. Er nahm kaum Notiz von den beiden. Andreas hatte gesagt, der Brief sei auch an Bettina gerichtet.

Gießen, den 10. Mai 1834

„Lieber Andreas, liebe Bettina!"
Ich grüße euch von Herzen und alle tapferen Demokraten und Republikaner, die Deutschland lieben und die auf dem Harriersand zwischen den Weserufern gefangen sitzen. Gibt es euch überhaupt noch in Deutschland? Blickt Ihr immer noch sehnsuchtsvoll die Weser hinab, dorthin, wo die unendliche Freiheit des Ozeans beginnt? Vergeßt es! Vergeßt Amerika und allen Ärger mit geldgierigen Reedern und Maklern.
In Hessen brodelt es! In Baden versammeln sich die Revolutionäre. In Gießen haben Georg Büchner und Ludwig Weidig in den letzten Wochen Tag und Nacht an ihrem „Hessischen Landboten" geschrieben. Es ist ein flammender Aufruf zur Erhebung gegen die Fürsten, der in den nächsten Tagen überall im Großherzogtum heimlich Verbreitung finden soll. Nachts haben wir in Butzbach im Keller Weidigs an der Druckmaschine gestanden und sortiert, gefaltet und geheftet.
Schon morgen werde ich helfen, den Landboten heimlich in den Dörfern der Wetterau und im Vogelsberg zu verteilen. Ich lege ein paar druckfrische Bögen in diesen Brief mit hinein,

damit Ihr einen Eindruck von diesen gleichermaßen genialen wie radikalen Texten bekommt. Aber paßt bitte gut auf diese Blätter auf! Sie richten sich zwar nur an die Hessen, können Euch aber auch in Oldenburg Ärger und Verfolgung bereiten - wegen „demagogischer Volksverhetzung."
Die Verschwörung hier in Hessen ist für mich wie ein Rausch! Ihr hättet dabei sein sollen, wie wir uns neulich mitten in der Nacht in der Ruine der Badenburg heimlich getroffen haben, um im Fackelschein unsere Pläne abzustimmen. Wir glauben fest an unsere Sache, an den Kampf für ein freies und einiges Deutschland. Ich kann es kaum abwarten, die Flinte in die Hand zu nehmen!"

„Dieser Ludwig", sagte Bettina und es klang wie ein Stoßseufzer. Sie griff eins der bedruckten Blätter. Langsam und mit Nachdruck las sie:

> **„Siebenhunderttausend Menschen schwitzen, stöhnen, hungern im Großherzogtum Hessen. Im Namen des Staates werden sie erpresst."**

Onno stellte den Lacktopf beiseite und setzte sich dazu. Er öffnete eine Dose mit Kautabak und schob sich ein Stück zwischen die Zähne. Bettina las weiter:

> **„Deutschland, unser liebes Vaterland, haben diese Fürsten zerrissen. Land und Volk verdorret. Doch das Reich der Finsternis neigt sich dem Ende!"**

Onno hatte sich nun auch ein Blatt genommen und zitierte ebenfalls mit kräftiger Stimme:

> **„König Ludwig von Baiern, der Gotteslästerer, das Schwein, das sich in allen Lasterpfützen wälzt..."**

„Das ist ja stark", sagte er und grinste. Die Texte gefielen ihm. Ein rhetorisches Glanzstück hatte nun Andreas gefunden:

> **„Der Fürstenmantel ist der Teppich, auf dem sich die Herren und Damen von Adel in ihrer Geilheit übereinanderwälzen. Diese Regierungen sind nicht von Gott, sondern vom Vater der Lügen."**

Und wieder Onno mit lauter Stimme:

„Erhebt Euch und greift zu den Waffen und über ein Kleines wird Deutschland als ein Freistaat wieder auferstehen!“

Und beide Jungen hatten nun gleichzeitig den zentralen Schlachtruf gefunden:

„Friede den Hütten, Krieg den Palästen!“ riefen sie.

Verbittert sagte Andreas: „Und wir hocken hier tatenlos zwischen Ebbe und Flut, und ab und zu begraben wir ein kleines Kind.“

„Wißt Ihr“, sagte nun Onno, „dieser ganze riskante Verzweiflungskampf eurer Freunde in Hessen erinnert mich an die Legende von den Stedingern hier in dieser Gegend. Die haben auch für die Freiheit ihr Leben auf's Spiel gesetzt.“ „Was für eine Legende?“ fragte Bettina.
„Ja eigentlich ist das gar keine Legende, sondern ich glaube, das ist wirklich passiert. Vor genau sechshundert Jahren. Da drüben am anderen Weserufer, gegenüber dem Harriersand. Das ist sozusagen historische Wirklichkeit. In den Dörfern zwischen Brake und Bremen wird gerade in diesen Tagen viel davon gesprochen. Irgendwo flußaufwärts liegt nämlich das Dorf Altenesch. Und in ein paar Tagen soll dort eine riesige Jubiläumsfeier stattfinden, eine Gedenkfeier an die Schlacht von Altenesch vor sechshundert Jahren.
„Nun mach's nicht so spannend. Erzähl doch endlich! Was für eine Schlacht? Wer hat da gegen wen?“
„Erst noch einen Schluck. – Also Stedingen, das ist das Land auf dem anderen Ufer, ganz grob gesagt. Und die Stedinger Bauern hatten damals so eine Art freie Bauernrepublik. Sie wollten sich von niemandem beherrschen lassen, nicht von den oldenburgischen Grafen und nicht von den Bremer Bischöfen. Es waren reiche Dörfer und sie hatten ihre eigene Kirche und ihre eigenen Gerichte. In ihrem Wappen war der gekreuzigte Christus. Es waren also keine Heiden oder Barbaren oder so. Trotzdem verbreitete der Bremer Bischof überall, daß sie ganz schlimme

Ketzer seien. Irgendwie war der Bischof auch mit dem Oldenburger Herrscherhaus verwandt. Diesen Machthabern war die freie Bauernrepublik ein Dorn im Auge. Sie wollten diese angeblichen Rebellen in die Knie zwingen. Der Bremer Bischof ließ sich also vom Papst in Rom einen Kreuzzug gegen die angeblichen Ketzer genehmigen."

„Wie geht das denn?" wollte Bettina wissen.

„Ich glaube, wenn der Papst irgendeine Fehde zum Kreuzzug erklärt, dann bedeutete das schon eine gewaltige Aufrüstung. Jeder konnte dabei mitmachen und hatte Aussicht auf reiche Beute und so etwas wie Absolution und Seelenheil, also sagen wir mal, Pluspunkte beim lieben Gott."

„Es ging wohl mehr um die Macht und die Beute", meinte Andreas.

„Klar", sagte Onno, „Jedenfalls kamen Ritter aus ganz Europa mit ihren Trossen, und in Bremen zog sich monatelang ein riesiges Heerlager zusammen."

„Das war sicher ein klotziger Verdienst für die Bremer Kaufleute", vermutete Andreas.

„Nun laß ihn doch mal weitererzählen", drängelte Bettina.

Onno fuhr fort: „Die Bremer stellten auch die Schiffe. Und sie hatten sich eine fiese Strategie ausgedacht. Sie brachten einen großen Teil der Kreuzfahrer in den Rücken des Stedinger Bauernheeres. Die erwarteten den Gegner nämlich aus Richtung Bremen, Woltmershausen, und standen südlich der Ochtum. Die Bremer Schiffe aber fuhren mit dem Ebbstrom die Weser hinunter. An Bord hatten sie die schwerbewaffneten Ritter mit Pferden und Knechten und allem Drum und Dran. Genau bei Ebbe waren sie vor der Ochtummündung und ließen sich mit dem einsetzenden Flutstrom den Fluß hinauftreiben. Die Stedinger hatten nun den Feind im Rücken und saßen in der Zange.

Es wurde ein furchtbares Gemetzel, bei dem nach der Chronik an die viertausend Bauern niedergemacht wurden. Die Stedinger waren hoffnungslos unterlegen! Sie kämpften wahrscheinlich ungerüstet und barfuß mit Spießen, Sensen und Forken gegen schwergerüstete Ritter. Das war das Ende der freien Bauernrepublik!"

„Und was passierte mit den Dörfern und den Familien?“ wollte Bettina wissen.
„Die gingen in Flammen auf“.
„Oh Gott, gar nicht auszudenken, was da an Mord und Plünderung und Vergewaltigung und Versklavung passierte.“
„Jedenfalls fiel ein Drittel des Landes an den Bremer Bischof, ein Drittel an die Bremer und ein Drittel an Oldenburg.
Ihr könnt euch denken, daß das für die ganze Gegend hier eine sehr wichtige Erinnerung bedeutet. Diese Schlacht bei Altenesch passierte im Mai 1234.“
„Was für ein Jammer, daß Amerika noch nicht entdeckt war, sonst hätten die Stedinger auswandern können“, sagte Andreas etwas sarkastisch. Onno mußte lachen.
„Jedenfalls bereiten sich nun die Dörfer dort drüben auf ein grosses Jubiläum vor. Sogar der Großherzog Paul Friedrich wird persönlich zu den Feierlichkeiten in Altenesch erwartet.
„Der Oldenburger Herzog? Was hat der denn dabei zu suchen?“ wollte Bettina wissen.
Onno zuckte mit den Schultern. „Was ich euch noch sagen wollte: Ich habe mit einem Kahnschiffer aus Brake verabredet, daß er mich übermorgen zur Ochtum mitnimmt. Wollt Ihr mitfahren?“
Der Blick von Andreas und Bettina ließ keinen Zweifel, daß sie das Riesenspektakel mit den Stedingern und dem Oldenburger Großherzog brennend interessierte.
„Frag doch deinen Schiffer, ob er uns beide noch mitnehmen würde“, bat Andreas und zu Bettina gewandt fragte er: „Glaubst Du, daß Dein Vater Dich mitfahren lässt?“ „Wohl kaum“, meinte diese, „doch fragen kostet ja nichts. Man kann bei ihm nie wissen, wie er reagiert. Manchmal geht er ja mit Fragen der Moral und des Anstands sehr großzügig um. Ich glaube, wichtiger sind ihm stets Vertrauen und Menschlichkeit. Ich werde ihn fragen, und Ihr drückt die Daumen.“

Ein Jubiläum

Harriersand, Dienstag, den 20. Mai 1834

Dieses schreckliche Heimweh! Ich wünscht, es wären niemals Briefe aus der Heimat angekommen. Manchen Leuten sieht man es förmlich an der Nasenspitze an, daß sie über eine Rückkehr nachdenken. Gespräche verstummen, wenn man in ihre Nähe kommt. Es liegt eine merkwürdige Stimmung über dem Lager.
Hab Vater gestern Abend wegen der Kahnfahrt nach Altenesch gefragt. Er sagte nicht ja und nicht nein und sah mich lange nachdenklich an. Er wolle „mal drüber schlafen" und mit den beiden jungen Männern (Andreas und Onno) sprechen, um sie besser kennenzulernen und sich ein Bild von dem Ausflug zu machen.
Das Gespräch hat dann wohl spät abends noch stattgefunden, denn Andi berichtete mir heute Morgen strahlend, ich dürfe mitfahren zum Stedinger-Fest. Über das offensichtlich sehr lange Gespräch wollte er allerdings nichts erzählen und tat sehr geheimnisvoll. Es sei mehr so eine Art „Männergespräch" gewesen. Eine „Moralpredigt" also? Nein, so könne man es auch nicht nennen. Eine „Aussprache" eher. Eine Bedingung sei, daß wir in den Dörfern dort oben Suchmeldungen nach Clemens verbreiten.
Außer Onno und Andreas will noch Amelie mitfahren. Sie sagt, sie interessiere sich für alles, was mit Land und Leuten hier zu tun hat. Sie will ihre Zeichenmappe mitnehmen.
Ebenfalls morgen soll auf Beschluß des Vorstandes eine Gruppe zum Ostufer nach Wurthfleth aufbrechen, um wegen Clemens nach dieser seltsamen Magd zu suchen. Der Vater des verschwundenen Jungen und auch Amelies Freund Martin wollen mitgehen. Es scheint eine letzte Hoffnung zu sein.

Nicht gut finde ich Vaters Absicht, wieder für zwei, drei Tage die Insel zu verlassen. Er sagt, er müsse sich wieder mit Everhard Delius in Bremerhaven treffen. Es würden angeblich in den nächsten Tagen neue, außerplanmäßige Schiffe aus Baltimore und New York ankommen. Ich glaube, Delius hat gute Beziehungen zum Amtmann und der Hafenmeisterei.

Andreas fuhr aus dem Schlaf, als jemand an ihm rüttelte. „Es wird Zeit, wenn wir um acht Uhr unten am Ufer sein wollen!" flüsterte Onno.

Richtig, die Fahrt nach Lemwerder! Sie waren ja verabredet mit einem Weserkahn zur Sechshundertjahrfeier in diesem Dorf, wie hieß es noch?

„Vergiß nicht die Groschen für den Kahnführer."

Bettina und Amelie waren in der Küchenecke leise damit beschäftigt, Proviant zusammenzupacken. Sie würden erst spät am Abend oder gar am nächsten Morgen zum Harriersand zurückkehren. „Je nach Wind und Tide!" hatte der Skipper gesagt. Also brauchte man auch eine Decke für die Nacht.

Sie stapften fröstelnd durch den Sand am Ufer nach Süden. Etwa auf der Höhe der Kindergräber drehte sich die „Trine" um ihre Ankerkette. Es war Niedrigwasser und bald würde der Flutstrom einsetzen. Ein Mann kletterte von Bord, stieg in ein Beiboot und ruderte auf sie zu. „Moin, Onno!" „Moin, Dirk! Das sind Andreas, Bettina und Amelie."

„Das Dingi ist für fünf Leute zu klein. Ich werde zweimal rudern. Zuerst die Mädchen!"

Als Taschen, Ranzen, Proviant, Getränke und die Zeichenmappe von Amelie verstaut waren, setzten Onno und Dirk die Fock und ließen sie flattern. Gemeinsam holten sie Hand über Hand die Ankerkette auf. Der Ankerstock rutschte, beschmiert mit grauem Schlick, in die Klüse. Onno hielt die Fock back und der Kahn drehte langsam ins Fahrwasser. Alle zusammen hängten sie sich in das Großfall und als das Großsegel stand, nahm Dirk die Schoten dicht und die „Trine" kam langsam in Fahrt. Der einsetzende Flutstrom schob mit.

Auf der Backbordseite glitt der Südzipfel des Harriersands vorbei und dahinter wurde der Blick frei auf die endlose, grüne Platte des Großen Pater. An Steuerbord lief der Stedinger Deich mit. Ab und zu sahen ein paar Bäume oder eine Mühle herüber. Bald waren Hafenkräne, Masten und die Bauten von Elsfleth auszumachen. Aus der Huntemündung kamen Schiffe heraus und schlossen sich ihrem Weg an. Sie zeigten die oldenburgische Flagge, blau mit rotem Kreuz. Dirk rief laut etwas Unverständliches hinüber und bekam eine ebenso unverständliche Antwort, deren Inhalt er in dem Satz zusammenfasste: „Die sehen wir alle nachher in der Ochtum wieder."
Auch weiter aufwärts lösten sich aus Nebenarmen und Buchten bei Farge und Motzen kleine und größere Boote und bogen in den Konvoi ein. Bis zur Ochtummündung sollte es noch eine Armada werden. „Gestern hieß es, es sollen ein paar tausend Besucher werden, die aus Stedingen und Osterstade, also von beiden Ufern der Weser, erwartet werden." Amelie wunderte sich: „Und die wollen alle zu dieser Gedenkfeier?" „So ist es. Das ist wie so ein Volksfest!"
Von Berne tönte jetzt eine Kirchenglocke und hörte nicht auf. Im Gegenteil, aus Farge erklang eine zweite und dann hörte man weitere Glocken aus den Dörfern dazwischen. Ein wahres Glokkenkonzert schwoll dauerhaft an, so wie auch die Flotte der Kähne und Schiffe immer größer wurde. „Das Geläute reicht ja von Bremen bis Bremerhaven!" lachte Bettina und sie dachte an die Altenburger Glocke in der Inselkolonie. „Hoffentlich begreifen die das im Kuhstall und machen mit!"
In der Ochtummündung wurde die Schiffahrt schwierig und sie mußten höllisch aufpassen. Die „Trine" hatte mit Wind und Strömung zu viel Fahrt, und hier im schmalen Fluß lag Boot um Boot an beiden Ufern. Holländer neben Oldenburgern, Bremer neben Hannoveranern. Sogar aus der Elbe war ein Ewer gekommen und zeigte die Hamburger Flagge.
„Die Lappen runter!" brüllte Dirk und schmiss die Fallen los. Gemeinsam zogen und zerrten sie die Segel herunter. Treibend und vorsichtig nach allen Seiten abhaltend fanden sie einen Platz neben einem Bremer Weserkahn, hängten die Fender über Bord

und machten fest. Und schon legte sich der nächste neben ihnen längsseits. Bald konnte man das Flüßchen zu Fuß überqueren, wie seinerzeit die Kreuzfahrer.
Auf dem Deich zog ein Strom von Menschen entlang. Wanderer mit Ranzen, Spaziergänger, Reiter, Familien mit Kinderwagen, viele sonntäglich herausgeputzt. Die Wege hinter dem Deich waren mit Kutschen und geschmückten Leiterwagen verstopft. Alles strebte auf einen Punkt hinter dem Dorf Altenesch zu. Hier ging nichts mehr. Der Deich war wie eine Tribüne lückenlos besetzt. Dicht bei dicht saßen die Menschen. Ihre Blicke galten einem Hügel auf dem Feld an der Straße. Dort saß eine Musikkapelle vor einem Festzelt. Sie begleitete einen singenden Chor von Jungfrauen. Die Mädchen waren festlich gekleidet in lange, weiße Gewänder mit Rüschen und Puffärmeln und vielen blauen Bändern und Schleifchen. In den Händen hielten sie bunte Feldblumensträußchen und kleine Kränze. Zwischen den Bäumen baumelten große Girlanden rund um den Hügel, auf dem ein verhülltes Denkmal geduldig wartete. Drumherum flatterten in einem Halbkreis die Oldenburger Farben an weißen Fahnenmasten.
Die Besatzung der „Trine" setzte sich mitten in das Gewühl auf dem Deich. Amelie hatte sich einen Platz weiter abseits gesucht, um möglichst ungestört Skizzen zu zeichnen. Gerade die kleinen Szenen am Rande interessierten sie. Dirk war noch auf dem Kahn geblieben, um die Segel aufzuklaren.
Unten, an der Straße, hatten Händler ihre Tische aufgebaut und boten Billiges zu essen und zu trinken. Die weißen Jungfrauen verteilten nun kleine Programmzettel mit Erläuterungen zum Fest. Demnach wurde der Besuch des Oldenburgischen Herrschers für drei Uhr erwartet. Das sollte dann auch der offizielle Auftakt sein.
Und tatsächlich! Punkt Drei griffen die Musiker wieder zu ihren Instrumenten, die Jungfrauen sangen: „Heil unserem Fürsten! Heil!" Die Menge fiel ein und eine elegante Kutsche mit dem oldenburger Wappen fuhr auf den Festplatz, drehte eine Runde und hielt vor dem Zelt. Der Herrscher entstieg barhäuptig und in schlichter Kleidung ohne Orden und Tressen. Paul Friedrich grüßte nach allen Seiten und nahm mit seinen Begleitern auf bereitgestellten Sesseln platz.

Nun hielt der Pfarrer von Altenesch mit kräftiger, wohlklingender Stimme eine kurze Gedenkrede auf den „ehrenwerten Freiheitskampf der Stedinger Bauern", die in eine etwas längere Eloge auf den Großherzog mündete, der „dieses vaterländische Fest" mit seiner Anwesenheit ehre. Der mittelalterlichen Gewalttätigkeit stellte der Geistliche das Glück der oldenburgischen Gegenwart gegenüber: „Dank dem Höchsten, daß jene Zeiten der Finsternis und der Gewalt verschwunden sind und daß wir unter dem Schutze unserer Obrigkeit ein stilles und ruhiges Leben führen in aller Gottseligkeit und Ehrbarkeit."

Von „Treue, Ehrfurcht und Liebe der Landeskinder zum Landesvater" war noch die Rede. Dann brach die Menge in ein tausendfaches „Vivat!" auf den Herzog aus, und die weißen Jungfrauen zogen das verhüllende Tuch von dem Denkmal. Ein seltsamer, schwarzer Obelisk aus Gußeisen kam zum Vorschein. Die Jungfrauen stimmten wieder ein vaterländisches Lied an. Der Großherzog sang mit und begab sich dann unter dem Applaus der Menge in das Festzelt, wo Prediger, Vögte, Amtmänner, Bürgermeister, Konsuln und andere wichtige Männer der Region zum Händeschütteln und zum Umtrunk auf ihn warteten. So manche herausgeputzte Gattin setzte ihr schönstes Lächeln auf und praktizierte den heimlich geübten Hofknicks.

Nach eineinhalb Stunden bestieg seine Königliche Hoheit wieder die Kutsche, die dann unter dem Jubel von mehr als viertausend Festbesuchern vom Platz rollte. Der Landesvater hatte am Abend noch einen Termin in Oldenburg.

Im Festzelt, auf dem Deich und in den Schiffen wurde an diesem Tag noch viel gegessen, getrunken und geklönt. Andreas, Amelie und Bettina mischten sich noch eine Weile unter das Publikum auf der Suche nach vielversprechenden Kontakten zur Fahndung nach Clemens. Insgesamt sechs Suchmeldungen und Steckbriefe verteilten sie so an Gäste aus Dörfern am Weserufer. Zweimal hieß es auch, davon habe der Pastor am Sonntag gesprochen.

Zurückgekehrt auf die „Trine", war sich die Harriersander Besatzung schnell einig, die Leinen bald loszuschmeißen, um dem Trubel heute noch zu entkommen und den Rest des ablaufenden

Wassers zu nutzen. „Es wird allerdings knapp“, sagte Dirk „in zwei Stunden ist bei Brake Niedrigwasser und der Wind steht gegenan.“

Die „Trine“ schaffte es nicht bis zum Harriersand. Zu früh erwischte sie die Flut und sie ging in die südliche Einfahrt der Kleinen Weser hinter die Nonnenplate um zu ankern. Es wurde schon dämmrig, als der Anker fiel.

Beim Licht einer Petroleumlampe setzten sie sich unten im Laderaum um einen Tisch, kramten das mitgebrachte Brot, einen Zipfel Wurst und etwas Käse hervor. Dirk griff aus dem Schapp verschiedene Becher und zwei Flaschen Bier.

„Amelie, zeigst du uns deine Zeichnungen?“ fragte Onno neugierig. Sie löste die Schleife an ihrer Mappe und zog ein paar Blätter heraus. Und schon standen wieder die turbulenten Momente des Nachmittags an der Ochtum vor ihren Augen.

Amelie hatte den seltsamen, etwas unheimlichen Obelisken gezeichnet, den Chor der Jungfrauen und den singenden Großherzog zwischen all den Würdenträgern. Auch den Amtmann von Brake mit seiner Schnupftabakdose in der Hand hatte sie zeichnerisch recht gut getroffen. Die Jungen staunten über so viel Kunstfertigkeit. Bettina schüttelte verwundert den Kopf: „Das war schon eine merkwürdige Veranstaltung, das Ganze! Ich kapier überhaupt nicht, was dieser Herzog dabei wollte. Ich dachte, das sollte eine Erinnerungsfeier an die gefallenen viertausend Bauern sein, die für ihre Freiheit und gegen die Machthaber gekämpft hatten!? Aber diese ganze Veranstaltung wirkte nicht wie eine Feier zu Ehren der Freiheitskämpfer, sondern eher zu Ehren des heutigen Machthabers. Dieser August...wie heißt der noch?“ Sie schnipste mit den Fingern. „Paul Friedrich August“, sagte Dirk mit vollem Mund.

Auch Andreas hatte diese Feier irritiert, ja ein wenig empört: „Richtig! So habe ich das auch empfunden! Da wurde nicht der Freiheitswille gefeiert, sondern der Wille zur Untertänigkeit. Dieser Paul Friedrich hat sich selbst zum Hauptdarsteller gemacht. Eigentlich hat er den Sieg seiner Vorfahren über die stolzen Bauern gefeiert. Das war doch eine raffinierte Schau, eine völlige Verdrehung der Fronten mit bestellten Applaudeuren.“

„Das habe ich aber ganz anders gesehen!“ protestierte Amelie, während sie ihre Zeichnungen betrachtete. „Ich habe beim Zeichnen doch die Gesichter in der Menge beobachtet. Die Leute auf dem Deich empfanden wirklich so etwas wie Begeisterung für den Moment und für Ihren Landesherren. Die freuten sich wirklich, daß er gekommen war.“

„Der oldenburgische Großherzog ist tatsächlich im Lande sehr beliebt. Seine Familie wird auch sonst verehrt und gefeiert“, sagte Dirk.

Andreas konnte das nicht akzeptieren: „ Aber dadurch bekam der ganze Anlaß doch einen falschen Sinn. Ich denke, es ging hier um den Überlebenskampf einer Bauernrepublik und den kann doch nicht ein adliger Herrscher feiern. Das ist doch, als ob Ludwig XVI. aus dem Jenseits kommt und auf dem Platz der Bastille tanzt, säuft und die Marseillaise singt!“

„Das oldenburgische Volk sieht sich aber heute in einer ganz anderen Situation als die alten Stedinger oder die französischen Jakobiner es taten“, sagte Dirk und Onno ergänzte: „Ihr habt es doch in der Rede des Pastors gehört. Man freut sich, daß die finsteren Zeiten vorbei sind und daß man heute mit der Obrigkeit im Einklang lebt.“

„Ach“, winkte Andreas ab, „das hat man denen doch nur eingeredet.“

„Die Feier war vielleicht so eine Art Versöhnungsgeste“, meinte Amelie und sie skizzierte schon wieder an einer Figur. „So, wie sich die Feinde von einst über den Gräbern der Gefallenen die Hände reichen. So als Zeichen der Überwindung von Unrecht und Feindschaft vielleicht.“

„Mir ist aufgefallen“, sagte Bettina, „daß dieser Paul sich seines Auftritts erstaunlich sicher war. Da gab es keine Polizei, keine Absperrung, keine Leibwache. Er nahm völlig entspannt und ohne Hut und Rangabzeichen ein Bad in der Menge.“

Amelie nickte: „Andreas, du mußt aufhören, überall Despoten, Wüteriche oder prunksüchtige Prasser wie in Darmstatt, Stuttgart oder Dresden zu wittern. Es gibt auch andere Fürsten in Deutschland. Denk an den liberalen und kunstsinnigen Hof in Weimar. Hier in Oldenburg scheint es eben keinen revolutionären Wider-

stand zu geben. Der Herzog ist nun mal liberal und leutselig. „Das stimmt", meinte Dirk, „die Leute scheinen zufrieden mit ihrem Landesvater!"
„Ja, aber nicht mit ihrem Leben", wandte Onno ein. „In Vechta, Cloppenburg und Diepholz wandern auch ganze Dörfer nach Amerika aus. Vielleicht nicht wegen der Politik, aber aus Armut. Die scheinen wirklich zu glauben, daß die ungerechten Verhältnisse gottgewollt und völlig in Ordnung und nicht zu ändern sind."
„Sie begreifen eben nicht", sagte Andreas, „daß ihr Elend auch was mit den Herrschaftsverhältnissen zu tun hat. Mit Steuern und Abgaben und Preisen und Privilegien. Klar, wenn man ihnen Jahrhunderte lang einredet, daß der Landesvater im Recht und ein wohltätiger Mann ist, und wenn das auch noch am Sonntag von der Kanzel gepredigt wird, dann glauben sie das auch tief in ihrem Herzen."
„So gesehen waren die Stedinger Bauern vor sechshundert Jahren aufgeweckter und aufgeklärter als die Landeskinder heute in der Wesermarsch", wunderte sich Bettina.
Andreas geriet nun schon wieder in Wut: „Wenn ich das schon höre! Diese Begriffe „Vater" und „Kinder" sind eine Unverschämtheit. Ich will nicht mein Leben lang wie ein unmündiges Kind behandelt werden!" „Dann mußt du eben auswandern!" wandte Bettina schnell ein. „Ich möchte auch endlich raus aus dieser fürstlichen Landeskinderstube."
„Oder", sagte Dirk, „man setzt diese Väter endlich ab und wird mündig."
Andreas klopfte ihm auf die Schulter. „Du sagst es!"
Während Amelie die Tischrunde skizzierte, fragte sie scheinbar beiläufig: „Wer sagt denn, daß es solche Herrschaftsgeier nicht auch in Amerika gibt? – Da sind vielleicht Gouverneure, die aus Dummheit oder Geldgier oder Menschenverachtung handeln."
„Richtig!" erwiderte Bettina, „aber die kann man wieder abwählen, während ein Herzog ein Leben lang von Gottes Gnaden in seinem Schloß sitzt und die Herrschaft sogar weitervererben kann, womöglich noch an einen schwachsinnigen Sohn. Und das auch mit dem Segen Gottes." Und nach einer Pause schlug sie vor: „Laßt uns jetzt damit aufhören. Ich gehe noch einen Augenblick

an Deck, in die frische Luft." „Ich komme mit", sagte Amelie und packte die Blätter und den Bleistift weg.
Die Mädchen setzten sich, eingewickelt in ihre Decken, auf die Ladeluken und starrten in die Dunkelheit. Ab und zu gaben die schnellziehenden Wolken ein paar Gestirne frei. Bald hatten ihre Augen sich an die Uferumrisse gewöhnt. Die Nonnenplate lag in einem Meer von Schilf, das im Wind rauschte. Um den Rumpf der Trine gluckerte und plätscherte das auflaufende Wasser. Dieser Fluß war eigentlich immer mit sich selbst beschäftigt, dachte Bettina. Ständig strömte und gurgelte die Weser irgendwo, ob es nun Ebbe oder Flut war. Und das würde sie zu allen Zeiten tun, ob sie nun hier oder in Hessen oder in Amerika waren.
Und da war plötzlich wieder der Ruf des Kuckucks. Dreimal, viermal, fünfmal. Ob das wieder der Vogel vom Südende des Harriersandes war?
Unten im Laderaum klangen gedämpft die Stimmen der Jungen. Andreas war immer noch in Fahrt und schimpfte laut gegen die deutschen Potentaten: „Nieder mit allen Thronen, Kronen, Fronen und Baronen!"
Amelie lachte: „Jetzt glänzt Dein Andreas schon mit Rhetorik." Aber Bettina winkte ab: „ Der Spruch ist schon gut, aber er stammt nicht von ihm, sondern von einem entfernten Onkel von mir. Der mußte vor zehn Jahren schon nach Amerika fliehen. Es ist Karl Follen, der Bruder von Paul, der uns im Pfarrhaus einmal diesen Spruch zitierte. Du weißt doch, Paul hat die andere Hälfte der Gießener Gesellschaft nach Amerika geführt. Sein Bruder Karl war auch so ein Jakobiner, aber ein genialer. Er wurde dann von der Polizei gesucht und mußte untertauchen.".
„Und Andreas?" fragte Amelie nach einer Weile. „Was wird er machen, wenn er in Amerika keine Throne und Barone mehr findet?" „Er wird, wie wir alle, viel, viel Arbeit finden mit dem Aufbau unserer Existenz. Wir wollen eine Familie gründen und darauf freue ich mich wahnsinnig!"
„Martin und ich sind auch entschlossen zu heiraten, und zwar noch hier. Und deshalb wollte ich dich etwas fragen: glaubst Du, daß man Deinen Vater überreden könnte, uns auf dem Harriersand noch zu trauen?"

Bettina war erstaunt und mußte einen Moment über dieses seltsame Paar nachdenken. Amelie war etwa so alt wie sie. Vielleicht achtzehn oder neunzehn. Aber Martin, der war doch mindestens doppelt so alt wie sie, der könnte doch beinahe ihr Vater sein?
„Wir würden so gerne als Eheleute in Amerika einreisen – dann wäre auch vieles leichter!"
„Ich glaube schon, daß er das machen würde", überlegte Bettina. „Allerdings gibt es ein Problem", sagte Amelie langsam, „ich stamme aus einer jüdischen Familie. Meine Familie in Hamburg hat aber ihren jüdischen Glauben nie praktiziert. Wir haben uns nie darum gekümmert. Ich würde auch konvertieren, Martin zuliebe."
„Ich würde mich nicht wundern, wenn den Vater auch das nicht stören würde", meinte Bettina und sie kam nun ins Grübeln. Hatte Amelies Glaube mit ihrer Auswanderung zu tun? Was war mit ihrer Familie? Hatte nicht Friedrich Münch einmal gesagt, daß dieser Martin Homby aus Böhmen stammte? Wo und wie hatten die sich kennengelernt?
Amelie spürte genau, welche Fragen in Bettinas Kopf herumgingen. Jeder hätte sich diese Fragen gestellt.
„Mein Vater ist in Hamburg ein sehr erfolgreicher Arzt. Er hatte Martin auf einem Kongreß in Prag kennengelernt und ihn dann für mich als Hauslehrer engagiert. Es war das, was man wohl Liebe auf den ersten Blick nennt. Als wir diese Liebe nicht mehr verheimlichen konnten, hat mein Vater ihn sofort entlassen und mich in einem Höheren Töchter-Pensionat an der Nordsee angemeldet, wohin ich zum Schein auch abgereist bin. Aber Martin gelang es, in Hamburg Papiere für uns zu besorgen. Mein Vater ist mit seiner neuen Frau derzeit auf einer Reise in die Schweiz. Unser Vater-Tochter-Verhältnis ist nicht besonders. Mir tut es nur leid um meine geschiedene Mutter. Wir wollen sie eines Tages nachholen, das habe ich ihr versprochen. Bitte behalte das alles für Dich!"
Die Mädchen blickten eine Weile auf die dunklen Umrisse der Nonnenplate.
Bettina legte ihren Arm um sie und sagte leise: „Natürlich helfe ich Dir!"

Lina Jahns

Die Magd in Wurthfleth war die letzte Hoffnung für die verzweifelten Eltern des kleinen Clemens. Lina Jahns war am Ostufer der Kleinen Weser mit einem fremden Kind gesehen worden, das haargenau auf die Beschreibung paßte. Man mußte der Sache so schnell wie möglich nachgehen. Der Vater, Detlev Roth, wollte sie selbst ausfindig machen. Mit ihm gingen der Prager Lehrer Martin Homby, ein Mann, der als sehr umgänglich galt, sowie Apotheker Brühl, den Münch zuerst gebeten hatte, die Suche in die Hand zu nehmen, da er selbst sich wieder auf den Weg nach Bremerhaven machen müsse.

Es war nicht einfach, nach Wurthfleth zu kommen, obwohl es nur einen Steinwurf vom Harriersand entfernt war. Gegen ein entsprechendes Entgelt hatte sich Jan Köster bereit erklärt, die Herren hinüber zu bringen, denn er hatte wegen seiner Reusen am Südende der Insel einen alten Ruderkahn liegen. Der stand allerdings halb voll Wasser, so daß sie alle vier mit vereinten Kräften und mit Eimern und Lappen lenzen mußten. Für ein paar Ruderschläge mochte er dann einigermaßen trocken bleiben.

Martin legte sich mit in die Riemen und fand mit dem Bauern einen gemeinsamen Rhythmus beim Rudern. Die Kahnpartie ging um den Großen Pater und den riesigen Hammelwarder Sand herum, eine endlose Wiesenfläche, auf der ein paar Bauern mit Sensen arbeiteten. Jan winkte und rief einen Satz hinüber, in dem offenbar der Name Lina vorkam. Die Antwort kam laut und gestenreich, war aber nur für Köster verständlich. „Jo!" Jan nickte zufrieden. Dann bogen sie hinter dem Hammelwarder Sand in den Kograben, ein Sieltief, das bis ans Dorf heranführte.

„De Lina, de woont up de anner siet vom dorp, wo de Busskohlfeller anfangt", sagte Jan, während die Männer wieder Schuhe und Strümpfe anzogen.

Es war nur ein kurzer Weg mit ein paar Häusern, dann standen sie in der Hofeinfahrt des Kohlbauern und fragten einen Knecht. Der drehte sich um und brüllte laut über den Hof: „Lina! Hier sint n'poor kerls, de fraagt nah di! "

Dumpf und unverständlich kam eine einsilbige Antwort aus einem hölzernen Faß, das in einer Hofecke stand. Lina steckte mit dem ganzen Oberkörper darin. Man sah nur den langen Rock, die Schleife der Schürze, die wollenen Socken und die Holzpantoffeln. Die Besucher traten näher und aus dem Faß tauchte nun ein Mädchen hoch, mit gerötetem Gesicht und wirren, blonden Haarsträhnen. In der rechten Hand hielt sie eine tropfende Wurzelbürste, mit der sie das Faß inwendig geschrubbt hatte. Ihre Augen zeigten einen unsicheren, flackernden Blick und waren merkwürdig hervorgetreten. Eine Verdickung am Hals deutete einen Kropf an.

Sie kam nicht näher, sondern trat eher einen Schritt zurück, als die Männer auf sie zu kamen.

Detlev Roth grüßte höflich und fragte, ob sie Lina Jahns sei. Sie nickte und fuhr mit dem linken Handrücken erschrocken an den Mund. Aber das war auch schon die einzige Zustimmung. Bei allem, was Roth jetzt noch fragte und erzählte, schüttelte sie nur heftig den Kopf. Als die Auswanderer ihr die Zeichnung zeigten und Clemens wieder und wieder beschrieben, wich sie noch einen Schritt zurück und brachte ängstlich nur ein paar gurgelnde Laute hervor. Auch Kösters Versuche im einheimischen Idiom waren erfolglos. Ihre hervorgetretenen Augen wanderten unruhig zwischen den Besuchern hin und her. Sie biß sich in den Handrükken.

Auf dem Treppenabsatz erschien jetzt Tammo Diekmann, der Bauer, und fragte barsch, was denn hier los sei. Er hatte eine ungesunde, rötliche Gesichtsfarbe. Zu hoher Blutdruck, dachte Brühl. Der Inselbauer erzählte ihm kurz von den Fremden, von Clemens und dem Gerücht um Lina. Diekmann bezeichnete das alles als „dumm Tüch" und „Snackeree". Ein solcher Junge sei hier nie gesehen worden und sie sollten Lina jetzt in Ruhe lassen. Es hätte keinen Sinn, mit ihr zu reden, denn sie sei nicht ganz richtig im Kopf. Das sei nur Quälerei. Die Herren Auswanderer sollten mal besser auf ihre Kinder aufpassen, dann würde so etwas nicht passieren. Und zu Lina schrie er barsch: „Wat steihst du door no fuul rum? Seh to, dat dat Fatt sauber word, wi wüllt hüüt no den Kohl int Fatt stampen! Ower schall ick di Beene moken?"

Die Magd drehte sich eilfertig um und ergriff wieder die große Wurzelbürste. Aber bevor sie erneut in das dampfende Faß abtauchen konnte, hatte Detlev Roth sie hart gepackt. Mit beiden Händen umklammerte er ihren Hals. Eine kaum bezwingbare Wut stieg in ihm hoch. Ihn beherrschte das Gefühl, daß diese verstockte Magd mehr wußte, als sie zugeben konnte oder durfte oder wollte. Er schüttelte ihren Kopf und schrie ihr ins Gesicht: „Mädchen! Verdammt noch'mal! Der Junge ist drei einhalb Jahre! Er begreift nicht, wo er ist, wo seine Eltern sind! Er hat keine Adresse! Er weiß nur eben seinen Namen und daß wir alle nach Amerika wollen. Hab Erbarmen und sag mir, wo er steckt!"

Lina gurgelte und japste mit weit aufgerissenen Augen. Ein scharfes, langgezogenes „Heee!" kam von der Treppe. Der Bauer hatte die Mistforke, die an der Wand gelehnt hatte, ergriffen und kam mit finsterem Blick auf sie zu. Brühl und Horaby packten schnell den verzweifelten Vater und zerrten ihn vom Hof, um Schlimmeres zu verhindern. So hatte das keinen Sinn! So kamen sie nicht weiter.

„Ich komme wieder! Verlaßt euch drauf", schrie Detlev Roth über die Schulter zurück.

Wenigstens der Gastwirt im Dorf ließ sich auf ein kurzes Gespräch ein. Zwar wußte der auch nichts von dem blonden Hessenkind, aber über Lina machte er eine Andeutung, daß sie bekannt dafür sei, sich gerne mit Kindern abzugeben. Vielleicht leide sie unter der Angst, selbst nie Kinder zu bekommen. „Wer will all sone deern hebben?" Deshalb sitze sie auch manchmal hier vor dem Gasthof und spreche die kleinen Kinder von Durchreisenden an und zeige ihnen die Kätzchen auf dem Hof. Die Dörfler allerdings würden ihre Kinder wegführen, wenn sie erscheine. Denen sei sie wohl nicht ganz geheuer.

Die Männer setzten sich in den kleinen Biergarten vor dem Haus.

Brühl spendierte für alle eins vom Faß und meinte, die Magd müsse eigentlich ärztlich behandelt werden. Er habe nach den äußeren Symptomen den Eindruck, dass Lina eine defekte Schilddrüse zu schaffen macht. So jemand neige auch zu Trübsinn und Depressionen. „Das hilft uns auch nicht weiter“, sagte Clemens' Vater. „Ich gebe mich mit der Befragung hier nicht zufrieden. Dieser Lina traue ich nicht. Man müßte den ganzen Diekmannschen Hof und die Umgebung noch einmal gründlich unter die Lupe nehmen. Und zwar so schnell wie möglich!“
„Das geht wohl nur mit offizieller Genehmigung. Sozusagen von Amts wegen“, sagte der Apotheker, denn der Kohlbauer würde uns jederzeit wieder vom Hof jagen.“
Martin Homby schüttelte den Kopf. „Kaum auszudenken, was das heißt, den Amtsschimmel hier an der Unterweser in Bewegung zu setzen. Wurthfleth liegt doch im Hannöverschen, oder nicht? Welche Gemeinde ist das hier? Welches Amt? Womöglich müßte eine Bitte um Amtshilfe zur Durchsuchung über die Behörden in Oldenburg und Hannover weitergeleitet werden.
Sie schwiegen eine Weile und tranken ihr Bier. Dann gingen sie hinunter zum Kograben und zogen Schuhe und Strümpfe aus. Kösters Kahn war schon wieder zur Hälfte vollgesickert.
Während sie lenzten, sagte Detlev Roth entschlossen: „Morgen früh such' ich den Amtmann in Brake auf!“

Andreas

Als Friedrich Münch erneut nach Bremerhaven aufbrach, legte das frühsommerliche Wetter eine Pause ein. Dunkle Wolken schoben sich hastig über den Himmel und der Wind hatte mächtig zugelegt. Der Fährmann hatte mit dem Rudern Mühe und auch Die „Bremen“ kam nur langsam gegen Wind und Wellen an.
Der Pfarrer jedoch hatte ein gutes Gefühl. Es mußte diesmal klappen. Er würde mit einer guten Nachricht zurückkehren. Es ging gar nicht anders!
Weniger optimistisch war die Stimmung auf der Insel. Das Alltagsleben in der Auswandererkolonie dümpelte in dumpfer Langeweile vor sich hin. Das Inselschiff war wieder ohne Kapitän und lag hoffnungslos auf Grund. Wie sollte das alles weitergehen? Schuberts Büchervorrat war gefragt. Die Männer lasen, würfelten, rauchten, spielten Karten und tranken. Im Biwak der Junggesellen gewann der Alkohol immer mehr Bedeutung. Die Turnergruppe verlor an Schwung und war geschrumpft. Die Kommandos wurden kleinlauter. Allein die Frauen krempelten die Ärmel auf und sorgten für die erforderliche Ordnung und Sauberkeit und für ein tägliches warmes Essen.

Bettina fand Andreas zwischen Schuberts Büchern. Er hatte nach regionalen, historischen Texten gesucht, dann aber die Hoffnung aufgegeben, noch etwas mehr über das Schicksal der Stedinger zu erfahren. Dafür hatte Cornelius' „Buchhandlung“ die falsche Auswahl.
Andreas kramte noch einmal Ludwigs Brief hervor, steckte ihn aber hastig wieder weg, als er Bettina kommen sah. Sie spürte, daß sie störte, fragte aber dennoch: „Störe ich?“ Und da er nichts

sagte, sondern in einer Bücherkiste scheinbar etwas Wichtiges suchte, fügte sie nach einer Pause hinzu: „Dich beschäftigt wohl immer noch das Schicksal der Stedinger, oder?“ Nach einer Weile nickte Andreas und sagte ziemlich schmallippig: „Ich finde diese ganze Geschichte unglaublich!“

„Andi, das ist 600 Jahre her! Wir sollten uns lieber um das Heute und um unsere Zukunft kümmern!

„Aber gerade das Heute empört mich ja!“ rief Andreas. „Ich finde es unerträglich, wie ein deutscher Herzog und Landesherr sich heutzutage den Freiheitsgedanken wie eine Kokarde an den Hut steckt und seine Untertanen für dumm verkauft!“ Er wurde schon wieder heftig: „Da muß ich natürlich an meinen mutigen Bruder denken!“

Bettina war erschrocken, wie schnell er wieder in Wut geriet und wie sehr der große Bruder seine Gedanken beherrschte. Sie litt richtig unter seinem Geschimpfe, unter seiner Wut. Sie fühlte sich dabei irgendwie attackiert und geriet ihrerseits in Wut: „Ich komme mit deiner ständigen Unzufriedenheit nicht mehr klar. Ständig bist du in Gedanken woanders, in den Büchern hier, bei deinem Bruder in Hessen, bei den Bauern im Mittelalter... Was ist nur mit dir los? Wir sollten über uns, über unsere Zukunft sprechen, über unsere Pläne in Amerika. Die Zustände hier in Deutschland, die können wir doch nicht ändern. Du bist nicht Ludwig! Du mußt dich davon lösen und zu unseren Sorgen und Nöten zurückkehren. Ich halte das sonst nicht mehr lange aus! Andreas! Hörst du mir überhaupt zu?“

Wieder trat eine Pause ein.

Andreas wurde nun etwas ruhiger. Er versuchte sich zu zwingen, seine Gefühle möglichst ruhig und klar in Worte zu fassen. Er mußte es ihr jetzt sagen: „Betty, die Probleme hier auf der Insel und der ganze Gedanke an Amerika bedeuten mir gar nichts mehr. Das ist die Wahrheit. Leider! Ich werde noch wahnsinnig von diesem untätigen Herumsitzen hier und dem sinnlosen Warten auf ein nicht vorhandenes Schiff.“ Es traf sie wie ein Schlag! Sie mußte sich hinsetzen.

Und er sprach weiter: „Ich fände es schrecklich, Amerikaner zu werden, während hier alles im Argen liegt. Ich kann nicht in das

gelobte Land auskneifen, während mein Bruder für Deutschland sein Leben riskiert. Bettina, laß uns umkehren und hier mit anpacken, noch ist es Zeit! Komm, wir schließen uns beide gemeinsam der Bewegung in Hessen an. Wir bleiben zusammen! Du weißt doch: *„Hier sind die starken Wurzeln unserer Kraft. Ans Vaterland, ans teure schließ dich an, das halte fest mit deinem ganzen Herzen!"* „Hör auf!" schrie sie.
Sie fand es irgendwie unfair, daß er auch noch Schiller zitierte.
Als er nach einer Weile etwas unbeholfen versuchte, seinen Arm um sie zu legen, stieß sie ihn fort, kippte nach vorn und weinte. Ihre wütenden Worte waren kaum zu verstehen: „Dieser verdammte Ludwig macht unseren amerikanischen Traum einfach kaputt!"
„Betty, sei vernünftig, hier geht es doch nicht weiter. Laß uns beide einen anderen Weg einschlagen!" Wieder versuchte er, seinen Arm um sie zu legen, wieder stieß sie ihn weg, sprang auf und rannte davon. Irgendwohin. Sie wollte keinen Menschen mehr sehen, schon gar nicht all diese Auswanderer. Sie rannte und rannte. Sie stolperte, stürzte hin, sprang auf und rannte. Die Weide hinunter, mitten durch die Herde hindurch, zur kleinen Weser hin. Die Kühe hörten auf zu grasen, hoben die Köpfe und blickten ihr nach. Sie rannte einfach weiter. Nur weg von diesem Jungen, der sich schon seit Tagen von ihr entfernt hatte und in Gedanken ganz woanders befand! Weg von diesen verdammten Auswanderern mit ihrem ewigen Gejammer und ihrem Geschimpfe! Sie wünschte sich ans andere Ende der Welt, egal, wie es da aussah.

Harriersand, Sonntag, den 25. Mai 1834

Was soll ich jetzt noch auf dieser Insel? Warten auf Amerika? Was soll ich in Amerika? Ohne Andreas? Da wäre ich doch nur eine Ziehtochter im Hause Münch. Wir wollten doch gerade ein eigenes Leben beginnen!?
Ich glaube, ich bin dreimal um die ganze Insel herumgelaufen, wie von Sinnen, bis Amelie mich irgendwo fand und mich zu

trösten versuchte. Ich hab meinen ganzen Kummer bei ihr ausgeheult. Amelie sagte, daß sie schon auf der „Trine“ so eine Ahnung gehabt hätte. „Zunächst“, sagte sie“, muß man den Jungen einfach ziehen lassen. Jeder muß seiner innersten Bestimmung folgen, sonst lebt er unglücklich.“ Ich sollte eben in mich hineinhorchen, wo meine Bestimmung ist. Amerika sei nicht die einzige Möglichkeit. In Hessen würden wir immerhin einer gemeinsamen Idee folgen und das würde uns wieder zusammenschweißen.

Andreas hat zwei Briefe hinterlassen. Einen kurzen Abschiedsbrief an seine Familie und einen noch kürzeren, in dem er mir schreibt, daß er einen Tag in Brake auf mich warten will. Sollte ich bei den Auswanderern bleiben wollen, so würde er nach Amerika nachkommen, wenn die Verhältnisse in Deutschland neu geordnet sind. Das verspricht er hoch und heilig. Dieser Idiot! Das glaubt er doch selbst nicht! Dieser Traumtänzer!

Was soll ich nur machen? Soll ich die Menschen verlassen, die mich so liebevoll groß gezogen haben? Was würden die sagen, wenn ich plötzlich käme und...? Das wäre doch undankbar! Das wäre Verrat!

Vater ist in Bremerhaven und kommt vielleicht erst übermorgen wieder. Ob ich eine Aussprache mit Louise versuche?

Ja, ich muß mit Louise reden!

Bettys Vater

Nur für eine Stunde standen Louise Münch hinter dem Kuhstall die große Zinkwanne und das Waschbrett zur Verfügung. Sie hatte die Ärmel über die Ellenbogen hochgekrempelt und rubbelte verbissen die dreckige Kinderkleidung im Kernseifenschaum. Bettina strich um sie herum und druckste. „Erzähl doch Betty, was hast du für Kummer? Ich kann auch beim Waschen gut zuhören?"
Das Mädchen ging unruhig auf und ab und erzählte und erzählte. Von Ludwig, von der hessischen Verschwörung, von den Stedingern, von Andreas' Kampf mit sich selbst, vom qualvollen Warten auf ein Schiff, von der Ungewißheit der Zukunft, von den Zweifeln an Amerika.
„Was soll ich nur machen, Louise? Ich will euch doch auch nicht im Stich lassen! Ich habe euch so unendlich viel zu verdanken!?"
Louise hatte sie ganz ausreden lassen und weitergewaschen. Sie konnte Bettinas Zwiespalt nachempfinden. Aber nun war die Reihe an ihr, wichtige Dinge zu sagen. Es half nichts. Sie hörte mit dem Rubbeln auf, schüttelte den Seifenschaum von den Armen, setzte sich auf den schmutzigen Wäschestapel, der neben ihr im Gras lag und legte die tropfenden Hände in den Schoß.
„Betty, laß uns, die Familie Münch, aus deinen Gedanken am besten ganz heraus. Das ist nicht so wichtig für deine Entscheidungen. Wichtig ist jetzt nur der Gedanke an deinen Vater!
Ich meine nicht Friedrich. Der ist in Bremerhaven und ich kann ihn jetzt nicht fragen. Also entscheide ich jetzt allein, dir zu sagen, was wir dir eigentlich erst nach der Ankunft in Amerika sagen wollten: nämlich, wer dein wirklicher Vater ist. Es ist Karl Follen und er wartet drüben auf dich! Er weiß, daß du mit uns kommst!"

Bettina war sprachlos. Aber nur für einen Moment. Dann sprudelten die Fragen nur so aus ihr heraus. Wieder ging sie unruhig auf und ab.

Warum nur und wann und wie hatte Karl Follen Deutschland verlassen?

Wie war sie in das Pfarrhaus gekommen?

Wer war ihre Mutter?

Wo lebte ihr Vater jetzt in Amerika? Und wie? Als was?

Hatten Münchs in all den Jahren Verbindung zu ihm gehabt?

Würde er die deutsche Republik in Missouri mitbegründen und -gestalten?

„Komm, hilf mir mal!" Louise nahm die Arbeit wieder auf, und Bettina wrang die nassen Wäschestücke aus, zupfte sie glatt und sortierte sie.

Sie erfuhr: Karl Follen war vor zehn Jahren über die Schweiz und Frankreich nach Amerika geflohen. Er hatte in Gießen Jura studiert und dort wohl auch Bettys Mutter, Franziska, kennengelernt. Sie stammte aus ärmlichen Verhältnissen, und Karl hatte ihr eine Stelle als Haustochter in der Familie seines Freundes Friedrich Münch vermittelt. So kam sie mit ihrem Baby in das Pfarrhaus in Niedergemünden, wo damals noch Friedrichs Vater Georg der Hausherr und Seelsorger war. Friedrichs Eltern hatten sieben Kinder und da kam es auf eins mehr oder weniger auch nicht an, denn Franziska starb ein paar Monate später.

Bettinas Vater kämpfte gegen die Franzosen und gehörte zu den Begründern der studentischen Burschenschaften, die politisch verfolgt wurden. Er bekam Berufsverbot, weil er als radikaler Demokrat angeblich in Umsturzpläne und ein Attentat verstrickt war. Nun lebte er als Professor an der Universität in Boston und kämpfte für die Abschaffung der Sklaverei. Er nannte sich jetzt Charles Follen.

Mehr war im Moment von Louise nicht zu erfahren. „Ich habe ja auch erst 1824 in die Familie Münch eingeheiratet. Da warst du sieben Jahre alt. Friedrich weiß sicher mehr über all diese Zusammenhänge. Ich glaube, er hat neulich mit dem Kundschafter Müller auch über Karl gesprochen." Bettina mußte sich also gedulden, um mehr zu erfahren über jene legendäre Gestalt, die

nun plötzlich ihr Vater sein sollte. Das war alles sehr verwirrend und für den Rest des Tages schwirrten tausend Fragen durch ihren Kopf. Ihre Zukunft schien nun plötzlich wieder einen anderen Sinn zu bekommen.
Auf diese Weise geriet der Gedanke an Andreas vorübergehend in den Hintergrund.

An Schlaf war kaum zu denken. Der Stall ächzte und knarrte. Wind und Regen tobten über die flache Insel und traktierten den Kösterschen Kuhstall. Familie Becker aus Niedergemünden versuchte umständlich, ihren Schlafplatz zu verlegen, weil es durchregnete. Bettina war aufgestanden und half, indem sie die drei Kinder an die Hand nahm und deren Bettchen zusammenraffte. Erst gegen Morgen fiel sie in einen tiefen Schlaf, in dem sie sich aber in wirren Träumen hin und her wälzte.
Was war das? Sie war mitten auf dem Ozean auf einem Floß. Allein. Nein, nicht ganz. Ein kleiner Kapitän stand am Bug und neben ihm Keno, der aufgeregt mit seinem kurzen Schwänzchen wedelte. Es war Clemens. Er sah durch ein langes Fernrohr, zeigte auf ein Ufer am Horizont und schrie: „Land in Sicht!“ Keno bellte. Am fernen Ufer sah sie ein riesiges Denkmal emporwachsen. Auf einem Sockel stand eine mächtige Männergestalt mit einem prächtigen Federschmuck und hielt ein Sternenbanner in den Himmel. Es war Charles Follen, ihr Vater. Er rief: „Welcome!“ und lachte freundlich. Zu seinen Füßen scharten sich viele rothäutige Wilde und schwarze Sklaven. Bei ihnen befanden sich auch Friedrich, Louise, Pauline und Adolph Münch. Sie alle schwenkten kleine Sternenbanner und winkten ihr und riefen: “Welcome!“ Sie sollte sich beeilen. Aber das Floß kam nicht von der Stelle. An einem kleinen Mast hing ein Segel schlaff herunter. „Land in Sicht!“ schrie Clemens und Keno bellte.
Nun hörte Bettina auch hinter sich Lärm und Rufe. Sie blickte sich um und sah nun, daß Amelie und Martin auch auf dem Floß waren. Sie saßen auf dem hinteren Teil und waren in einem innigen Kuß versunken. Amelie trug ein schönes Brautkleid und Martin einen eleganten Zylinder. Hinter ihnen war deutlich das Ufer des Harriersands zu erkennen. Von dort kam der Lärm. Es

herrschte helle Aufregung auf der Insel. Der Kuhstall brannte lichterloh und Männer und Frauen versuchten zu löschen, indem sie mit den hohlen Händen Wasser aus der Weser schöpften. Nur Onno hatte einen Eimer und in der anderen Hand eine Speckflagge. Er winkte ihr und schrie: „Komm zurück und hilf uns!" Auch dort gab es mächtige Denkmäler. Auf hohen Sockeln standen der Großherzog, der Braker Amtmann und der Reeder Delius, mit Orden behängt. Aber sie bewegten sich nicht und sagten nichts. Sie waren aus Stein.

Zwischen ihnen liefen die Brüder Ludwig und Andreas Krug aufgeregt hin und her. Sie schossen aus Flinten auf die Denkmäler. Aber es erging ihnen wie Don Quichote mit den Windmühlen. Die steinernen Figuren wankten nicht und würdigten sie keines Blickes. Nun sahen die Brüder zu ihr herüber und winkten heftig und riefen auch: „Komm zurück!"

„Land in Sicht!" schrie Clemens und Charles Follen und die Münchs riefen: „Welcome!" Aber das Segel hing schlaff herunter.

„So hat das keinen Sinn", sagte Martin Homby. „Wir brauchen Wind für die Zukunft." Er sprang auf und fing an, in das Segel zu pusten. Amelie half ihm. „Wir schaffen es nicht alleine." Nun legten sich auch Bettina, Clemens und Keno ins Zeug und pusteten aus Leibeskräften. Das Segel blähte sich dankbar, das Floß nahm Fahrt auf und die Amerikaner jubelten. Gleichzeitig verstärkte sich das Geschrei auf dem Inselufer hinter ihnen. Die Brüder winkten und Onno schwenkte den Eimer und die Speckflagge. Bettina blickte verzweifelt von einem Ufer zum anderen. Vom Pusten war sie ins Schwitzen gekommen.

Jemand rüttelte an ihr. Es war Louise. „Bettina, es gibt Arbeit. Wir müssen alle mit anfassen. Wir sollen alles, was uns gehört, von den Wiesen räumen. Da sind ein paar Bauern mit Sensen von drüben gekommen, die wollen Heu ernten."

Sie nickte und wischte sich mit einem Handtuch den Schweiß aus dem Gesicht.

Heuernte

Sie kamen bei Hochwasser früh morgens über die Weser. Sieben Mann mit Sensen, Forken und Stangen und drei Frauen mit großen Proviantkörben. Sie ruderten tief in die Kirchengate hinein bis zur Mitte der Insel. Dort konnten die beiden Schuten bequem trocken fallen und beladen werden. Es waren Stücklandpächter, die das verbriefte Recht hatten, ihre gepachteten Streifen abzuernten. Heu oder Reet, je nach Lage und Jahreszeit.

Die Männer machten nicht viele Worte und fingen gleich mit der Arbeit an. In gleichmäßigem, schnellem Rhythmus schärften sie ihre Sensen mit dem Schleifstein und zogen dann die Schnitte mit weit ausholenden Armbewegungen durch das hohe Gras. Jeweils zu dritt rückten sie leicht gestaffelt hintereinander vor. Hinter ihnen harkten die Frauen mit breiten, hölzernen Rechen das gemähte Gras zu flachen Haufen zusammen, die sie später gegen Mittag noch einmal wendeten, um sie dann am Abend zu Hokken aufzusetzen für den Transport. Das sonnige, warme Wetter war günstig, um das Heu zu trocknen.

Ein älterer Mann hatte sich eine Schnapsflasche ans Bein gebunden, die er mit jedem Schritt durch das taufrische Gras hinter sich herzog, um sie kühl zu halten. War ein Streifen gemäht, dann war „Schluckzeit“ und die Flasche kreiste.

Die Bauern hatten vor der Weserquerung teilweise schon einen weiten Weg hinter sich von den kleinen Moordörfern in der Wesermarsch. Das Pachtland war begehrt, denn nirgendwo konnte man so gutes Heu ernten, wie hier auf den Wiesen der Weserinseln, die durch die Schlickablagerungen der Flut besonders fruchtbar waren.

Der siebente Mann war zum Hof Jan Kösters hinübergegangen, der bereits das Pferd vor den Leiterwagen spannte. Sie brauchten den Wagen, um später die Hocken zu den Schuten im Priel zu transportieren.

Etwas abseits, am Rand der Ernteflächen, sammelten sich Grüppchen der Auswanderer, die neugierig die mühsame Maht beobachteten. Aber es kam zu keinerlei Kontakten. Die Heubauern konzentrierten sich allein auf ihre anstrengende Arbeit und würdigten die Ausländer keines Blickes. Zwei einander fremde Welten standen sich hier gegenüber.

Als gegen Mittag die Altenburger Glocke zum Eintopf in den Kuhstall rief, setzten sich auch die Schnitter mit ihren Frauen in den Schatten der Weiden und breiteten ein großes, buntes Tuch auf der gemähten Wiese aus. Die Frauen legten darauf, was sie zu essen mitgebracht hatten. Auch Marie Köster war gekommen und hatte in einem Korb frisches Brot und Käse, Wurst und Milch mitgebracht. Kauend und kopfschüttelnd blickten die Bauern auf die seltsame Behausung der hessischen Junggesellen in ihrer Nähe und den Müll, der sich da angesammelt hatte: verkohltes Holz, verdreckte Kleidung, Speisereste und leere Flaschen. Halblaut und kauend fielen abfällige Bemerkungen. Die Fremden blickten ihrerseits spöttisch auf das idyllische Bauernpicknick und lästerten über die „Torfköppe“. Die Stimmung wurde gereizt, als ein Handwerksbursche aus Weilheim eine Sense aus dem Gras aufhob und sich im Mähen versuchte. Er hatte nicht damit gerechnet, daß dazu eine gewisse Übung gehört. Er fand weder den rechten Winkel, noch den rechten Schwung und knickte nur das Gras um. Die Bauern lachten. Nun gab ein Wort das andere. „Ji hebbt woll vergeten, wat rechte Arbeit is?“ hieß es und: „Kiek to, dat ji er Schipp nah Ameriko kregen deit!“

Die Junggesellen, bei denen auch schon Schluckzeit war, denn eine Flasche kreiste eifrig, wurden wütend. Der Hesse warf die Sense unsanft ins Gras, der Eigentümer sprang auf und schickte ihn mit einem Fausthieb zu Boden. „Wat hebbt ji her up den Harger Sand to söken? Wi brukt ji nech!“ "Mistbauern!" "Vaterlandslose Gesellen!" Dann warfen sie sich alle aufeinander und ließen nur noch die Fäuste sprechen. Erschrocken versuchten die Frauen, die Picknickzutaten zu retten. Stiefel stolperten über Brot, Wurst und Käse. Vom Kuhstall her rannten Männer und

Frauen herbei, nicht um mitzumischen, sondern um die Gemüter zu beruhigen. Auch die Kösters redeten auf ihre Landsleute ein: „Hört upp, dat lohnt sick nich! In'n poor Doog sünd wi de all wedder los."
Die Hessen zerrten ihre prügelnden Landsleute vom Schauplatz. Friedrich Brühl nahm den Männern die Flasche aus der Hand. „Ihr solltet euch wirklich schämen! Unser aller Ansehen hat darunter zu leiden."

Am Nachmittag wurden die Heuhocken mit je zwei Tragestangen zum Wagen gebracht und aufgeladen, bis er überfüllt war. Ein Teil blieb liegen und sollte hier auf der Insel weiter trocknen. Sie würden ihn morgen holen. Das Pferd wurde wieder davor gespannt und die Fuhre zur Kirchengate gefahren. Hier faßten noch einmal alle mit an und beluden die Schuten, um dann auf die Flut zu warten. Mit dem Abendhochwasser begann die mühsame Ruderei über die Weser zurück nach Brake. Zwei riesige Heutürme glitten langsam über das Wasser.
Der Spuk war vorüber. Die Auswanderer waren wieder unter sich.

Mit ungeduldigen, kurzen Bewegungen zupfte Marie Köster die nasse Wäsche glatt und hängte sie Stück für Stück in der Morgensonne auf die Leine. Sie fühlte einen Kloß im Hals, wenn sie nur an die gestrige Prügelei bei der Heuernte dachte. Sie verdienten zwar nicht schlecht am Aufenthalt der Fremden, aber so konnte das nicht weitergehen. Der Spott der Bauern vom Festland hatte auch sie getroffen. Irgendwie hingen Jan und sie dazwischen. Auf dem Kajenmarkt in Brake hatte sie vorgestern ein paar spitze Bemerkungen aufgeschnappt. Ob sie auch schon in Gross' Hotel wohne? Ob Jan nun auch Englisch lernen würde? – Warum hatte sie auch nur das hübsche Kleid angezogen, das ihr die Frau des Apothekers geschenkt hatte? Das war eine Dummheit.

Jan kam mit einer zerrissenen Aalreuse vom Ufer hoch, warf sie ins Gras und setzte sich auf einen Schemel. Er spulte ein Ende von der Garnrolle ab und machte sich daran, die Löcher zu flicken.

„Wi hebbt keen Drinkwater mehr“, sagte er. „Dat Druppfatt is allwedder leer.“
„Disse Lüüd brukt allens för sick“, sagte sie und weiter:
„Jan, ick segg di, dat geit nich good. Veer Wecken sind disse Lüüd up'n Hargersand, un nu hebbt wi blot noch Arger mit disse Utwannerers.
Dag för Dag tövt se up'n Schip na Ameriko, dat doch nich kummen deit.“

Da Jan keine Lust zu einer Auseinandersetzung hatte, gerieten Maries Worte zu einem langen Monolog, immer wieder von Pausen unterbrochen.
„De sünd doch all brägenklöterich. Jümmer un jümmer tövt se for use Döör wegen jeden Schiet: De wullt Melk hebben, de brukt ole Kartüffels, de frogt nah'n Spoten. – Worüm brukt se Spotens?“

„Den helen Dag sünd se mit all ere Plünnen togange up dat schietige Grönland und trampeln us all dat Gras dool.“

„Un dann de Katastrof mit de groote Schietgruufe. Dor stinkt dat erbärmlich. Veele Lüüd sünt verluust un krank. Wer seggt denn, dat dor nich noch ne arge Süük um sich griepen deit?“

„Wat mokt se mitten bi de Nacht an't Südenne bi'n Groten Pater? Wer is dat ween, de for dree Dag de twee Höhners klaut het?

N'poor Mannslüüd sitten up de anner siet bi de Lütten Werser un suupen den helen Dog. Ick glöv, se mokt sick ern Köhm sülbens. Dat is doch keen Leven!“

„Mi dücht, bi disse gottlosen Minschen is de Düwel bi.“

„Jan, de annern Buren snackt över us.”

„Jan, du möst nah Braak röver un den Amtmann vertelln, dat dat up den Hargersand nich mit reckten Dingen togeiht.“

Jan schmiß die Reuse wieder ins Gras, nahm die Riemen von der Hauswand und sagte: „Nu hol endlich die Schnut un mok dine Arbeit! Ick wull sowieso nah Braak röver. Hüüt Abend bün ick wedder trüch."

Harriersand, Dienstag, den 27. Mai 1834

Es ist zum Verzweifeln!
Die Stimmung in unserer Inselrepublik sinkt langsam auf den Nullpunkt. Die Prügelei gestern bei der Heuernte hat es uns ganz deutlich gemacht: Wir sitzen hier nicht im Niemandsland. Das ist nicht „unsere" Insel. Wir sind nur Gäste in einer fremden Umgebung und noch nicht einmal „wohlgelitten".
Mich macht dieser Vorfall wütend! Diese hessischen Saufbrüder mit ihren Extratouren schaden uns allen. Wenn ich dieses Hüttenlager schon seh', dann mach' ich einen großen Bogen. Diese anzüglichen Bemerkungen! Ich laß' mich doch nicht anpöbeln wie eine Dirne. Es ist auch nicht verborgen geblieben, daß Dienstmädchen, die sich langweilen, ihren Familien davonlaufen, um sich mit den Kerlen zu amüsieren. Möcht' wissen, was die eigentlich alle in Amerika wollen. Falls sie das überhaupt noch wollen.
Friedrich Brühl und Louise haben noch am Abend versucht, ein vernünftiges Gespräch mit den Männern zu führen und ihnen ins Gewissen zu reden. Die müssen begreifen, daß sie nicht einfach tun und lassen können, was sie wollen, sondern daß sie ein Teil unserer Gesellschaft sind.
Die Männer sehen das aber anders. Sie glauben nicht mehr an einen gemeinsamen Weg. Sie sind sauer auf den ständig abwesenden Münch, der sich – wie sie meinen – um die Inselkolonie nicht kümmert. Einer von ihnen sagte: „Das ist doch unverantwortlich, wenn der Leiter unserer Gruppe schon wieder den Inselalltag schwänzt." Und ein anderer: „Während wir hier auf dieser moddrigen Pißinsel versauern, sitzt der Herr Pastor mit Bruder Delius im Bremer Ratskeller."
Am Nachmittag kam Onno von Brake zurück. Er hatte dort

gesehen, wie einige dieser Junggesellen mit einem Kapitän aus Brake auf der Terrasse von Gross' Hotel plauderten. Frau Motschmann und ihre Freundin saßen auch dabei. Wahrscheinlich suchen die sich selbst ein Schiff!?
Detlev Roth hat inzwischen über den Amtmann Rasmus bei den Oldenburger Behörden Anzeige wegen des Verdachts der Kindesentführung gegen die Magd Lina Jahns aus Wurthfleth erstattet. Er ist so in Rage, daß er den Vorgang persönlich nach Oldenburg bringen möchte. Von dort ginge die ganze Sache weiter nach Hannover. Auf jeden Fall packen die Roths ihre Sachen und wollen sich drüben in Brake ein Hotelzimmer nehmen. Hier, von der Insel aus, könnten sie nicht viel ausrichten, meinen sie. Das stimmt ja wohl auch. Vielleicht sind sie auch enttäuscht, daß der Sucheifer unserer Gesellschaft so schnell nachgelassen hat. Ich weiß auch nicht, woran das liegt. Jeder hat eben seine eigenen Sorgen, und die werden immer größer.

Harriersand, Mittwoch, den 28. Mai 1834

Die Tage werden wärmer und immer mehr Leute schlafen draußen im Freien. Sie meiden den Kuhstall. Dort ist es stickig und ungesund. In der Familie Becker leiden die beiden kleinen Mädchen, Juliana und Elisabeth, unter einer Art Keuchhusten. Brühl möchte auch sie zum Arzt schicken. Mit dem Hustensaft, den seine Frau aus dem Sud von Birkenblättern aufgekocht hat, kommt er dagegen nicht an. Die Kinder liegen den ganzen Tag in den Kojen auf den Hillen der Ställe. Die Mutter bleibt ständig in ihrer Nähe.
Zu den gemeinsamen Mahlzeiten erscheinen schon längst nicht mehr alle. Die Altenburger Glocke ist kaum noch ein gemeinsames Signal.
Die Familien Roth und Hanke haben heute Morgen die Insel verlassen. Die Kerle aus dem Hüttendorf packen ebenfalls ihre Sachen zusammen. Auch sie werden wohl eigene Wege gehen. Mutter weiß schon nicht mehr, was sie antworten soll, wenn sie nach dem Pfarrer gefragt wird.

Immerhin hat sie über den Fährmann ein vertrauliches Briefchen bekommen, in dem er sich vielmals entschuldigt. Wir sollten tapfer sein und durchhalten. Er setzt seine ganze Hoffnung auf einen großen, neuen, amerikanischen Lasten-Segler aus Baltimore, der am Achtundzwanzigsten, also heute, in Bremerhaven eintreffen soll. Laut Hafenmeister sei für den noch keine Fracht vorgesehen. Aber solche Vertröstungen haben wir schon ein paar Male gehört. Ich kann die Hoffnungslosigkeit der Leute verstehen.
Ganz anders Martin und Amelie. Sie sind zuversichtlich und freuen sich auf ihre Zukunft in Amerika. Ihr fester Entschluß: Heirat noch hier auf der Insel. Louise will helfen, Vater dazu zu überreden. Eine Nottrauung unter freiem Himmel? Ich fände das toll!
Die Umwandlung der Speckflagge in ein amerikanisches Sternenbanner hab' ich fast fertig. Aber es ist eine zeitraubende, elende Fummelei, diese vierundzwanzig kleinen Sternchen auszuschneiden und aufzunähen. Stoffreste von einem Coburger Schneider, der mir auch bei dem Gefummel hilft. Onno wird das Kunstwerk für uns auf den Kuhstall pflanzen. Morgen. Das wird ein weithin sichtbares, flatterndes Signal sein! Es soll alle Colonisten daran erinnern, daß wir eigentlich ein gemeinsames, großes Ziel haben.
Da unser Inselleben ja doch noch eine Weile dauert, sollten wir ab morgen wieder mit dem Papiertheater proben. Die Kinder fragen schon immer danach. So eine Aufführung für alle, davon träume ich! Robinson soll ihnen deutlich machen, daß der Harriersand eigentlich eine Insel der Hoffnung ist.
Wenn die Menschen sich doch nicht so hängen lassen würden!

SPRINGFLUT

Eine vernünftige, rechtzeitige Vorwarnung gab es nicht. Das Wasser kam einfach. Es stieg und stieg und nahm langsam von der Insel Besitz. Auch das noch! Eine Sintflut!

Einzig Onno hatte am Vorabend etwas von „Vollmond“ und „Westwind“ gemunkelt und gemurmelt: „Hoffentlich läuft die Flut nicht zu hoch auf.“ So konnten die Auswanderer unvoreingenommen und mit ängstlichem Staunen wahrnehmen, wie die Flut höher als sonst auflief. Höher und höher.

Am Nachmittag sahen die Schilffelder nur noch mit den Spitzen heraus. Treibsel und Müll von den Schiffen und aus den Werften verfing sich im Gebüsch. Auch von der anderen Seite, der Kleinen Weser her, schoben sich die Wassermassen herüber. Auf der Weide bildeten sich große Teiche, die schließlich zu ausgedehnten Seen wuchsen. Mit der Zeit setzte sich auf der ganzen Insel eine südliche Strömung durch.

Jan und Marie Köster waren mit Stricken und Stöcken zur Rinderherde hinausgewandert. Onno und zwei Männer aus Schwaben halfen, die Herde ins Trockene zu treiben. „Wi hebbt hüüt de Spring“, hatte Jan am Morgen gesagt, und nur Marie ahnte, was das vielleicht bedeuten konnte.

Erst vor einem halben Jahr, im November, war eine Springflut über den Deich der Wurt getobt und hatte plötzlich in Kösters Wohnstube gestanden. Sie hatten damals Kälber, Lämmchen und Hühner mühsam die steile Treppe hinauf auf den Dachboden getragen und später den Schlamm von den Dielen gekratzt und aus dem Stall geschippt. Acht Kühe waren draußen ertrunken. Mit einer Springtide war nicht zu spaßen. Man mußte auf alles gefaßt sein. Langsam trieben sie die Kühe durch das Wasser. Die hatten wohl wenig Lust zur Wanderung unter solchen Bedingungen und blieben immer wieder stehen. Ein trauriges Bild.

Dann nahm die stärker werdende Strömung alles mit, was nicht niet- und nagelfest war. In großer Eile und mit viel Aufregung räumten die Krugs aus Coburg ihr Familienzelt leer. Martin, Amelie und Bettina halfen. Sie brachten die Kinder mit ihren Sachen auf die Wurt. Die hessischen Junggesellen hatten als erste ihre primitive Behausung im Ufergebüsch aufgegeben und saßen mit gepackten Bündeln und Koffern sprach- und tatenlos auf dem Deich und blickten nach Brake hinüber. Es fand sich niemand, der Cornelius Schubert helfen wollte, die Bücher ins Trockene zu bringen. Verbissen klemmte er sich dicke Stapel unter das Kinn und stolperte damit den Deichweg hinauf, mitten zwischen die Kühe.

Vom Anlegesteg ragten nur noch die Spitzen der Pfähle aus dem Wasser. Das Ruderboot riß sich los und trieb die Weser hinauf. Gerade jetzt hätte man es gut gebrauchen können. Die Sintflut strömte, plätscherte und gurgelte. Schuhe, Decken und Proviant versanken in den Fluten. Ein Melkschemel, leere Flaschen, Bücher und tote Hühner trieben vorbei. Im Zaun hing eine zerfetzte Zeltplane. Die Weser verschluckte den Harriersand.

Bis zum Abend drängten sich Menschen und Tiere immer dichter auf der bäuerlichen Wurt hinter dem schützenden Deich zusammen. Vor dem Kuhstall drängelten und schubsten die Rinder. Sie wollten in ihren angestammten Stall, anders konnten sie keinen Sinn in der nassen Wanderung erkennen. Sie verstanden nicht, daß ihr Zuhause bereits voller Menschen war. Die Tiere muhten, die Kinder weinten, die Männer schrien sich gegenseitig Anweisungen zu.

Mit Schrecken sah Bettina vom Deich herab, wie die Bestandteile ihres Papiertheaters sich auf die Reise machten. Kulissen, Rahmen und die Pappfiguren trieben ab. Sie drehten zum Abschied eine Ehrenrunde im Sog eines großen Strudels vor dem Deich. Kasperle, Wilhelm Tell und Robinson verließen dann mit dem Strom die Insel der Hoffnung. Sie konnten wohl, wenn sie nicht irgendwo hängen blieben, in der Nacht noch bis Vegesack kommen.

In Onnos Bude, die im Deichvorland lag, tanzten Bretter und Latten herum und zerschlugen das kleine Fenster. Bis zu den Knien

im Wasser, zurrte er ein paar Dinge fest. Bedenklich war der Leiterwagen, den die Strömung gegen die knackende Außenwand drückte. Dann krachte es plötzlich richtig. Ein Pfeiler von seinem „Triumphbogen“ war freigespült und umgestürzt und dabei auf eine Kiste geprallt. Auch der andere Pfeiler neigte sich langsam. Vor dem Deich gab es Verletzte und der Apotheker schrie zum ersten Mal auf dieser Reise seine Frau an, weil sie nicht gleich auf Anhieb wußte, wo die Reserve des Verbandszeugs lag.
Das Großtor wurde fest verschlossen. Im Stall drängten sich die Familien zusammen. Wer durch die kleine Tür hinaustrat, stand in der Dämmerung in der Masse schwarzbunter Leiber, um die Keno bellend herumtobte in dem unnötigen Bemühen, sie zusammenzuhalten. Eigentlich verstand er sich mehr als Jagdhund, aber diese Aufgabe hier gefiel ihm auch. Die Kühe brüllten, weil sie in ihren Stall wollten.
Wenn die schnell ziehenden Wolken eine Lücke am Himmel freigaben, wurde die helle Scheibe des Vollmondes mit ihrem kalten Licht und ihren seltsamen Schatten sichtbar. Ein Mond, der die Wassermassen der Nordsee mit Macht auf die Küste zog. Der Nordwestwind half, sie in die Wesermündung hineinzudrücken. Es schien, als ob Mond, Wind und Fluß den ganzen Auswandererspuk hinwegspülen wollten. Die Kolonisten erlebten ihre schlimmste Nacht. Eine Nacht voller Geschrei und Hektik, die kaum Schlaf zuließ.
Harriersand – Niemandsland – nasses Grab der Hoffnungen.

Wenigstens gelang es den Frauen der Familien Becker, Krug, Brühl und Münch etwas Brot, Käse und heiße Rinderbrühe, die Marie Köster überraschenderweise gekocht hatte, zu verteilen. Gegen Mitternacht steckte der Bauer die Nase in den Stall um zu sehen, ob die Auswanderer zurecht kämen oder noch Hilfe bräuchten. „Brukt ji wat?“ „Nun ist es zu spät!“ rief Louise wütend. „Sie hätten uns früher warnen sollen, dann hätten wir uns darauf einstellen können!“ Der Bauer sah sie einen Moment verdutzt an, blickte dann auf die Spitzen seiner Holzschuhe, murmelte etwas und zog die Tür wieder hinter sich zu.

Harriersand, Donnerstag, den 29. Mai 1834

Wieder eine Nacht ohne Schlaf. Nur gegen Morgen ein paar Minuten. Dann aber das Gebrüll der Rindviecher und das Gebell von Keno im Morgengrauen. Nur sehr langsam zog sich im Laufe des Tages das Wasser zurück, bis auf riesige Pfützen. Erbärmlicher Anblick!
Überall kleben Schlamm und Schlick. Onno: „Die Weser hat die Insel geschluckt und wieder ausgespuckt." Auf dem Kopfsteinpflaster vor dem großen Tor liegen frische Kuhfladen dicht bei dicht, so daß wir nun auf Zehenspitzen hindurch balancieren müssen. Wenigsten haben wir frische Milch. Ein paar Frauen haben den Kösters geholfen, die Kühe zu melken und wieder hinunter ins Flache zu treiben, wo es schon wieder trockene Flecken gab. In den Zäunen und Büschen stecken Müll und Kuhmist. Ein totes Kalb hängt zwischen den Weiden in einer Astgabel.
Sehr nervend sind diese kreischenden Möwen, die wie Aasgeier über dem ganzen Elend schweben. Wir jüngeren Leute versuchten verzweifelt, mit Schippen und Besen den graubraunen Schlick vom Hof zu kratzen. Schlimm, daß andere nur so apathisch dasitzen und auf den Horizont glotzen, statt zu helfen.
Ehepaar Brühl versorgt unermüdlich die Kranken, besonders die Kinder. Mutter sammelt verkrustete und verklebte Kleidung in einem riesigen Bottich zum Waschen. Die Krugs suchen überall die zerrissenen Planen ihres Zeltes zusammen. Aus der überschwemmten Latrine hat sich die Jauche über die Insel verteilt. Allerorten stinkt es erbärmlich. Wichtig ist es wohl, die Kinder von all dem fern zu halten. Aber das ist verflixt nicht einfach, denn sie saugen alles in diesem Chaos mit großen Kulleraugen in sich auf.
Völlig aufgelöst und verwirrt trägt Cornelius die geretteten Reste seiner Bücher mal hierhin, mal dorthin. Die meisten sind verdorben. „Die Verschwörung des Fiesco" hatte sich in ihrem Einband völlig aufgelöst. „Nathan der Weise" lag zertreten in einem Kuhfladen. Und Dudens „Bericht über eine Reise nach den westlichen Staaten von Nordamerika" flatterte in einzelnen Seiten über die verschlammte Wasserwüste. Cornelius' Verzweif-

lung tut mir leid. „Was soll'n wir auch mit Büchern in Amerika? So was interessiert da keinen Menschen", sagte er und schmiß plötzlich den Stapel, den er sich gerade unter das Kinn geklemmt hatte, in den Dreck. „Ihr habt es doch neulich gehört. Kultur und Bildung sind da gar nicht gefragt."
Es scheint, als ob uns alle guten und schönen Geister verlassen haben. Wo wohl das Papiertheater inzwischen angekommen ist?
Die Zeit steht irgendwie still. Ich könnte heulen!

Harriersand, Freitag, den 30. Mai 1834

Heute ist Windstille. Die Suffköppe aus den Weidenhütten haben die Insel gestern Abend verlassen. Mit ihnen zogen einige Dienstmädchen, die es bei ihren Familien nicht mehr aushielten. Onno grinste, als wir vom Deich aus die Abwanderung beobachteten. „Die Ratten verlassen das sinkende Schiff", sagte er. Er meinte, es fehle hier nur noch der Kapitän. Der müsse nämlich bis zuletzt bleiben und „mit dem Harriersandschiff grüßend untergehen."
Heute Morgen waren es zwei große sächsische Bauernfamilien, die am Anleger mit Sack und Pack warteten. Wenigstens hatten sie mit Louise ein Abschiedsgespräch, um das Finanzielle zu regeln. Sie sagten, sie hätten große Bedenken bekommen wegen der Schiffsreise, seit sie vom schrecklichen Unglück und den Toten der Shenandoah gehört hätten. Man könne ja nie wissen, auf welchem Seelenverkäufer man eines Tages landet, wenn denn überhaupt ein Schiff käme. Auch anderen Familien sei die Nachricht von der Shenandoah auf's Gemüt geschlagen. Dann könne man auch hierbleiben. Auf dem großen Pater, hieß es, würden demnächst Domänen sehr günstig verpachtet. Ohne Abgaben. Man müsse eben nur oldenburgischer Untertan werden. Aber warum nicht? Hier sei es ja noch erträglich.
Die Schreckensnachricht vom Schiffsunglück stammt natürlich von der Motschmann, dieser Klatsch- und Tratsch-Tante. Solche Schauergeschichten erfährt man beim Sherry auf der Hotelter-

rasse in Brake. Bei ihrem letzten Besuch auf der Insel muß sie sehr genüßlich und mit allen gruseligen Zutaten davon erzählt haben. Diese blöde Kuh! Sie ahnt ja nicht einmal, was sie in den Köpfen damit anrichtet.
Auch die junge Schwäbin, die neulich so sehr aus Heimweh geweint hat, will in ihr Heimatdorf Sonnenbühl zu ihrer Schwester und in die Obhut ihres Landesvaters zurückkehren.
Wir hier, der Rest, sind nicht nur verlassen, sondern auch vergessen und totgeschwiegen! Vergessen von den Bremern und totgeschwiegen von den Oldenburgern. In keiner Zeitung, so erfuhren Brühls vom Braker Doktor Blankemeier, wird die Existenz von 250 Auswanderern auf der Weserinsel auch nur mit einem Wort erwähnt. Überhaupt wird über die mächtig anwachsende Auswanderungsbewegung in Deutschland nur berichtet, wenn es sich um negative Erfahrungen handelt. In den „Oldenburgischen Blättern" beispielsweise könne man lange Berichte von enttäuschten Rückkehrern aus Amerika lesen. Der Großherzog hat wohl Angst, daß seine Untertanen auch von der „Seuche der Auswanderei", wie eine Zeitung schreibt, angesteckt werden könnten. Es heißt, die Ämter und die Pfarrer seien angewiesen, die Leute vor der „Amerikasucht" zu warnen.
Unsere Auswanderer haben das Vertrauen zu Vater und zu unserer amerikanischen Zukunft verloren. Die Gesellschaft zerbröckelt. Nichts hält sie mehr zusammen. Ich glaube, unsere Gesellschaft war nie eine richtige Gemeinschaft. Einer für alle – alle für einen?? Alles Quatsch! „In der Not ist sich jeder selbst der Nächste", sagt Mutter. Sie ist sehr verbittert über die Gerüchteküche, die Munkeleien und fürchtet den völligen Zerfall der Gesellschaft. Sie spricht von „Meuterei" und „Verrat".
Wenn Vater doch käme!
An das Milch-und-Honig-Land hinter dem Horizont glaubt kaum noch jemand. Die deutsche Republik am Missouri verschimmelt hier bereits im Schlick der Weser zwischen Ebbe und Flut. Wo ist Münch? Wo ist unser Schiff?
Andreas, wo steckst du? Denkst Du überhaupt noch an mich?

Harriersand – Jammerland! Insel der Verzweiflung.

Der Amtmann

Gerhard Friedrich Rasmus hatte seinen Auftritt auf dem Harriersand sorgfältig vorbereitet. Im dunkelblauen, korrekt zugeknöpften Zweireiher, schwarzen Kniebundhosen und hellgrauen Strümpfen, die in eleganten Schnallenschuhen steckten, bestieg er in Begleitung von zwei Polizisten die amtliche Braker Hafenbarkasse. Er setzte sich auf die hintere Bank und legte eine Ledermappe, den Hut und seinen Spazierstock neben sich. Sein Gesichtsausdruck war angespannt, der Blick auf das Harriersandufer gerichtet. Die Polizisten stemmten sich mächtig in die Riemen und trieben das Boot mit gleichmäßigen, langen Schlägen quer über die Weser zum Kösterschen Anleger. Am Heck wehte die blaue oldenburgische Flagge mit dem roten Kreuz. Sie war vielleicht etwas zu groß geraten für das kleine Boot, denn ein Zipfel tauchte immer wieder in die Weser.

Die Abordnung erschien um elf Uhr vor dem großen Tor des Kuhstalls. Rasmus fiel die merkwürdig gedrückte Stimmung auf. Von Leben und Treiben keine Spur. Er war etwas enttäuscht, daß sein Auftritt kaum Publikum hatte. Etwas angewidert nahm er den stinkenden Müll und Unrat wahr, der immer noch hier und da an den Rändern der provisorischen Siedlung zu entdecken war. Er sah einige herumlungernde Männer, die ihn nicht beachteten, übernächtigte Frauen, die mit irgendetwas beschäftigt waren und große, ängstliche Kinderaugen, die ihn mißtrauisch beobachteten. Er sah die Krankenlager in der Dämmerung des Kuhstalls und warf einen verächtlichen Blick auf das schlaffe Sternenbanner am Dachfirst.

Der Amtmann zog seine Handschuhe aus, klemmte die Dokumentenmappe unter den Arm und nahm eine Prise aus seiner silbernen Tabakdose. In die Stille tobte plötzlich ein schwarzer

Hund mit prächtig glänzendem Fell und zu kurzem Schwanz. Er gab keine Ruhe und bellte und bellte die Besucher immer weiter an.

Rasmus nickte dem Bauern zu, der mit einer Forke den zerflossenen Misthaufen wieder zusammenwarf. Jan Köster zog seine Mütze und deutete gehemmt eine Verbeugung an. „Sag deinen Inselgästen“, rief Rasmus so laut er konnte, um den Hund zu übertönen, „daß der Amtmann von Brake Herrn Friedrich Münch, den Anführer dieser Gesellschaft, zu sprechen wünscht!“ Jan stieß die Forke in den Misthaufen, aber bevor er sich auf den Weg machen konnte, kam eine energische Frauenstimme aus dem Stall: „Pastor Münch ist zur Zeit nicht auf der Insel. Was wünscht Ihr von meinem Mann?“ Louise Münch erschien aus dem Dämmer des Stalls im Tor und trocknete sich an ihrer Schürze die Hände ab. Der Hund gab keine Ruhe. Sein Gebell lockte nun auch andere Frauen herbei, während die Männer lieber im Hintergrund blieben.

„Gibt es denn sonst einen Mann, einen Stellvertreter, der für Eure Gruppe sprechen kann?“ Friedrich Brühl hatte sich langsam vom Lager eines kranken Kindes erhoben, krempelte die Ärmel herunter, zog seine Jacke über und erschien im Tor. Doch Louise behielt das Wort: „Ich muß Sie enttäuschen. Sie müssen wohl oder übel mit uns vorlieb nehmen. Was gibt es? Sprechen Sie! Was Sie dem Pastor zu sagen haben, können alle hier hören.“ Die Umstehenden nickten: „Ja, so ist es.“

Der Amtmann war etwas irritiert, hier mit Frauen verhandeln zu sollen. Da aber die Männer sich nur aufs Zuhören beschränkten, öffnete er die lederne Mappe mit dem oldenburgischen Wappen und entnahm ein paar Papiere.

Keno war inzwischen verstummt, weil Bettina ihn beruhigend streichelte.

„Ich komme im Auftrag der großherzoglichen Regierung“ sagte Rasmus, „weil Euer Aufenthalt auf dem Harriersand mehr und mehr zum Ärgernis der Öffentlichkeit gerät.“ „Was meinen Sie damit?“ fragte Louise herausfordernd. „Sachte“, sagte der Amtmann, „lassen Sie mich aussprechen. Ich erläutere dann Punkt für Punkt.

Der Vorplatz vor dem Kuhstall füllte sich langsam mehr und mehr mit Auswanderern. Jetzt hatte Rasmus ein Publikum, wenn auch ein ziemlich müdes und ungepflegtes. Die beiden Polizisten nahmen Haltung an und blickten streng in die Runde. Rasmus hielt sich nun an die Auflistung der Beschwerdepunkte auf dem Papier: „Erstens stellt die Zurschaustellung ausländischer Staatssymbole auf oldenburgischem Territorium eine unerlaubte Provokation dar.“ Er warf einen Blick nach oben zu Bettinas Sternenbanner.

„Zweitens haben Mitglieder Ihrer Gesellschaft sich der Wilderei und der Fischerei ohne Genehmigung schuldig gemacht.

Drittens liegen Anzeigen vor, wegen Diebstählen, die zur Zeit untersucht werden.

Viertens stehen die hygienischen Verhältnisse in Ihrem Lager – ich denke an die offene Massenlatrine, die Unsauberkeit und die Krankheiten – eine Gefahr für die Umgebung dar.“ Rasmus sah streng in die Runde: „Gerade durch Auswanderer hatten wir in Brake schon mit schlimmen Ansteckungen zu kämpfen.“

„Was Ihr fürchtet, ist doch nur die ansteckende Seuche der Deutschlandmüdigkeit!“ kam ein Zwischenruf von Dorothea Brühl, auf den er aber nicht reagierte.

„Fünftens werden aus den Gemeinden am Weserufer Klagen laut über nächtliche Lärmbelästigung, sprich Gegröle bei Saufgelagen, Glockengebimmel etc. Zudem liegen Klagen vor über Pöbeleien und Prügeleien. Braker Mädchen sind von bezechten Kerlen belästigt worden.

Sechstens gibt es Anschuldigungen wegen unchristlicher Umtriebe. Es soll zu heimlichen Kindesbeerdigungen in ungeweihter Erde gekommen sein.

Siebtens...“

Weiter kam er nicht. Louise war von Satz zu Satz nervöser geworden und schnitt ihm nun das Wort ab: „Bevor Sie in ihrer Aufzählung fortfahren, sollten Sie uns Gelegenheit geben, zu einzelnen Punkten Stellung zu nehmen. Das sind sehr allgemeine Behauptungen und Verteufelungen!“

„Sie bekommen hier natürlich eine Auflistung der einzelnen Punkte, die selbstverständlich nacheinander zu untersuchen und zu erörtern wären.“ Rasmus behielt die Ruhe.

„Sie können doch nicht einzelne Entgleisungen der ganzen Gemeinschaft hier zur Last legen. Wir sind ehrbare Leute, denen diese Insel zugewiesen wurde, um auf ein Schiff für die Überfahrt nach Amerika zu warten. Mangelnde Hygiene haben diejenigen mitzuverantworten, die uns diese primitive Unterbringung eingebrockt haben." Das war ein Einwand von Martin, dem Lehrer aus Prag, und der Weber Peter Krug aus Coburg sagte: „Unser Verweilen hier war nur für ein paar Tage gedacht. Das hatte man uns versprochen. Dass es immer noch kein Schiff gibt, ist nicht unsere Schuld. Wir hatten keineswegs vor, hier Wurzeln zu schlagen. So schön ist es hier auch wieder nicht." Einige Zuhörer lachten spöttisch. Gemurmel setzte ein. Rasmus verspürte nun doch etwas Nervosität und nahm das Wort wieder an sich: „Genau das ist der punctum saliens! Offenbar ist doch die Leitung dieser Gesellschaft unfähig, die Weiterreise energisch in die Hand zu nehmen. Gegen jede Absprache sind aus drei bis vier Tagen vier bis fünf Wochen geworden. Das bedeutet eine unzumutbare Belastung für die Umgebung. Auch die Regierung in Oldenburg wünscht nicht, daß Ihr auch noch Weihnachten hier verbringt!" Er zog nun ein anderes Papier aus seiner Mappe. „Euch wird daher ein Ultimatum gestellt, nämlich, die Insel innerhalb von zwei Tagen zu verlassen!"

Tumult kam auf. Zwischenrufe überlagerten sich: „ Man schiebt uns wie einen schwarzen Peter weiter!" „Wo sollen wir denn hin?" „Dann können wir auch alle zusammen in die Weser gehen!" „Statt uns hinauszudrängen, sollten die hohen Herren in Oldenburg helfen, ein Schiff zu finden oder wenigstens die Verhältnisse hier zu verbessern!"

„Das wird alles nicht nötig sein!" meldete sich nun ein sehr lautes und mächtiges Organ aus dem Hintergrund. „Wir nehmen das Ultimatum an und werden pünktlich morgen Abend den Harriersand verlassen haben!"

Wer kannte nicht diese Stimme! Endlich! Alle Köpfe flogen herum. Dort stand er leibhaftig: Friedrich Münch. Wo kam der her? Es war ein Auftritt wie aus dem Nichts. Münch stand vor dem großen Tor im Rücken der Menge, die sich auf den Amtmann konzentriert hatte. Er sah etwas mitgenommen aus in seiner stau-

bigen, schwarzen Kleidung. Aber seine Augen sprühten Funken. Seine Haare standen wirr nach allen Seiten, sein Vollbart umrahmte die angestrengten, asketischen Gesichtszüge. Auch er genoß seinen Auftritt als deus ex machina. Unter dem linken Arm hielt er eine Rolle mit Papieren, der rechte war um die Schultern eines kleinen, etwa drei- bis vierjährigen Jungen gelegt, der neben ihm stand und gar nicht ängstlich in die Runde guckte.
„Clemens!“ schrie eine Frau. „Er hat das Kind von Roths gefunden!“ eine andere. „Ja! Das ist Clemens!“ „Wo sind seine Eltern?“ „Die sind doch in Brake!“ „Wissen die schon...?“ „Man muß sie schnell benachrichtigen!“
Während ein paar Frauen sich um das Kind kümmerten, wurden weitere Rufe laut: „Was hat Münch gesagt?“ „Wir verlassen die Insel?“ „Was meint er?“ „Seid doch mal ruhig!“ „Laßt ihn sprechen!“
Da die Menge sich aber kaum beruhigen wollte, trat Münch ein paar Schritte zurück und riß zweimal heftig am Strang der Glokke. Der Pfarrer hob beide Hände und rief so laut er konnte: „Wir haben endlich ein Schiff für unsere Amerikafahrt!“ Augenblicklich wurde es ruhig. „Es ist die amerikanische MEDORA aus Baltimore! Ein nagelneuer Dreimaster, der in Bremerhaven auf uns wartet. Kapitän Griffith, ein erfahrener Seemann, hat mir zugesichert, daß wir alle dort Platz finden und am dritten Juni von Bremerhaven aus in See stechen werden. Zur Zeit werden in Eile die Kojen ins Zwischendeck gezimmert. Packt eure Sachen! Für heute Nacht sind fünf Weserkähne bestellt, die erst einmal all unser Hab und Gut aufnehmen. Wir verlassen morgen den Harriersand!“
Die Aufregung war nun groß. Alle redeten durcheinander. Da aber der Braker Amtmann nun beide Hände hob, um sich noch einmal Gehör zu verschaffen, schlug Münch wieder die Glocke an. Rasmus nickte ihm dankbar zu und verkündete: „Wenn es so ist, dann bleibt mir im Moment hier nichts mehr zu tun. Ich räume aber nicht ohne Skepsis das Feld. Wir warten ab! Man wird sehen!“ Er schloß seine Mappe, zog die Handschuhe wieder an, tippte an seinen Zylinder und stapfte mit seinen beiden Polizisten den Weg zum Ufer hinunter.

Doch kaum war die oldenburgische Abordnung hinter den Dühnen verschwunden, nahm Münch schnell den Knaben bei der Hand: „Komm Clemens! Noch eine kleine Bootsfahrt und dann bist du endlich bei Vater und Mutter." Sie rannten hinterher und erreichten den Amtmann am Anleger.
„Herr Rasmus, bitte nehmt den Jungen mit. Seine Eltern wohnen zur Zeit in Gross' Hotel in Brake. Bringen Sie das Glück in eine leidgeprüfte Familie!"
Erst jetzt begriff Gerhard Friedrich Rasmus, daß dies offenbar das Kind war, nach dem seit Wochen so verzweifelt gesucht wurde. „Mein Gott!" rief er, beugte sich herunter und packte das Kind sanft bei den Schultern, „wo kommt denn nun plötzlich dieser Junge her?"
„Clemens hat eine Odyssee hinter sich", sagte Münch. „So viel, wie ich begriffen habe, wurde er von einem Kohlbauern aus einem Dorf drüben am rechten Weserufer beim Hafenmeister in Bremerhaven abgegeben. Es sei ein Findelkind, das vermutlich zu irgendwelchen Auswanderern gehöre, habe der Mann gesagt. Der Junge selbst hat wohl mehrfach gesagt, daß seine Familie nach Amerika wollte. Dies und seinen Vornamen, Clemens, mehr habe man nicht aus ihm herausbekommen. Doch bevor man nachforschen konnte, habe man den Jungen plötzlich wieder verloren. Er war dem Hafenmeister ausgebüxt und man fand ihn erst am übernächsten Tag als blinden Passagier auf einem Schiff, das gerade zur Abreise nach New York klargemacht wurde. Clemens hatte sich einen Tag lang bei den Schiffen herumgetrieben und hatte nur eins im Sinn gehabt: so schnell wie möglich nach Amerika! Er war sich sicher, seine Eltern dort zu treffen.
Die Hafenbehörde übergab den Jungen dem Amtmann, der sich dann an die Suchmeldung erinnerte. Doch bevor er eine Eilmeldung an das Amt Brake, also an Sie, Herr Rasmus, expedieren konnte, erfuhr ich davon und nahm ihn mit zu Pastor Rickmers in Geestendorf und anderntags auf den Weserkahn, der mich heute direkt zum Harriersand brachte.
Das Amt Bremerhaven wird Ihnen morgen einen ausführlichen Bericht senden. Leider hat es der Hafenmeister versäumt, die Personalien des Bauern aufzunehmen."

Der Braker Amtmann beugte sich wieder hinunter zu dem Kind. „Donnerwetter, hast du eine Menge erlebt! Du bist ja ein richtiger, kleiner Odysseus. Und immer mutig auf der Suche nach Pappa und Mamma, was?" Clemens nickte. „Aber nun hat die lange Suche endlich, endlich ein Ende. Schau mal! Dort sind deine Eltern. Dort drüben in dem großen weißen Haus. Wollen wir schnell mit dem Boot hinüberfahren?" Clemens nickt wieder und fragte: „Ist dort Amerika?" Rasmus und Münch sahen sich an und lachten. „Nein", sagte Rasmus, „aber es liegt auf dem Wege nach Amerika. Komm!"
Während die Braker mit dem Jungen in die Barkasse stiegen, rief der Amtmann noch: „Sie können sicher sein, Herr Pfarrer, daß wir der ganzen Geschichte sorgfältig nachgehen werden!"
Münch nickte und winkte kurz. „Die Eltern wollten sowieso bis zur Aufklärung hierbleiben."
Während die Polizisten bereits kräftig ruderten, legte Rasmus noch einmal beide Hände trichterförmig an den Mund: „Und gute Reise und viel Glück!"

Münchs Erscheinung hatte das ganze Lager zum Leben erweckt. Die Fragen überschlugen sich: Wo kam der Knabe her? Wo waren Clemens' Eltern? Diese Medora, was war das für ein Schiff? Wird es wirklich alle aufnehmen können? Würde man so schnell alles zusammenpacken können? Wieso Baltimore und nicht New Orleans? Man mußte doch den anderen Teil der Gesellschaft am Missouri wiedertreffen! Wo hatte Münch nur so lange gesteckt? Friedrich war sehr übermüdet, zwang sich aber, mit Geduld alle wichtigen Fragen zu beantworten.
Die Nachricht von der bevorstehenden Abreise erweckte die Menschen zu neuem Leben. Zum ersten Mal seit Tagen, nein, seit Wochen war da plötzlich wieder ein gemeinsames Gefühl. Diese Freude und Gewissheit, daß es nun endlich weiterging! Voller Bewunderung und neuer Hoffnung blickten sie auf ihren Pfarrer. Der Glaube an die gemeinsame Sache kehrte zurück. Es war wirklich, als ob ein Blitz in den Stall gefahren war.
Das Gewusel glich einem Ameisenhaufen. Die Familien rannten durcheinander, schleppten, sortierten und packten. Es dauerte

Stunden, bis die schweren Reisekörbe und Kisten vorsichtig die lange Leiter vom Heuboden heruntergereicht waren.
Eine Stunde nach Mitternacht kam die Nachricht vom Ufer, daß die Lastkähne mit der Flut gekommen waren und nun vor Anker gingen. In drei bis vier Stunden würden sie trocken gefallen sein, und man könnte dann mit dem Beladen anfangen.
„Was glaubst Du denn, wann es losgeht, morgen?“ fragte Louise ihren Mann. Sie hatte Tränen in den Augen. „Gegen Mittag, wenn wir wieder Hochwasser haben. So ist es jedenfalls verabredet“, sagte Münch und umarmte sie lange.
Dann setzten sie sich in eine dunkle Ecke und Louise erzählte in aller Kürze und rasch das Wichtigste: von den Abtrünnigen, die die Gesellschaft verlassen hatten, von der Springflut, von Demoralisierung und völliger Hoffnungslosigkeit und von dem eigensinnigen Wunsch Martins und Amelies, noch hier auf der Insel zu heiraten.
„Das ist völlig absurd in dieser Hektik des Aufbruchs“, meinte Münch. „Eine Trauung können wir in aller Ruhe auf der Medora zelebrieren.“ Louise reichte ihm einen Becher mit heißem Kaffee. Doch plötzlich, nach ein paar Schlucken sagte er: „Nein, nein! Das ist sogar eine gute Idee. Ich werde die beiden morgen noch vor der Abreise trauen. So ein Akt könnte für uns alle einen hohen, symbolischen Wert haben. Wir brauchen so etwas! Schließlich könnten auch die nächsten Wochen hart werden.“

Trauung und Aufbruch

Der letzte Tag war angebrochen. Auf dem Harriersand herrschte Hochbetrieb. Seit dem Morgengrauen schleppten Männer und Frauen Berge von Gepäck barfuß durch den Schlick zu den trokkengefallenen Schiffen. Kisten und Körbe, Ballen und Betten, der Pflug, das reparierte Spinnrad, das Fernrohr, die Kinderwagen - das ganze Hab und Gut der Auswanderer wurde Stück für Stück gemeinsam an Bord gehoben und sorgfältig verstaut. Das schwerste Stück, die Altenburger Glocke, mußte noch warten. Sie wurde gegen Mittag noch auf der Insel gebraucht.

Bei einem gemeinsamen Frühstück auf der Tenne wurden die letzten Arbeitsschritte eingeteilt: Zuschütten der Latrine, Müll einsammeln, Aufräumen und Ausmisten des Stalls, Transport der schweren Gepäckstücke ans Ufer. Bettina half einer Gruppe von Frauen, Eimer, Töpfe, Zuber und Waschbretter in das Bauernhaus zu schleppen. Die Kösters standen merkwürdig schweigsam neben dem Misthaufen und beobachteten das Treiben mit ernsten Gesichtern. „Wenn ji wat brukt, seggt dat!" Als die Frauen sich anschickten, das muffige Stroh aus dem Stall hinauszufegen, rief Marie: „Laat man ween. Dat mok wi sülbens."

Überall gleichzeitig war Keno und beschnüffelte alle Einzelheiten des Aufbruchs. Als Bettina halb im Ernst und halb im Scherz dem Bauern gestand, daß sie den Hund am liebsten nach Amerika mitnehmen würde, mußte der lachen. Kein Kapitän würde das wohl erlauben, meinte er. Keno stammte von ungarischen Auswanderern, die ihn in Brake lassen mußten, weil Tiere an Bord nur als lebender Proviant erlaubt waren. Ob Bettina sich Keno im Kochtopf vorstellen könne? Sie schüttelte traurig den Kopf.

Dann lief sie den Deich hinunter zu den Weiden, um nach Blumen zu suchen. Es sollten zwei bunte Sträuße für das Brautpaar werden. Hier, an den Rändern der Wassergräben blühte alles, was der Harriersand Anfang Juni zu bieten hatte. Eine Pracht! Die Wiese war gelb und weiß besprenkelt mit Butterblumen, Gänseblümchen, Löwenzahn und Schafgarbe. Das Mädchen pflückte auch die kräftigen, rötlichen Pinsel des Sauerampfers und den violetten Klee. Über die Wiese trieben im Wind die kleinen, leichten Flocken der Pusteblumen. Bläuliche Libellen zuckten über dem Wasser der Graften hin und her.

Bettina wanderte mit ihrer Blumenpracht hinüber ans Weserufer und gab den Sträußen mehr Halt durch ein paar dicke Halme des grün-bläulichen Dünengrases und fügte ein paar Strandnelken hinzu. Sie fand für die Blumen einen Topf in Onnos Bude, den sie mit Wasser füllte.

Onno hatte sich in den letzten Tagen unentschlossen gezeigt. Er grübelte stundenlang. Sollte er nun nach Amerika mitfahren oder nicht? Als Bettina kam, war er gerade dabei, sein Fenster zu reparieren. „Du, was ist mit dir? Du kommst doch mit?“ fragte sie. Onno hobelte an einer Leiste. Er druckste herum, zuckte mit den Schultern, sagte erst nichts. Dann legte er den Hobel hin und reagierte mit einer Gegenfrage. „Was hast du denn vor? Wirst du zu deinem Vater ziehen? Oder bleibst du bei Münchs? Und Andreas? Glaubst du, du siehst ihn wieder?“

„Ich weiß das alles auch nicht“, sagte Bettina langsam und streifte eine Haarsträhne hinter ihr linkes Ohr. „Ich hätte schon Lust, so eine richtige Blockhütte zu bauen und eine kleine Farm in Gang zu bringen“, sagte Onno. Und nach einer Pause: „Wollen wir uns nicht zusammentun?“

Bettina schoß die Röte ins Gesicht. Mein Gott, was war das? War das ein Heiratsantrag? Nun druckste sie einen Moment herum und sagte schließlich: „Du, das ist eine schöne Idee, aber es hat für mich keinen Sinn, jetzt bereits solche Pläne zu schmieden. Ich weiß doch überhaupt nicht, wie es mit mir weitergeht, mit meinem Vater, mit Münchs und so. Wer weiß schon, ob wir alle überhaupt zusammenbleiben? Ich kann und darf mich da jetzt nicht festlegen.“

Onno strich mit den Fingern prüfend über die Oberfläche der Leiste. Nach einer Pause nickte er: „Verstehe.“ Er griff wieder zum Hobel, sagte dann aber noch: „Ich könnte mir auch vorstel-

len, hier eine Art „Inselwerkstatt" aufzuziehen. Betuchte Leute, die Interesse an ausgefallenen Möbeln haben, gibt es auch in Brake, Elsfleht, Oldenburg, Bremen. Hier könnte ich ganz in Ruhe arbeiten. Allerdings müßte ich erst einmal zum Militär."
Plötzlich steckte Martin Homby den Kopf zur Tür herein und fragte: „Habt ihr Papier und Bleistift griffbereit? Wir brauchen viele, viele Abschriften von einem Liedertext." Er trug bereits seinen Sonntagsanzug für die Trauung: einen flaschengrünen Frack und hellgrün karierte Pantalons. Die bunt gemusterte Seidenweste und den braunen Zylinder hatte er sich geliehen. „Warte, ich habe so etwas draußen in meiner Tasche", sagte Bettina.
Hinter dem Stall saß eine Kindergruppe, die mit Christoph Espenhaim, einem jungen Musiker aus Altenburg, das „Auswandererlied" einübte. Den Text hatte Friedrich Münch selbst vor drei Tagen in den wenigen ruhigen Minuten im Garten des Rickmersschen Pfarrhauses in Geestendorf geschrieben. Er paßte auf die Melodie eines alten Kirchenliedes. Christoph spielte die Weise auf seiner Geige, und die Kinder sangen von Mal zu Mal kräftiger. Das Lied paßte gut in die allgemeine Aufbruchstimmung und wurde schnell zu einem Ohrwurm, der sich rasch verbreitete. Dann wurde es auch langsam Zeit für den Abschiedsgottesdienst und die Trauung.

Zum letzten Mal rief die Altenburger Glocke auf dem Harriersand alle zusammen. Sie erklang heute länger als sonst. Die Gesellschaft versammelte sich am Weserufer vor einem kleinen Altar, der mit einem weißen Leinentuch, einem kleinen Holzkreuz und zwei Windlichtern auf einer Kiste improvisiert war. Vor dem Kreuz lag eine aufgeschlagene Bibel. Die Auswanderer saßen mit ihren Familien rings herum auf den Dünen wie in einem antiken Theater. Sie blickten auf ihre fertig beladenen, ankernden Schiffe mit den bremischen und oldenburgischen Flaggen am Heck, auf die auflaufende Weser und das Ufer von Brake im Hintergrund. Das alles lag im Sonnenschein unter einem blauen, leicht bewölkten Himmel. Es war, als sollten sie heute zum Abschied für alle Wetterunbillen der letzten Wochen entschädigt werden. Keine Kirche der Welt hätte einen solchen Hintergrund bieten können.

Von Elsfleth her näherte sich ein hoher, schwarz qualmender Schornstein. In der Mitte vor den Kähnen stand Pfarrer Münch, wie immer schwarz gekleidet. Das Brautpaar nahm vor ihm mit dem Rücken zur Gemeinde auf einem Bänkchen Platz. Amelie sah wirklich wie eine Braut aus. Sie trug ein weißes, besticktes Hemd mit Puffärmeln, dazu ein hellblaues Mieder mit Spitzenborte und einen weiten, cremefarbenen Rock, auf dessen Saum Marie Köster zuletzt noch ein paar kleine Rosen aus ihrem Garten befestigt hatte. Ihre Haare waren glatt anliegend, in der Mitte gescheitelt und über den Ohren zu großen Schnecken gerollt. Die Ausstattung stammte aus dem Fundus der Familien Krug und Brühl. Ebenso die eleganten, hellbraunen Stiefeletten.
Christoph Espenhaim intonierte nun das Kirchenlied „Auf Gott und nicht auf meinen Rath" auf seiner Geige und alle sangen mit. Dann richtete der Pfarrer das Wort an Amelie und Martin, aber auch gleichzeitig an die ganze Gesellschaft:
„Liebes Brautpaar, liebe Brüder und Schwestern! Wir nehmen nun Abschied von diesem Eiland, um gemeinsam unseren Weg wieder aufzunehmen: den Fluß hinunter und hinaus auf's Meer. Nach Wochen des Wartens, der Entbehrung und der Entmutigung empfinden wir nun neue Hoffnung und neuen Schwung. So mancher von Euch ist hier, auch wenn es nur eine flache Insel ist, durch ein finsteres Tal gewandert, begleitet von Verzweiflung, Krankheit und Tod. Doch nach diesen Wochen des Wartens, der Entbehrung und Resignation haben wir nun wieder auf die rechte Straße zurückgefunden, den Wasserweg, der uns in die Neue Welt führen wird.
Liebes Brautpaar, Ihr geht uns allen mutig voran und setzt mit eurem Bund ein Zeichen. Eure Eheschließung sei für uns alle ein Symbol des Vertrauens in Gott und unseren weiteren Weg!" So wie Ihr nun den Bund fürs Leben schließt, so wollen wir alle unseren Bund für eine gemeinsame Zukunft in Amerika erneuern."
Münch erinnerte dann an die großen Ideen des Gießener Aufrufs vom Herbst 1833. Er sprach von der voraus gereisten Gruppe unter der Führung seines Schwagers Paul Follen, mit der man in einigen Wochen in Missouri zusammentreffen werde. Er er-

innerte an das neue, demokratische Deutschland, das es drüben mit vereinten Kräften zu errichten galt und das gewiß nicht seine Wirkung auf das unterdrückte, alte Deutschland hier verfehlen würde.
Er bat dann die Brautleute vorzutreten und niederzuknien.
„Ihr werdet nun in den heiligen Bund der Ehe treten und so frage ich Euch an Gottes Statt:
Martin Homby, willst zu diese Amelie, geborene Alexander, als Deine Ehefrau lieben und ehren und die Ehe mit ihr nach Gottes Gebot und Verheißung führen, in guten wie in bösen Tagen, bis daß der Tod Euch scheidet, so antworte: Ja."
Martins „Ja" kam ernst und kräftig. Und auch Amelie beantwortete die entsprechende Frage an sie mit einem lauten und freudigen „Ja". Münch fügte beider Hände zusammen und sagte noch feierlich: „Was Gott zusammenfügt, das soll der Mensch nicht scheiden." In Ermangelung von Ringen bekam jeder einen Traubrief, den Münch mit seinem Ring gesiegelt hatte, und den bunten Feldblumenstrauß und Amelie warf einen Blick zu Bettina hinüber, die aber ihr Gesicht abwandte.
Münch bat nun die Gemeinde sich zu erheben. „Wir wollen beten: „Der Herr ist mein Hirte, mir wird nichts mangeln. Er weidet mich auf einer grünen Aue und führet mich zum frischen Wasser. Er erquicket meine Seele." Das vielstimmige Gemurmel am Weserufer wurde begleitet von kreischenden Möwen und einmal auch von dem langgezogenen, dumpfen Ton der Sirene des Raddampfers „Bremen". „Er führet mich auf rechter Straße um seines Namens willen. Und ob ich schon wanderte im finsteren Tal, fürchte ich kein Unglück."
Nach diesem Psalm waren die Kinder an der Reihe. Sie traten in die Mitte und sangen so, wie sie es mit Christoph geübt hatten, das Auswandererlied von Friedrich Münch. Kleine, vorbereitete Zettel mit dem Text kursierten. Schnell fanden alle in die Melodie.

„Auf in mutigem Vertrauen, fest und brüderlich vereint!
Vorwärts, vorwärts lasst uns schauen,
am Missouri Hütten bauen,
wo der Freiheit Sonne scheint."

Sie sangen das ganze Lied auch noch ein zweites Mal und hätten es sicher gern noch ein drittes und viertes Mal gesungen, bis in den Nachmittag hinein. Gleichsam als gemeinsame Versicherung ihrer zurückgekehrten Entschlossenheit. Aber die Nordsee kam, um sie abzuholen. Höher und höher stieg die Flut. Die Kahnschiffer winkten und riefen schon ungeduldig: „Mook to!" Die Auswanderer zogen Schuhe und Strümpfe aus, krempelten Hosen auf, rafften Röcke und stiegen, das frisch getraute Paar allen voran und begleitet vom Glockengeläut, die Leitern hinauf an Bord. Dann wurde die Glocke von kräftigen Männern an Deck gehievt. Hand über Hand wurden gemeinsam die Anker aufgeholt und die braunen Segel gesetzt. Wind und Strömung brachten die Flotte rasch in Bewegung. Vom Braker Ufer rief und winkte eine Familie herüber. Es waren die glücklichen Eltern Roth mit Clemens in ihrer Mitte. „Dank und glückliche Reise!"

Am Inselufer blieben Jan und Marie Köster, Onno Mewes und Keno zurück. Sie winkten ebenfalls und wurden langsam kleiner und kleiner und lösten sich schließlich im grünen Küstenstrich am Horizont auf.

Louise und Bettina winkten noch lange zurück. Es fiel ihnen nicht leicht, den Harriersand zurückzulassen.

Die kleine Flotte hatte Sandstedt und Rechtenfleth längst passiert, als auf einem der Kähne von einer lauten, weiblichen Stimme erneut Münchs Auswandererlied angestimmt wurde. Der Gesang sprang auf die anderen Boote über, und bald tönte es über die ganze Breite der Weser:

„Vaterland, das mich geboren,
Lebe wohl, ich scheide nun.
Glück und Freude war verloren,
Thyrannei, du seist verschworen!
Will in freiem Lande ruhn."

Eine Stunde später kam in der Ferne, nach einer Flußbiegung, der Mastenwald von Bremerhaven in Sicht. Dort wartete die Medora auf sie.

Historische Zeittafel

1814 -1815... Wiener Kongreß: Neuordnung Europas (Wiederherstellung der alten Herrschaftsverhaältnisse)

August 1819...Karlsbader Beschlüsse zur Verfolgung „demagogischer Umtriebe" (Zensur, Berufsverbote und Verhaftungen von Liberalen und Demokraten).

1827...Gründung von Bremerhaven als Ersatzhafen für Seeschiffe, die Bremen wegen der Versandung der Weser nicht mehr erreichen können.

27. 5. 1832...Hambacher Fest. Demonstration von etwa 30 000 Liberalen und Demokraten auf der Maxburg bei Hambach für Einheit und Demokratie in Deutschland.

3. 4. 1833...Frankfurter Wachensturm. Durch Verrat misslungener Versuch von etwa 50 radikalen Demokraten, die Polizeiwachen in Frankfurt zu stürmen, um Waffen und Geld für die Revolution zu erbeuten.

1. 9. 1833...Gründung der Gießener Auswanderungsgesellschaft in Friedberg.
Entsendung zweier Kundschafter zu einer Erkundungsreise nach Arkansas.

März 1834...Gründung der Gesellschaft der Menschenrechte in Gießen. Beginn der Arbeit
Georg Büchners am „Hessischen Landboten" (zusammen mit L. Weidig).

31. 3. 1834...Abreise der ersten Hälfte der Gießener Auswanderungsgesellschaft unter der Führung von Paul Follen mit der „Olbers" von Bremerhaven.

27. 4. 1834...Geplante Abreise der Gruppe von Friedrich Münch auf der „Eberhard".

10. 4. 1834...Schiffbruch der „Shenandoah" in der Wesermündung auf der Mellumplate.

14. 4. 1834...Spendenaufruf der Gebrüder Delius an die Bremer Bevölkerung.

April 1834...Ende des Monats Eintreffen der Gruppe Münch auf dem Harriersand.
Ausharren in einem „elenden Kuhstall" bis Ende Mai.

27. 5. 1834...600-Jahr-Feier in Altenesch im Beisein des Oldenburgischen Großherzogs zum Gedenken an den Kreuzzug gegen die Stedinger Bauern.

3. 6. 1834...Abreise der Gruppe von Münch auf der „Medora" von Bremerhaven.

3. 7. 1834...Treffen der hessischen Verschwörer auf der Badenburg.

24. 7. 1834...Ankunft der „Medora" in Baltimore.

August 1834...Scheitern der Revolution in Hessen durch Verrat. Beschlagnahmung des Hessischen Landboten, Inhaftierung der Mitglieder, Flucht Georg Büchners (März 1835), Selbstmord Ludwig Weidigs (Februar 1837).

1828 - 1854...Dienstzeit des Braker Amtmanns Gerhard Friedrich Rasmus.

Nachwort

Es hat sie tatsächlich gegeben: Friedrich und Louise Münch, Karl und Paul Follen, den Makler Delius und den Amtmann Rasmus, die Auswandererfamilien Krug und Brühl, den Buchhändler Schubert, den Bauern Köster, den Emissär Müller, das Brautpaar Amelie und Martin sowie die „Medora“ und die gestrandete „Shenandoah“.

Die Gießener Auswanderungsgesellschaft hat tatsächlich den ganzen Mai 1834 wartend (und zunehmend geschwächt und mutlos) auf dem Harriersand verbracht und ist dann mit der „Medora“ am 3. Juni von Bremerhaven nach Baltimore abgereist. Weitere historische Eckdaten sind in der Zeittafel zu finden.

Manche Figuren und Ereignisse sind aber auch hinzuerfunden, um aus dem eigentlich langweiligen (aber auch verhängnisvollen) Aufenthalt auf der Weserinsel eine anschauliche Geschichte zu gestalten (z. B. die Familien Roth und Hanke, Bettina und Andreas, Lina Jahns, Charles Behning und Dorothea Motschmann).

Weder historisch noch erfunden sind Figuren wie Onno Mewes und der Fährmann Eberhard. Sie sind noch heute bei bester Gesundheit auf dem Harriersand oder der Weser anzutreffen.

Einige wahre Ereignisse habe ich aus Gründen der Dramaturgie nur um ein paar Tage verschoben (Erscheinen des Hessischen Landboten, Tod eines Kindes, Besuch des Emissärs, Rückkehr Ludwigs und die Stedinger-Feier).

Bei dieser Mischung aus Fakten und Fiktion haben mir mit Kritik und Rat und Tat sehr geholfen:

Peter Roloff und Monika Kiesewetter, Jürgen und Gesine Schmitz, Jens Schellhass und Christina Geise, Uwe Möring und Marion Deike, Uta Rüther, Gerd Winter, Dr. Ulla Mamat, Dr. Carola Otterstedt, Pastor Friedhelm Stemberg, Lektorin Marie-Christine Raddatz und last but not least Ulla Schmidt, ohne die dieses Buch nie zustande gekommen wäre.

Ihnen allen möchte ich hier noch einmal herzlich danken!